# 大师谈自然

## THE MASTER'S INTELLIGENT SERIES

孙葳◎编著

时代文艺出版社
SHIDAI WENYI CHUBANSHE

## 图书在版编目（CIP）数据

大师谈自然 / 孙葳 编著. —长春：时代文艺出版社，2011.4（2023.7重印）

（大师智慧书系）

ISBN 978-7-5387-3562-8

Ⅰ.①大... Ⅱ.①孙... Ⅲ.①散文集—世界 Ⅳ.I16

中国版本图书馆CIP数据核字（2011）第054908号

出 品 人 陈 琛

选题策划 朱凤媛

责任编辑 苗欣宇 田 野

装帧设计 孙 俪

排版制作 郭亚蕊

# 大师谈自然

孙葳 编著

出版发行 / 时代文艺出版社

地址 / 长春市福祉大路5788号 龙腾国际大厦A座15层 邮编 / 130118

总编办 / 0431-81629751 发行部 / 0431-81629758

官方微博 / weibo.com/tlapress

印刷 / 永清县晔盛亚胶印有限公司

开本 / 710×1000毫米 1 / 16 字数 / 235千字 印张 / 15

版次 / 2012年1月第1版 印次 / 2023年7月第3次印刷 定价 / 58.00元

# 目录
## CONTENTS

大师智慧书系

THE MASTER'S INTELLIGENT SERIES

THE MASTER'S INTELLIGENT SERIES

# 阿斯克姆

罗杰·阿斯克姆（1515—1568），英国人文主义者、学者。
有《神射手》《书札》等散文作品。

## ※ 观风

观风，一个人要用眼睛去看，那是不可能的，因为风的属性如此虚无而又缥缈；不过有一回我却得到这种亲身体验，那是四年前大雪飘落的时分。我骑马经过洼地上段通向市镇桥的大路，这条路过去是徒步旅行的人走出来的。两旁的田野一望无际，积雪盈尺；前一天夜间凝结起薄薄的霜冻，所以地面的积雪变硬结冰了。早晨阳光普照，灿烂明媚，朔风在空中呼啸，一年到了这个季候，已是凛冽侵骨了。马蹄阵阵踏过，大路上的积雪就松散开来，于是风吹雪飘，席卷而起，一片片滑落在田野里，彻夜霜寒地冻，田野也变硬结冰了，因此那一天风雪飞舞，我才有可能把风的属性看得清清楚楚。而且我怀着十分喜悦快乐的心情把它铭记在心，如今我更是记忆犹新。时而风吹过去不到咫尺之遥，极目远眺，可以看见风吹雪花所到之处；时而雪花一次就飘过半边田野。有时雪花柔缓泻落，不一会儿便会激扬飘舞，令人目不暇接。而此时的情景我也有所感知，风过如缕，而非弥漫天地。原来我竟看到离我二十来步的一股寒风迎面袭来，然后相距四十来步的雪花没有动静。但是，地面积雪越来越多之后，又有一缕雪花，就在同一时刻，同样地席卷而起，不过疏密相间。一缕雪花静止不动，另一缕则疾飞而过，时而越来越快，时而越来越慢，时而渐渐变大，时而渐渐变小，纵目望去尽入眼帘。飞雪不是劈面而来，而是忽而曲曲弯弯，忽而散漫交错，忽而团团旋转。有时积雪吹向空中，地面一无所遗，不过片刻又会笼盖大地，仿佛根本没有起风一般，旋即雪花又会飘扬飞舞。

令人叹为观止的是，两股飘然而来的雪花一起飞扬，一股由西向东，一股北来东去。借着飘雪，我看见两股风流，交叉重叠，就像是在两条大路上似的。再一次，我竟听见空气中风声吹过，地面一切毫无动静。当我骑到万籁俱寂之处，离我相隔不远的地方积雪竟是无比奇妙地向风披靡。这番体验使我更为赞叹风的属性，而不只是使我对风的知识有所了解；不过我也由此懂得了风中的人们打猎时失去距离不足为奇，因为风向变幻不定，视线便转向四面八方。

（杨自伍 译）

# ※ 又闻棕柳莺声

四月末一个温暖灿烂的早晨，我对一个小小的玲珑小湖，或者说是五六英亩大小的清池，做了一番寻胜探幽。清池是我在几个星期前发现的，藏在地面凹陷之处，四周环绕着绚烂的金雀花、黑莓和梨山楂灌木丛。灌木丛间的潮湿地上，处处是一大簇一大簇云年死掉的和枯萎的沼泽衰草——一个潮湿但富于野趣的、寂寥的地方，而一个爱好孤独的人无须害怕有人类闯进来，也不用担心沼泽高地的猴子会溜达过来。到达池边时，我又惊又喜地发现，半边水面上布满了茂盛的刚开花的睡草。奇特别致的、分成三个裂片的叶子，形如鹧鸪的脚趾，还没有长大，花梗密集如田里的麦子，顶上缀着累累的锥形花蕾，作奶白和玫瑰红色，像一串串绣线菊草，穗状花序的下端，是单独盛开的、雪白如棉的花朵——我们的新奇而美丽的水生火绒草。

一丛苍老的错节盘绕的湿地赤杨，树干形如乔木，生长在池水的边缘。不久，我就找到了一个'安乐椅'——一条低低的悬空横在水面上的粗大树枝，歇息了好半晌，欣赏着那令人喜出望外的罕有的美丽景色。

棕柳莺是高沼地带的常见歌手，现在多起来了，这儿比英国其他地方更多；有两三只正在离我脑袋几英尺远的赤杨树叶间掠过，至少有十多只在听得见的地方鸣啭，或远或近地嗜嗜而鸣，它们的声音在这僻静之处听起叉响亮得出奇。听着这不绝于耳的啼鸣，使我想起了沃德·福勒的话：怡人的季节给人带来新的生机和希望；而棕柳莺嘹亮的歌声又给这话添上了一个有力的证明。我竭力追忆整段文字，我对自己说，为了充分进入作者所表达的感情，知道作者不可移易的确切措辞有时是必不可少的。记不起确切的措辞了，我就重新谛听鸟声，静观面前一片红色和奶白色的穗状花序，然后再看看它后面大块大块的火红色的荆豆花，以及其他草木。我正设法让我的注意力滞留在这些外界景物上，毅然决然地堵住我内心的一种无法忍受的悲哀的思想；在这样寂静的地方，这种思想使我惊讶。毫无疑问，我说，这草木青翠、花开烂漫的春天，这荆豆花的芳香，这天空的无垠蔚蓝，赤杨树里我这翎毛邻居的铃声般的鸣啭，它飞来掠去，轻盈飘忽，像赤杨在风中飘动的叶子——毫无疑问，凡此都足以使我心满意足，这种空虚和徒然的悲哀，可没有存在的余地，大自然也没有什么东西可唤起这和联想！这种悲哀的思想竟在这片茫茫荒野上找到了我——在这一人们可能来此自行解脱其"自我"之地——他已经在无意中获得的第二个自我——以求像树木和野兽一样，超出人类生活的悲哀气氛及其永恒的悲剧！一种徒劳的努力和一个没有结果的思想，因为我所谋求逃避的东西来自大自然本身，来自每种看得见的事物；每一片树叶，每一朵花，每一张叶片，都在高谈阔论它，而阳光本身，给万物带来生命和辉煌的阳光，也被它转化成为黑暗了。

（吴岩　译）

塞缪尔·约翰逊（1709—1784），英国词典编纂家，评论家，诗人，人称约翰逊博士。曾从1747年起用38年时间编成《英吾词典》。

## ※ 说春

眼前，每块土地，每丛树木都是碧绿一片。

眼前，柔美的大自然最漂亮的面孔已经显现。

——厄尔芬斯通

每个人对自己的现状都会很不满足，多少总要驰骋幻想去询问未来的幸福，而且，会凭借解脱眼前困惑他的烦恼，凭借他获得的利益，去把握时间以谋求改善现状。

当这种常常要用最大的忍耐盼来的时刻最后到来时，幸福却往往并不降临，于是，我们接着又以新的希望来自我安慰，又用同样的热望翘盼未来。

如果这种心情占了上风，人们就会把希望寄托在他难以企及的事物上，而也许就真会碰上运气；因为他不是仓促从事，并且，为了使幸福更加完善，他还会注意采取必要的措施，等待幸福时刻的到来。

我很早就已经认识了一位有这种性情的人，他迷于幸福的梦想中，这给他带来的损害要比妄想通常产生的损害少得多，同时，他还会常常调整方案，显示他的希望之花常开不败，也许不少人都想知道他是用什么方法得到如此廉价而永恒的满足。其实他只是把困难移到下一个春天，他于是得到了这种暂时的满足；如果他的健康可以得到补偿，那么春天就能补偿；如果因价格昂贵而买不起他所需要的东西，那么，在春天，这种东西就会跌价。

事实上，春天悄然来到却往往并无人们所想像的那种效益，但人们常常这样肯定：可能下次会顺利些，不到仲夏很难说眼前的春意就令人失望；不到春意了无踪迹的时候，人们总是经常谈论春天的降临，而当它一旦飘然离去后，人们却还觉得春天仍在人间。

同这样的人长谈，在思索这个快乐的季节上，也许会感到极大的愉悦。我满意地发现有很多人也被同样的热情所感染（这样比拟是无愧的）。因为，我相信，岂有优秀的诗人面对那些花瓣，那阵阵柔风，那青春的颤音而不显露他们的喜爱的？即使最丰富的想像也难以包容那金色季节的静穆与欢欣，而又会有永恒的春天作为对永远腐朽的清白的最高奖赏。

的确，在世界一年一度的更新过程中，有一种莫可言传的喜悦展现出无数大自然的异宝奇珍。冬天的僵冷与黑暗以及我们眼见的各种物体所裸露出来的奇形怪状，会使我们向往下一个季节，既是为了躲避阴冷的冬天，也是因为喜欢晴朗的春天；温和的景色把每一朵含苞的花带入我们的眼帘里来，我们就把这花当作报春的使者，认为它在通知我们，更加愉快的日子就要到来了！

春天为我们的心灵提供了我们能享受的一切，如此轻松地解除了我们心头的焦虑和感情上的纷扰,可以让我们闲适欢愉。田野和森林的新绿,飘逸着令人沉醉的特有馨香,到处倾泻着的欢乐声;动物因食物增加和天气温和显然都十分喜悦;赋予整个大地一副快乐的神态,从大自然的微笑中,显露出来。

然而,也有一些人并不喜欢这阳春烟景,他们匆匆掠过了千姿百态的乡间秀色,而把时光和思想耗费在牌戏、集会、酒馆、聊天上。

当一个人不能忍受与别人相处在一起的时候,总有某种不正常的情形,这是不带欺骗性的,想要求得解脱,或者因为他厌倦人生,万念俱灰,这种由外力推动而非意向转移产生的心情,肯定是借助于外来事物,也许因为他害怕某些不快闯入心里,力求避免失败的记忆,对灾害的恐惧、或某种更悲惨的思想。

那些被悲哀夺去沉思乐趣的人们,可以适当地专心于有趣的消遣,如果这些消遣无害的话;那些害怕未来痛苦而导致不幸的人们,必须努力消除这种危险。

走笔至此,我应当转到那些成为他们思想负担的事物上来,因为他们需要的是值得回忆的目标。大自然的神秘虽已展露,但他们并未得到什么快乐和教训,因为他们永远也无法学会识别那些特征。

一个法国作家发挥了这和似非而是的说法:懂得走路的人不多,的确,有不少人并不懂得带着愉快的希望去散步,他们待在家里,心情相同的伴侣好像就已给他们提供了散步的快乐。

有些动物从接近的物体上借来某些颜色,但偶一改变位置,就变了色调。同样,每个人也应当尽力去感受自己周围的事物,因为,如果他的注意力始终固定在某一地方,一旦变易位置,就看不见新目标。心灵应当向新思想敞开,要从旧思想的控制下解放出来,因为旧思想容易导致消遣方面。

一个已习惯于以新事物自娱的人,会在大自然的产物中找到无穷无尽的物质蕴藏,而不会遭人妒忌或怨恨。某些艺术作品,即使已有定评,缺点依然在所难免!但人们常期望找到新理由去崇拜天下的权威,也有人希望能利人利己。毫无疑义,很多蔬菜和动物可能都有起巨大效用的特性,但是,也不必穷究精研,只要做到常规实验和密切注意就足够了。化学家们有关他们可爱的汞所说的一切,就汞的整个形成而论,也许人人都相信是确切的,但假如在它上面要消耗千万条生命,那么汞的一切化学性质就很难发现。

　　人类应该具有各种不同的趣味，因为生活赋予并需要如此众多的乐趣，它既不希望，也不要求我们都是博物学者，但是，假如给那些不健康、不舒坦并缺乏充分快乐来源的人指出一种新鲜的消遣方法，是不适当的，向那些每天都感到负担沉重的人说还有很多他们从未见过的东西，也是不切实际的。

　　对大自然的作品增强了好奇心的人通往幸福的途径便多，因此，我要把青春的沉思奉献给读者中的年轻人，要他们原谅我要求他们立刻去利用一年的春天，利用生命的青春；当那些新鲜影像深深印在他们的心灵上时，就要去热爱天真活泼的欢乐，并且有一种追求知识的热情，而且，要记住，枯萎的春天会造成荒年；要记住，青春的花朵，虽说美丽愉快，但也不过是大自然早已安排妥当，要为秋天的果实所作的准备而已。

（黄绍鑫 译）

卢梭

让·雅克·卢梭（1712—1778），法国启蒙思想家和文学家，
十九世纪欧洲浪漫主义文学的先驱。
1749年他发表了题为《论科学与艺术》的论文，一举成名。
卢梭的著名作品有《新爱洛绮丝》《民约论》《爱弥儿》等。
晚年写的自传《忏悔录》及其续篇《一个孤独的散步者的遐想》是卢梭人生观的自白。

## ※ 生活在大自然的怀抱里

为了到花园里看日出，我比太阳起得更早；如果这是一个晴天，我最殷切
的期望是不要有信件来访扰乱这一天的清宁。我用上午的时间做各种杂事。每件
事都是我乐意完成的，因为这都不是非立即处理不可的急事，然后我匆忙用膳，
为的是躲避那些不受欢迎的来访者，并且使自己有一个充裕的下午。即使最炎热
的日子，在中午一时前我就顶着烈日带着芳夏特（卢梭养的一条狗）出发了。由

于担心不速之客会使我不能脱身，我加紧了步伐。可是，一旦绕过一个拐角，我觉得自己得救了，就激动而愉快地松了口气，自言自语说："今天下午我是自己的主宰了！"从此，我迈着平静的步伐，到树林中去寻觅一个荒野的角落，一个人迹不至因而没有任何奴役和统治印记的荒野的角落，一个我相信在我之前从未有人到过的幽静的角落，那儿不会有令人厌恶的第三者跑来横隔在大自然和我之间。那儿，大自然在我眼前展开一幅永远清新的华丽的图景。金色的燃料木、紫红的欧石南非常繁茂，给我深刻的印象，使我欣悦；我头上树木的宏伟、我四周灌木的纤丽、我脚下花草的惊人的纷繁使我目不暇接，不知道应该观赏还是赞叹；这么多美好的东西争相吸引我的注意力，使我眼花缭乱，使我在每件东西面前流连，从而助长我懒惰和爱空想的习气，使我常常想："不，全身辉煌的所罗门也无法同它们当中任何一个相比。"

我的想象不会让如此美好的土地长久渺无人烟。我按自己的意愿在那儿立即安排了居民，我把舆论、偏见和所有虚假的感情远远驱走，使那些配享受如此佳境的人迁进这大自然的乐园。我将把他们组成一个亲切的社会，而我相信自己并非其中不相称的成员。我按照自己的喜好建造一个黄金的世纪，并用那些我经历过的给我留下甜美记忆的情景和我的心灵还在憧憬的情境充实这美好的生活，我多么神往人类真正的快乐，如此甜美、如此纯洁、但如今已经远离人类的快乐。甚至每念及此，我的眼泪就夺眶而出！啊！这个时刻，如果有关巴黎、我的世纪、我这个作家的卑微的虚荣心的念头来扰乱我的遐想，我就怀着无比的轻蔑立即将它们赶走，使我能够专心陶醉于这些充溢我心灵的美妙的感情！然而，在遐想中，我承认，我幻想的虚无有时会突然使我的心灵感到痛苦。甚至即使我所有的梦想变成现实，我也不会感到满足：我还会有新的梦想、新的期望、新的憧憬。我觉得我身上有一种没有什么东西能够填满的无法解释的空虚，有一种虽然我无法阐明、但我感到需要的对某种其他快乐的向往。

然而，先生，甚至这种向往也是一种快乐，因为我从而充满一种强烈的感情和一种迷人的感伤——而这都是我不愿意舍弃的东西。

# 歌德

约翰·沃尔夫冈·冯·歌德（1749—1832），德国伟大的诗人，剧作家，思想家。
早期重要作品有《葛兹·冯·伯利饮根》和书信体小说《少年维特之烦恼》。
歌德的代表作是《浮士德》和《维廉·麦斯特》。

## ※ 自然——断片

自然！她环绕着我们，围抱着我们——我们不能越出她的范围，也不能深入她的秘府。不问也不告诉我们，她便把我们卷进她的漩涡圈里，挟着我们奔驰直到倦了，我们脱出她的怀抱。

她永远创造新的形体；现在有的，从前不曾有过；曾经出现的，将永远不再来；万象皆新，又终古如斯。

我们活在她怀里，对于她又永远是生客。她不断地对我们说话，又始终不把她的秘密宣示给我们。我们不断地影响她，又不能对她有丝毫把握。

她里面的一切都仿佛是为产生个人而设的，她对于个人又漠不关怀。她永远建设，永远破坏，她的工场却永远不可即。

她在无数儿女的身上活着，但是她，那母亲，在哪里呢？她是至上无二的艺术家：把极单纯的原料化为种种极宏伟的对照，毫不着力便达到极端的美满和极准确的精密，永远用一种柔和的轻妙描画出来。她每件作品都各具心裁，每个现象的构思都一空倚傍，可是这万象只是一体。

她给我们一出戏看：她自己也看见吗？我们不知道；可是她正是为我们表演的，为了站在一隅的我们。

她里面永远有着生命，变化，流动，可是她毫不见进展。她永远迁化，没有顷刻间歇。她不知有静止，她诅咒固定。她是灵活的。她的步履安详，她的例外稀有，她的律法万古不易。

她自始就在思索而且无时不在沉思，并不照人类的想法而照自然的想法。她为自己保留了一种特殊而普遍的思维秘诀，这秘诀是没有人能窥探的。

一切人都在她里面，她也在一切人里面。她和各人都很友善地游戏：你越胜她，她也越欢喜。她对许多人做得那么神秘，他们还不曾发觉，她已经做完了。

即反自然也是自然。谁不到处看见她，便无处可以清清楚楚地看见她。

她爱自己，而且借无数的心和眼永远黏附着自己。她尽量发展她的潜力以享受自己。不断地，她诞生无数新的爱侣，永无餍足地去表达自己。

她在幻影里享受着快乐。谁在自己和别人身上把她打碎，她就责罚他如暴君；谁安心追随她，她就把他像婴儿般偎搂在怀里。

她有无数的儿女。无论对谁她都不会吝啬；可是她有些骄子，对他们她特别慷慨而且牺牲极大。一切伟大的，她都用爱护来荫庇他。

她使她的生物从空虚中溅涌出来，但不对它们说从哪里来或往哪里去。它们尽管走就得了。

只有她认得路。

她行事有许多方法，可是没有一条是用旧了的，它们永远奏效而且变幻多端。

她所演的戏永远是新的，因为她永远创造新的观众。生是她最美妙的发明，死是她用以获得无数的生的技术。

她用黑暗的幕裹主人，却不断地推他向光明走，她把他坠向地面，使他变成懒惰和沉重，又不断地摇他使他站起来。

她给我们许多需要，因为她爱动。那真是奇迹：用这么少的东西便可以产生这不息的动。一切需要都是恩惠：很快满足，立刻又再起来。她再给一个吗？那又是一个快乐的新源泉，但很快她又恢复均衡了。

她刻刻都在奔赴最远的途程，又刻刻都达到目标。

她是一切虚幻中之虚幻，可是并非对我们；对我们，她把自己变成了一切要素中之要素。

她任每个儿童把她打扮，每个疯子把她批判。万千个漠不关心的人一无所见地把她践踏，无论什么都使她快乐，无论谁都使她满足。

你违背她的律法时在服从她；企图反抗她时也在和她合作。

无论她给什么都是恩惠，因为她先使之变为必需的。她故意延迟，使人渴望她；特别赶快，使人不讨厌她。

她没有语言也没有文字，可是她创造无数的语言和心，借以感受和说话。

她的王冕是爱；单是由爱你可以接近她。她在众生中树起无数的藩篱，又把它们全数吸收在一起。你只要在爱怀里啜一口，她便慰解了你充满着忧愁的一生。

她是万有。她自赏自罚，自乐又自苦。她是粗暴而温和，可爱又可怕，无力却又全能。一切都永远在那里，在她身上。她不知有过去和未来。现在对于她是永久。她是慈善的，我赞美她的一切事功。她是明慧而蕴藉的。除非她甘心情愿，你不能从她那里强取一些儿解释，或剥夺一件礼物。她是机巧的，可是全出于善意；最好你不要发觉她的机巧。

她是整体却又始终不完成。她对每个人都带着一副特殊的形象出现。她躲在万千个名字和称呼底下，却又始终是一样。

　　她把我放在这世界里；她可以把我从这里带走。她要我怎么样便怎么样。她决不会憎恶她手造的生物。解说她的并不是我。不，无论真假，一切都是她说的，一切功过都归她。

（罗务恒　译）

# 科贝特

威廉·科贝特（1762—1835），英国散文作家，记者。

他笔下的英国景色美丽，风俗淳朴，并对当时腐败的政治进行了强烈的谴责。

代表作有《骑马乡行记》，记录了他行游乡村时的所见所闻。

他的作品思想犀利，文笔朴实无华，在19世纪初，浪漫主义美文风靡之时，

他重振了18世纪笛福、斯威夫特以来的平易传统，重新带给人们18世纪笛福的朴实文风。

## ❖ 河谷寻幽

一早出了门，我就沿着马尔博罗公路走了两三英里，然后转向西北，穿过高地去寻找阿冯河的源头，这是流向索尔兹伯里的一条河。在河谷中的一个村庄下，我还住过一段时间，好多人都对我说起，这河谷算得上是整个英国的胜地之一。约三十座教区教堂竟然耸立在那长约三十英里而宽则平均不过一英里的谷地上。我决心探究一下，看到底是什么原因使我们的先辈建造了如此多的教堂，更

何况最近几年以前英格兰的人口还少得可怜，这一点，苏格兰人一直试图使我们相信。

我顺着高地行进走近了一座巨大的庄园，一位牧人告诉我这是米尔顿山庄。位于高地之上的庄园，距离阿冯河谷还有一段路程。这个河谷就是我的"向往之乡"，至少可以说是现代人充满希望的地方，因为我实在想不出三十座教堂为什么会被人们无缘无故地建造在这样一条三十英里长的小河边（而这小河的绝大部分毫无突出的地方）。顺着牧人指明的通往米尔顿村的道路，大约走了一英里，我终于从一个直达谷底的陡坡上第一次见到了阿冯河谷——村屯、庄园、塔楼、田野、草地、果园，还有淙淙绿水，遍布谷底，真是美不胜收。这里有着这样的地形：河谷四周满是高地，有些险峻陡峭的地方，绵延可达数英里；有些地方坡势则相对平缓。填充在河谷和高地的交界处的是大片大片肥沃的农田，有些甚至沿着高地上的丘陵延伸一二英里。两边的草地紧挨着玉米地，向下一直舒展到水边。农舍、宅院、村屯等建筑大多坐落在靠近草地的田间。

尽管对这里的田园风光原本就有很高的期望，我却未曾想眼前所见的竟比期望的更好。以前在汉普郡的伊钦、伯恩以及特斯特等地，我都曾见过一些溪谷，包括南高地的溪谷，可从来没有哪一个会像阿冯河谷这样打动我。我端坐马上，举目眺望米尔顿、伊斯顿和佩塞，足足有半个小时之久，甚至忘了自己还没吃早饭。我脚下的这个山丘非常险峻，一条又陡又窄的小径斜斜地从它下面探出，再加上长年累月山雨的冲刷，更是凹深难行。我不愿牵马而行，更不敢骑马下山。这时刚好看见一个小男孩正赶着猪群去茬子地，他便被我招手唤了过来，帮我牵马走下。在继续我的幽谷之行前，我想最好还是先介绍一下我为阿冯河谷画的一张草图吧。我是这样完成我的画的：首先，我从朋友那里借来一张威尔特郡旧地图，那上面标注着各个教堂所在和庄园宅邸旧址等位置；然后用一张薄纸盖在上面，依样描出河流，教堂用数字表示，庄园和宅邸的故址用星号代表。这河谷的土地真可谓千姿百态。在山坡平缓处，田地伸展至远方；而高地突入河谷处，仿佛伸入海中的码头长堤，四面皆为峭壁，实际上背面并不存在，而是与整个高地连成一体。此外，河谷的宽度、草地的宽度也都变化极大。不过，有一点毫无疑问，即便当地的农民们也这样说，这里的土地无论怎么看都是上好的良田。

如今，有一批无聊卑鄙之徒，很是无知狂妄之极。他们引经据典，声称人口的增长速度总是快于所需食牧的增长速度，要求英格兰向外移民，这无非是妖人马尔萨斯向那些残暴的统治者及其谄媚者鼓吹的奇谈怪论。想要彻底揭露这帮家伙的愚昧、蠢笨、糊涂、武断以及令人难耐的空虚、骄横和野蛮，还有疯狂和亵渎神灵，一种最有效的手段也许就是趁着收获的季节来这样的地方看一看年成、人丁、人们生活的景况以及已经发生的种种变化——在这里，上帝对我们的恩赐的确可以说是倾其所有了。

站在山巅极目远望，我吃惊地发现河谷中到处都有相当甚至很大一部分的田地繁衍着瑞典芜菁。从盐山至纽伯里途中，我看见了许多长势良好的英国和瑞典芜菁；但自纽伯里到伯克莱、海克莱、厄赫斯本与唐格里一带，所见就很少了；及至卢德加什和埃弗里附近地区时，芜菁几乎难以寻觅了。可当早晨抵达米尔顿山庄时，一大片郁郁葱葱的瑞典芜菁却又映入我眼帘。然而这河谷中的芜菁却更胜一筹，因了它们，田野更加色彩艳丽，美不胜收，并且形成鲜明对照的是今年特别光洁的休耕地和茬子地。

走到山脚，我开始前往米尔顿村，在我地图上的代号为（3）的地方就是村中的教堂。代号为（2）伊斯顿被我甩在了右后方，我也没有去探寻标号为（1）的阿冯河的源头沃顿河，这条河就在距马尔博罗镇约五六英里远处，毗邻马尔博罗森林的西南角。我记起有个是大农场主的朋友就住在阿冯河的下游，因而决定前去拜访。平时出门我总喜欢先问路，于是就向一个赶猪小孩打听这位友人的住处，没成想他也住在米尔顿教区。我骑马走向村中心的教堂，然后直奔朋友家。在通向河谷的路旁就是他的茬子。曾无数次地亲见过惊喜交集的场面，然而在一生的所有记忆里，这位农场主和他的家人看见我时流露出的惊喜之情，是我未曾见过的。"见到你很高兴"，是人们见面时常说的话语，一般来说，这是真心话。我一向很谨慎，除非有百分把握能受到热诚欢迎，否则决不随便登门造访，以免有丝毫前去打扰的嫌疑。不过，这位住在费菲尔德（在米尔顿教区）的朋友及其全家见我时所表现出的欣喜若狂，用言语是无法能够形容的。

# 夏多布里昂

弗朗梭瓦·勒内·德·夏多布里昂（1768—1848），法国作家。
代表作有《墓中回忆录》等。

## ※ 美洲之夜

一天傍晚，我在离尼亚加拉瀑布不远的森林中迷了路；转瞬间，太阳在我周围熄灭，我欣赏了新大陆荒原美丽的夜景。

日落后一小时，月亮在对面天空出现。夜空皇后从东方带来的馥郁的微风好像她清新的气息率先来到林中。孤独的星辰冉冉升起：她时而宁静地继续她蔚蓝的驰骋，时而在好像皑皑白雪笼罩山巅的云彩上憩息。云彩揭开或戴上它们的面纱，蔓延开去成为洁白的烟雾，散落成一团团轻盈的泡沫，或者在天空形成絮状的耀眼的长滩，看上去是那么轻盈、那么柔软和富于弹性，仿佛可以触摸似的。

地上的情景也同样令人陶醉：天鹅绒般的淡蓝的月光照进树林，把一束束光芒投射到最深的黑暗之中。我脚下流淌的小河有时消失在树木间，有时重新出现，河水辉映着夜空的群星。对岸是一片草原，草原上沉睡着如洗的月光；几棵稀疏的白桦在微风中摇曳，在这纹丝不动的光海里形成几处漂浮的影子的岛屿。如果没有树叶的坠落、乍起的阵风、灰林鸮的哀鸣，周围本来是一个万籁俱寂的世界；远处不时传来尼亚加拉瀑布低沉的咆哮，那咆哮声在寂静的夜空越过重重荒原，最后湮灭在遥远的森林之中。

这幅图画的宏伟和令人惊悸的凄清是人类语言所不能表达的；与此相比，欧洲最美的夜景毫无共同之点。试图在耕耘过的田野上扩展我们的想像是徒劳的，它不能超越四面的村庄，但在这蛮荒的原野，我们的灵魂乐于进入林海的深处，在瀑布深渊的上空翱翔，在湖畔和河边沉思，并且可以说独自站立在上帝面前。

（程依荣 译）

诺瓦利斯

诺瓦利斯（1772—1801），原名弗里德里希·莱奥波尔德·冯·哈登贝格，
德国著名浪漫主义诗人。生于贵族世家，从小受过严格的宗教教育。
诗作多歌颂黑夜、死亡、疾病等。优美深沉，想象力丰富，
反映了他的神秘主义和主观世界的心态。
诺瓦利斯于1801年去世，年仅29岁。
组诗《夜颂》是诗人1797年在凭吊未婚妻索菲之后写作的，修改后于1800年发表。

## ※ 夜颂（之三）

从前，当我流着辛酸的眼泪——当我沉浸于痛苦之中，失去了希望，我孤单单地站在枯干的丘冢之旁，丘冢把我生命的形姿埋在狭窄的黑暗的地室里，从没有一个孤独者像我那样孤独，我被说不出的忧心所逼，颓然无力，只剩下深感不幸的沉思——那时我是怎样仓皇四顾，寻求救星，进也不能，退也不能——对飞逝消失的生命寄以无限的憧憬——那时，从遥远的碧空，从我往日幸福的高处降

临了黄昏的恐怖——突然切断了诞生的纽带、光的锁链——尘世的壮丽消逝，我的忧伤也随之而去。

哀愁汇合在一起流入一个新的不可测知的世界——你，夜之灵感，天国的瞌睡降临到我的头上。四周的地面慢慢地高起——在地面上漂着我的解放了的新的灵气。

丘冢化为云烟，透过云烟，我看到我的恋人的净化的容貌——她的眼睛里栖息着永恒——我握住她的手，眼泪流成割不断的闪光飘带。千年的韶光坠入远方，像暴风雨一样——我吊住她的脖子，流下对新生感到喜悦的眼泪。这是在你，黑夜之中最初之梦。

梦过去了，可是留下它的光辉，对夜空和它的太阳、恋人的永远不可动摇的信仰。

（钱春绮 译）

# 米什莱

于勒·米什莱（1798—1874），法国历史学家和散文家。
主要散文作品有《鸟》《海》《山》等。

## ※ 阳光——黑夜

　　鱼的世界是静静的世界。俗话说："像鱼一样沉静。"

　　昆虫的世界是夜的世界，它们怕光。昆虫中即使像蜜蜂那样，白天劳动，但它还是喜欢黑暗。

　　鸟的世界是阳光和歌唱的世界。

　　万物生长靠太阳，一切都在它的照射下欢腾鼓舞。南方的鸟儿翅膀浸染着阳光；我们这里的鸟儿把阳光放进歌唱；还有许多鸟儿追逐日头，到处翱翔。

圣·琼说："瞧吧，早晨它们礼赞朝阳，傍晚，又虔诚地飞集在一起。看落日在苏格兰海岸缓缓下降。黄昏时分，大松鸡飞到最高的杉树枝头瞭望，不停地摇晃着身子，这样它看到太阳的时间可以更长。"

对于它们，阳光、爱和歌唱都一样。倘若你要让捕获的夜莺在它们不发情的季节里歌唱，你就用布蒙住笼子，然后蓦地还给它亮光，它准会引吭高歌。野蛮人常把倒霉的燕雀弄瞎了眼睛，催它饱含着激情，迸发出绝望而痛苦的鸣叫，它用声音为自己创造出和谐的光辉，用内心的热忱为自己创造出它的新升的太阳。

阳光对于宇宙万物都意味着平安。

无论是对于人类还是动物，光都是生命的保证；就像令人安详、和平、静穆的微笑，大自然的坦诚一样。光使在黑暗中追逐着我们的恐怖却步，使梦幻的烦恼和痛苦消失，使困扰灵魂的愁绪逃遁得无影无踪。

长期以来人类群居宴处，已经不了解生活在旷野中的艰辛、惧怕、略无防卫之苦，自然界那可怕的大公无私的律令致人死亡，就跟给予生命一样。你祈求，也是徒然。大自然告诉飞禽："猫头鹰也有生存的权利。"大自然回答人类："我必须喂饱我的狮子。"

请你在旅行中仔细看一看荒僻的非洲那迷了路的不幸者的恐惧吧，请看一看可怜的奴隶在逃脱了人类的凶残之后又遇上了残酷的大自然时的恐惧吧。多么焦虑和痛苦啊，日落之后，成群的豺狼，充当狮子的可怖的前哨，开始转悠起来，它们远远地陪侍着它，或是在它前面用鼻子到处乱嗅，或是跟在它后头，像搬运尸体的夫役那样！它们对着你悲号，说道："明天，让别人来收拾你的骨殖吧。"这是多么巨大的恐怖！而这一切就发生在你身边……狮子看着你，目光炯炯地凝视着你，从它那青铜铸就的喉咙里发出低沉的吼声，对面前这个活生生的猎物喑呜咤叱，要把它吃掉！马也支持不住了，浑身颤抖，冒着冷汗，直立起来……人蹲在那儿，腹背受敌，他几乎已经无力给这个惟一能保护他生命的充满了光和热的城堡添加燃料了。

夜对于飞禽也是非常可怕的，甚至在我们这里危险好像比较少的地方也如此。黑夜里隐藏着无数妖魔鬼怪，在一片漆黑之中有多少令人害怕的东西啊！夜间奇袭的敌人一般都是这样，悄悄地猛扑过来。枭用寂静无声的双翼飞翔着，像是足下垫了棉花。颀长的臭鼬巧妙地钻进鸟窝，连一片树叶都没碰到。性情暴躁的榉貂嗜血成性，它是那样迅疾，只一下子就叼住禽鸟和幼雏，扼杀了全家。

一旦有了幼雏，鸟儿似乎对于这些危险产生了一种新的看法。它必须保护这个难禁风雨的穷家；走兽要比它好得多，因为幼兽生下来就能走路。但又怎样保护呢？它几乎只能待在那里等死；它飞不起来：爱折断了它的双翼。整夜，父亲看守着狭小的鸟巢入口，不睡也不困，历尽辛苦，用它脆弱的喙和不住摇晃的脑袋去抵挡危险，如果它看到面前突然出现了蛇那张开的血盆大口，圆睁着无限巨大的吓人的眼睛，该咋办？

对于任何生物，甚至对于被保护的幼雏，夜晚都是最大的烦忧。荷兰画家很能抓住这一点，并把它从放牧在草场上的牲畜身上表现出来。马自动走近了同伴，把头贴在它身上，母牛领着小牛犊返回栅栏，一心只想着进入棚屋。这些母牛有了一所棚屋，一个居所，有了足以逃避夜的陷阱的歇息之地啦。而鸟儿，却只有一片树叶！

清晨，恐怖敛迹，暗影已经消逝，小小的灌木丛被朝辉照耀得亮堂堂的。巢边有鸟语啾唧，噪成一片！它们仿佛是在互相祝贺，喜庆重逢，大家都还活着。接着就开始歌唱。云雀从田沟里出来，又飞又唱，把地上的欢乐带上天空。

（徐知免 译）

# ※ 山的魅力和危险

山里人对于山的看法跟我们不同。他们对山十分依恋，老是想回到它的身边，但称呼起来，却总把它叫做"敝地"。白花花的、琉璃似的泉水急促地跳跃着汩汩喷涌而出，他们叫它"野溪"。黝黑的杉树林，常年高挂在悬崖峭壁之间，好一片和平肃穆景色。这正是他们战斗、他们大显身手的地方。在一年最寒冷的季节里，劳作都已停辍，山里人就开始向树林进攻了。战斗持续的时间相当长，而且其中充满危险。并不只是砍伐林木、把树木段子推下去就了事，还得安排运输，必须把它们在中途取出，使它们在河床的急湍中不致乱蹦乱跳。战败者往往会成为胜利者的克星，树木则是樵夫的灾难。森林里潜藏着一部孤儿寡妇的伤心史。对于妇女和全家来说，一种充满了悲哀的恐怖笼罩在这崇山峻岭之间；积雪压着林树，一道黑一道白地在远山那边阴郁地浮现出来。

从前冰川是一种讨厌的东西，人们常对之侧目而视。萨伏瓦人把勃朗峰的冰川称作"魔山"。瑞士德语区那些乡村的古代传说中总是诅咒冰川，说它简直就是地狱。愿灾难降临在悭吝刻薄的妇女头上吧，她们对自己的老父亲也硬心肠。严冬季节，都不给他烤火！作为惩罚，她不得不带着一条凶恶的黑狗，在冰天雪地里流浪，蹀躞，不能休息。在最残酷的冬夜，家家都在炉边烤火，人们看到在那边高山上有个白色的女人，浑身颤抖着在水晶般的峰巅踉跄而行。

在这魔鬼的涧谷中，时时刻刻，容弗洛峰顶的雪块不断崩裂，爆发出一阵阵巨响，这是那些该诅咒的男爵、凶恶的骑士吧，这些莽汉大概每天夜里都在互相撞击他们的铁额头呢。

斯堪的那维亚古代传说中那高大可怕的神道，荒诞地说明了人们对山的恐惧。那里的山宝藏丰富，由相貌丑陋的地精守护着，其中还有个力大无穷的侏儒。有一位冷酷无情的女神坐镇在冰雪城堡的宝座上，她的前额缀满钻石，向天下英雄挑战，她笑起来比冬天苦寒的容色还要凌厉。有些冒里冒失的小伙子轻率地攀登上去，最后到达死亡之床，就像浑身都给捆绑着似的，留在那儿了，留在那儿跟水晶的妻子举行永恒的婚礼。

在一切令人心情激荡的角逐中，最宏大的肯定要数猎岩羚羊了。在这个营生里，危险正是其中的魅力；这是一场真正的山中狩猎，倒不仅仅是猎取那些胆怯的野兽。人们个对个地跟它格斗，然后将它捉获。瞧它那瑟瑟发抖害怕的样子。为了自卫，它拥有真实的幻想：坚冰、浓雾、山涧、裂罅、骗人的距离、虚构的前景、令人眩晕的、毫无节制的巡逻。人们十分热衷于此道。这些谨慎小心的人，一觉察到猎物的踪迹，就激动起来。瞧他那份狂喜劲儿，没有什么比在悬崖边缘追逐野兽更叫人感到这种战栗的快活了，这小小的狡猾的有角动物逗引得热心者开心极了。深渊在它惊慌的眼神下面打起了转转儿，贪婪觅食的秃鹫在它头上不住地盘旋，这又是一种乐趣！……去年，老的，曾经跳过一次，现在该轮到小的了。它们中间有一个，刚刚跟被它深深爱慕的女孩儿结了婚，却没有少跟索绪尔说话，它说："先生，这没什么。就像我父亲死在这里那样，我，也得死在这里。"三个月后，它果然实现了自己的诺言。

冬天，当大家围炉取暖时，猎人（他们是这个地区的权威人物）谈起他在这些冰川周围巡行所看到的一切时是多么聚精会神啊！倾听他叙述自己当时凝目于可怕的巨大蔚蓝色裂罅时的感觉，又是多么胆战心惊！"我嘛，"他继续说道，"我曾亲眼看见过，在二三十尺，有时甚至一百尺的隆皱下面，那许多晶莹夺目的水晶岩洞几乎直达地面，多少水晶或是钻石啊！"谁能梦想到这种事呢？轻信的萨伏瓦人心跳得多么厉害！"嘿！谁能攀登得上去呢！这是一大笔现成的财富。六十年的苦难，像脚夫或是掏烟囱的人一样，搬啊掏啊，又做了多少！只要放开胆子，坚决去干就行……要想在魔鬼那里偷盗点什么多难？正是他，要不就是他的那些仙女在守护钻石。"

为了他能有勇气去攀登，跨越过岩羚羊经过处的高度，必须有这些宝藏的喧嚣，必须有这个把钟乳石和水晶岩、水晶和钻石都弄混淆了的无知的想像，我知道什么呢？这一切人们都没有找到，但是他们找到了勃朗峰。

（徐知免 译）

乔治·桑

乔治·桑（1804—1876），原名阿芒丁娜·露西·奥洛尔·杜班，法国女作家。
1832年，乔治·桑因发表第一部小说《安蒂亚娜》而成名。
她的主要作品有《康素埃洛》《安吉堡的磨工》等。

## ※ 冬天之美

我从来热爱乡村的冬天。我无法理解富翁们的情趣，他们在一年当中最不适于举行舞会、讲究穿着和奢侈挥霍的季节，将巴黎当作狂欢的场所。大自然在冬天邀请我们到火炉边去享受天伦之乐，而且正是在乡村才能领略这个季节罕见的明媚的阳光。在我国的大都市里，臭气熏天和冻结的烂泥几乎永无干燥之日，看见就令人恶心。在乡下，一片阳光或者刮几小时风就使空气变得清新，使地面干爽。可怜的城市工人对此十分了解，他们滞留在这个垃圾场里，实在是由于无可奈何。我们的富翁们所过的人为的、悖谬的生活，违背大自然的安排，结果毫无生气。英国人比较明智，他们到乡下别墅里去过冬。

在巴黎，人们想象大自然有六个月毫无生机，可是小麦从秋天就开始发芽，而冬天惨淡的阳光——大家惯于这样描写它——是一年之中最灿烂、最辉煌的。当它拨开云雾，当它在严冬傍晚披上闪烁发光的紫红色长袍坠落时，人们几乎无法忍受它那令人炫目的光芒。即使在我们严寒却偏偏不恰当地称为温带的国家里，自然界万物永远不会除掉盛装和失去盎然的生机，广阔的麦田铺上了鲜艳的地毯，而天际低矮的太阳在上面投下了绿宝石的光辉。地面披上了美丽的苔藓。华丽的常春藤涂上了大理石鲜红和金色的斑纹。报春花、紫罗兰和孟加拉玫瑰躲在雪层下面微笑。由于地势的起伏，由于偶然的机缘，还有其他几种花儿躲过严寒幸存下来，而随时使你感到意想不到的欢愉。虽然百灵鸟不见踪影，但有多少喧闹而美丽的鸟儿路过这儿，在河边栖息和休憩！当地面的白雪像璀璨的钻石在阳光下闪闪发光，或者当挂在树梢的冰凌组成神奇的连拱和无法描绘的水晶的花彩时，有什么东西比白雪更加美丽呢？在乡村的漫漫长夜里，大家亲切地聚集一堂，甚至时间似乎也听从我们使唤。由于人们能够沉静下来思索，精神生活变得异常丰富。这样的夜晚，同家人围炉而坐难道不是极大的乐事吗？

（张秋红 译）

# 霍桑

纳撒尼尔·霍桑（1804—1864），美国杰出的小说家与散文家。
最重要的代表作是《红字》。除长篇小说而外，
他的许多短篇作品以及他为儿童所写的《术异记》等对美国短篇小说的发展也有相当大的影响。

## ※ 春日迟迟

那翘企已久的芳馥春天，尽管迟来几周，终于还是来了，这一来，古宅的檐苔墙莓，处处一派生机。明媚的春色已经窥入我的书斋，不由人不启窗相迎；一霎间，郁郁寡欢的炉边暖流与那和畅的清风顷刻氤氲一处，几给人以入夏之感。窗扉既已洞开，曾经在淹足冬月伴我蛰居斗室之内的那一切计数不清的遐思逸想——浸透欢戚乃至古怪念头的脑中异象，布满朴实黯淡的自然的真实生活画

面，甚至那些隐约于睡乡边缘、瞬息即逝的瑰丽色泽所缀饰成的片片梦中情景，所有这一切这时都立即逸出，消释在那太空之间。的确，这些全都让它去吧，这样我自己也好在融融的春光下另讨一番生活。沉思冥想尽可以奋其昏昏之翅翼，效彼鸱枭之夜游，而全然不胜午天的欢愉阳光。这类友朋似乎只适合于炉火之畔与冻窗之旁，这时室外正是狂飙啸枝，冰川载途，林径雪封，公路淤塞。至于进入春夏，一切沉郁的思绪便只应伴着寒鸟，随冬北去。于是那伊甸园式的淳朴生活恍若又重返人间：此时活着似乎既不需思考，也毋庸劳动，而只是熙熙和和，怡然自乐。除了仰承高天欢笑，俯察大地苏生而外，此时此刻又有什么值得人去千辛万苦经营？

　　今年春的到来所以又是步履疾迅，主要因为冬的延稽过久，这样即使兼程退却，也早超出其节令期限。不过半月之前，我还在那饱涨的河边见着巨块浮冰滚滚而下。山腹个别地带而外，眼前茫茫大地覆雪极厚，其最底层尚是去年十二月间雪暴所积。骤睹此景，几乎令人目呆，不解何以这片僵死地面上的偌大殓布方才铺上，便又撤去。但是谁又能弄清那阳和淑气会有怎般灵验，不管它是来自周遭的岑寂物质世界，还是人们心底的精神冬天？实际上，多日以来，这里既无暴雨，也无燥热，只是好风南来，不断吹拂，而且雾日晴天，都较和煦，另外间或降场小雨，但其中总是溢满幸福欢笑。雪仿佛在幻术下已经突然隐去；密林深谷之中虽然难免，但是眼前只剩下一两处还未消净，说不定明天再来，还会因为踪影全无而感到怅惘。

　　的确，新春这般紧逼残冬，以前还未见过。路边的小草已经贴着雪堆钻出头来。牧场耕地一时还没有绿转黄回，完全变青，但也不再是去年深秋一切枯竭时的那种惨淡灰暗色泽；生意已经隐隐欲出，只待不久即将焕发成为一派热闹景象。个别地方甚至明显地绽露出来——河边一家古旧红色农舍前面的果园南坡就是这样——那里已经是浅草茸茸，一色新绿，那光景的秀丽，就是将来繁花遍野，也将无以复加。不过这一切还大有某种虚幻不实之感——它只是一点预示，一个憧憬，或者某种奇异光照下的霎时效果，以致目才一瞬，便又转眼成空，负韵逸去。然而美却从来不是什么幻象；不是那里的点滴苍翠，而正是它周遭广阔的深黝荒芜土地才更能给人携来梦想和渴望。每时每刻都有更多的土地被从死亡之中拯救出来。刚才朝阳的灰色南岸还几乎光秃无物，但现在已是翠映水堤。再细眄视，浅草也在微微泛绿！

园中树木虽还未抽芽著叶，但也脂遂液饱，满眼生机。只须魔杖一点，便会立即茂密葱茏，翕森浓郁，而如今枯枝上的低吟悲啸到时也会从那簇叶中间突然响出一片音乐。几十年来一向荫翳西窗的那株着满苔衣的老柳也必将首先披起绿装。说起柳来，历来总是啧有烦言，理由无非是这种树的外皮不够干净，因而看去每易产生黏湿不洁之感。的确，我常以为，树木要想得人喜爱，必须叶表光滑，皮表爽利，另外木质纹理也都贵乎缜密坚致。

然而柳也自有其特长，它总是以它那袅娜轻盈的风姿最早就将美的希望与现实像喜讯那样携给我们，而最后才把它黄而不萎的叶子撒落地面。另外整个一冬，它们那鹅黄的桠杈之上总是晴光如炽，因而即使是最凄其晦冥的天气，也都予人以一种欣欣之感。遇到雾雨云天，柳会令人忆起可爱阳光。我们古宅的郁郁园柳如果齐被砍掉，以致冬天它们的雪顶再无灿烂金冠，夏日周围也无参天翠黛，那时将会失去多少风韵。

我书斋窗下的淡紫丁香同样也已开始生叶；不消几天，只要伸出手去就会触着它那最嫩绿的高枝。这些丁香，由于不复年轻，久已失去其昔年的丰腴。从内心，从理智，从常情乃至从爱好讲，我们都已不再满意它们的外观。老年一般受人尊敬，但是联系到丁香、蔷薇或者其他观赏性的花木，便恐怕未必如此；这些尤物，既以美为其生命，便似乎只应活在它们的不死青春——至少在其衰竭到来之前就该及时死去。美的树木乃是天上的圣物，按其生性本应不死，但是后来移到人间，也就不免要失掉其原有权利。

一丛丁香竟然活到老迈不堪，辈分高高，这事本身便有几分滑稽可笑。这一比譬似乎也同样适用于我们人生。那些风致翩翩，生来便仅为给整个世界添色增美的人，按理也合应早些死去，而不该活到鬓发苍苍，皱纹满脸，正如我窗下那丛丁香不该苔皮厚厚，萧索枯萎。这倒并非是说在价值上美将逊于不朽。不，美应永远存在下去；也正为此，所以每当我们看到美被时间战胜，便将产生不快之感。另方面讲，苹果树却可以活至老耄而不致遭到物议。它们完全可以爱活多久便活多久，也尽可以将其自身盘曲虬蟠得全然不成形状，然而霜皮瘦枝之间，却又红花著梢，夭夭灼灼，一树春色。它们尽可以这样一副而仍不失人的尊重尽管收成时节，结果寥寥。这不多的几枚果实——或者仅是它们毕竟结过这点微弱回忆，至少总算是对世俗之于长寿者们的例来无情要求有了几分交代。看来人间的花木要想在世上享有寿数，除了开花应该美丽之外，还必须结出一定数量的果实，以服众口；否则仅具莓衣苔皮之类，而再无其他，则于合宜一端，势将人情天理，两难相容。

严冬的广大雪毡一旦撤去，这时最触目惊心的便是那暴露在眼前的种种污秽杂乱。依我们的偏见看来，自然也并非生胜好洁。去岁的物华芳菲，如今因已转成奇形怪状，一片灰暗，势不能不影响到眼前的明媚风光。路边道周，去秋的败叶到处成堆，其中甚至不乏狂飙摧折的整条断枝，如今早已霉黑腐烂，一两处还有鸟的残巢留在上面。至于花园之内，豆蔓的卷丝，笋圃的枯根更是随处可见，有些白菜甚至因为收秋人的大手大脚而被活活冻毙在那泥土里面。真的，通观世间万物的全部生命形式，死的遗迹在它们当中竟是何等地错杂一处和很少例外！无论是思想的壤土，还是心灵的园圃乃至感官的世界里面，都往往有枯叶残存下来——那些我们已经弃置不顾的思绪感情。天风既无力将它们驱出世外，大地也不能把它们收入虚无。但是这些对于我们又有何意义？为什么我们的生活与乐趣便不能是另外一种样子？因而我们的今生亦即人类的初生，我们的欢乐恍若他们的欢乐，于是再也无须在那些世代的旧物堆上（尽管从那里面也曾焕发出不知多少美丽神奇）践踏着朽骨而生存，步履着遗迹而作乐。想来那伊甸的春天必曾是无比的美妙，那里纯洁的处女地上绝无陈年积月的旧日宿叶去传播腐烂，初民的浑朴心中也不知将那过时的经验弄成盛夏，弄成残秋！那个世界才真真值得一活。——啊，你这牢骚大家，恐怕正是因为此生此世过于繁缛华茂和撩人心意，你才编造出这么多的无聊埋怨来吧。说是那里没有腐朽。那里的每个灵魂都是他自己伊甸园中的第一初民。——但是我们呢？我们则是居处于一所苔痕密布的古老邸宅，履践着往昔历代的旧日足迹，而与共朝夕的侣朋则是一名死去牧师的孤寂亡灵。然而言之可怪，所有这一切反常的情况却因了精神的康复之力而被弄得未全虚幻。设使人的精神何时失去了这种力量——亦即设使这些枯枝、腐叶、古宅以及旧日的鬼魂一旦全部返回它们的当年面目，而今天的翠绿青葱反而成了它们的破碎梦影——但愿那时这种精神不必再长留在我们尘世之中。那时或许惟有天上的清氛能再振起它那泰初之时的浑然元气。

然而从这里黑魆与冬青树下的园中甬道面一跃驰入那无极太空，这又会是何等出人意料的非凡飞行！且让我们暂时脚踏实地吧。这个花园虽然平常，草在这里却长得很快，石墙脚下，屋角隐处，都已丝丝冒出，特别在那朝阳的台阶地方，也许因为条件优越，已经是细草芊芊，迎风摇曳。我观察到，有些杂草——尤其是一种沾指即染上黄色的——竟然汁饱叶鲜，经冬都未死去。我说不清何以它们独能免遭其同族类的命运而幸存下来。如今它们既已成了长老耆宿，自不免要对其花草儿孙讲点死生道理。

说起春天的赏心乐事，我们又怎能忘记禽鸟？就连乌鸦也会受人欢迎，因为它们正是更多美丽可爱的羽族的乌衣信使。它们在融雪之前便已经前来看望我们，虽然它们一般喜欢隐居树阴深处，以消永夏。我有时也去打扰它们，但见到它们高栖树端的那副如此礼拜的虔敬神情，确也不无唐突冒犯之嫌。偶然引颈一鸣，那叫声倒也与夏日午后的岑寂无比相合，其声大而且宏，且又响自头顶高处，非但不至破坏周遭的神圣肃穆，反会使那宗教气氛有所增加。

然而乌鸦虽然一副道貌和一身法衣，其实却并无多大信仰；不仅素有觊径之嫌，甚至不无渎神之讥。相比之下，在道德方面鸥鸟倒是更为可尊。这些海滨岩穴中的住户与滩头上的客人正是赶趁这个时节翔来我们内陆水面，而且总是那么轩轩飘举，奋其广翼于晴光之上。它们在禽鸟之中最是值得一观；当其翔驰天际，那浮游止息几乎与周遭景物凝之一处，化为一体。

人的想象不愁从容去熟悉它们；它们不会俄顷即逝。你简直可以高升入云，亲去致候，然后万无一失地与它们一道逍遥浮游于汗漫的九陔之上。至于鸭类，它们的去处则是河上幽僻之所，另外也常成群翔集于河水淹没的草原广阔腹地。它们的飞行往往过于疾迅和过于目标明确，因而看起来并无多大兴味，不过它们倒是大有竞技者们的那副死而无悔的拼命精神。此刻它们早已远去北方，但入秋以后又会回到我们这里。

说到小鸟——亦即林间以其歌喉著称的鸣禽，以及好来人们宅院，好在檐前园木筑巢因而与人颇为友善的一些鸟类——这些要想写好，那就不仅需要一支十分精致之笔，而且一颗饱富同情的心。它们那些曲调的猝发简直仿佛一股春潮从那严冬的禁锢之下骤然溃决出来。所以把这些音籁说成是奉献给造物者的一阙颂歌，确也不为言之过高过分，因为大自然对这回归的春天虽然从来不惜浓颜丽彩多方予以敷饰点缀，但在凭藉音响以表达生之复苏这番意思上却是不出鸟声一途。不过，此刻它们的抒放还仅仅带点偶发或漫吟的意味，尚非是刻意求工之作。它们只是在泛泛论着生活、爱情以及今夏的栖处与筑巢等问题，一时还不暇稳坐枝头，长篇大套地谱制种种颂歌、序曲、歌剧、圆舞或交响音乐。其间急事也常提出，大事也常通过匆忙而热烈的讨论，加以解决，但是偶然情不自胜，一派浓郁繁复的细乐也会嘤然逸出，恍若金波银浪一般地滚滚流溢于天地之间。它们的娇小身躯也像它们的歌喉一样忙个不了；总是上下翻飞，永无宁日。即使是三三两两飞避到树梢去议论什么，也总是摇头摆尾，没个安闲，仿佛天生注定只该忙忙碌碌，因而其命虽短，所过生涯却可能比一些懒人的寿数还长。

在我们所有的禽羽族中，那名叫燕八哥的（其中两三个细类似乎颇能相得）也许是最喜鼓噪的一种。它们往往成群结伙（比那因了鹅妈妈而永垂不朽的那"二十四位"还更享名），啸聚树端，而那喧嚣吵闹的激烈实在不亚于乱哄哄的政治会议。政治当然是造成这类舌战激辩的主要原因，不过与其他的政客不同，它们毕竟还是在彼此的发言当中注入了一定的乐调，因而总的效果倒也不失和谐。然而在这一切鸟语之中，听起来最使我感觉优美欢快的再无过于一座高大堆房（尽管那里面阳光微弱，并不明亮）里的燕子呢喃；那沁人心脾的感染力量甚至超过红脖知更。当然所有这些栖居于住宅附近的禽羽之族仿佛都略通几分人性，也多少具备一点我们的那个不死的灵魂。早晚晨昏之际，我们都能听到它们在吟诵着优美祷文。仅仅不久之前，当那夜色还是昏昏，一声嘹亮而激越的嘤鸣已经响彻周遭树端——那音调之美真是最适合去迎接绛紫的晨曦和融入橙黄的霞曙。试问这小鸟何以要在午夜吐放出这般艳歌？或许那乐音是自它的梦中涌出，此时它正与其佳偶双双登上天国，而不想醒来，自己不过瑟缩在新英格兰的一个寒枝之上，周身全被夜露浸透，以致不胜其幻灭之感。

昆虫也是春的最早产物。许多我完全叫不上名字的小虫早已蠕蠕雪上。不少肉眼难辨的细物正在晴光之下嗡嗡嘤嘤，密如雾霭，不久飞入暗处，又恍被吞噬，渺不可见。蚊蚋已经开始奏起它们那生人微怖的细弱号角。黄蜂也在纷纷袭击着晴窗。蜜蜂还曾闯入室中，来报花信。蝴蝶甚至在雪消之前便已飞来，但寒风之中实在不无伶俜索莫之感，尽管一身彩衣，萦金缭碧，富丽非凡。

田野林径之间一时还春色不浓，少人光顾。日前外出时，一路之上还见不着紫堇银莲，或者其他一些像样花草。但是去登登对面小山，以便辨识一下春的足迹，还是完全值得。我自己便一直在追踪着它的一切微细变化。周围河水一道，蜿蜒作半圆形，所经草地因过去悉属印第安人，此水至今犹仍其旧名。然而那里地卑水阔，日照之下，大有浮光耀金之感。近岸一带，成行树木几半浸水中，稍远，但见灌丛处处，簇出水面，仿佛在仰首吸气。其中最奇特的是一些零星巨树，孤立于死水之中，水面也较宽阔，广袤可数哩许。一些树身由于浸水过深，尽失其比例匀称之美，见后始知其天然形状之可爱可贵。今年春汛期间，河水虽未泛滥成灾，但是浸地之广，也为近几十年来所仅见。事实上它已漫过石栏，致使公路个别地段几可荡舟。不过此刻已见退势，水中孤屿渐与大片土地相连，其他一些汀渚也慢慢冒出积涝，仿佛前所未见的新造之陆。眼前种种实在酷似尼罗河畔的退水情景——除了没有那种黑色沉积，另外也恍若诺亚时代的浮浮天水，所不同者，这些重见天日的陆面之上到处洋溢着一派盎然生意，因而给人的印象仿佛一切概出新造，而非因为浸淫陷溺过久，非洪水不足以尽洗其污秽。这些新出水的岛屿实在是整个景物中最青葱的部分，只须那融和的春光一到，登时便将绿满郊原。

感谢上苍给了我们春天！试想整个大地——还有人类以及与他们息息相关的旧地故乡——又将是怎么一副模样，如果生命只是这般孜孜矻矻，一刻不停，从来没有任何新的东西定期来复，以便给它注入一点蓬勃生机？难道这个世界真会变得完全不可救药，以致连春天也不能给它携来一丝新绿？难道人们也都变得那么衰朽不堪，以致他们青春时代最微弱的阳光也永远不再射入心扉？绝不会的。我们这座古宅的墙每阶苔此刻已是一片烟景；曾经在这里居住过的慈祥牧师不也是在此处重返其青春，在这骀荡的春风里成为九十之童吗？不论年老年少，如果一个人竟然连这春天的欢乐沾泼也都一概摒弃不顾，这个人的灵魂真将是槁木死灰，哀莫大焉！对于这样一副心灵，我们不仅万难寄予重整乾坤之厚望，也无从邀得对那些为了崇高信仰与正义事业而英勇奋战的人们的些微同情。说到我们的一年四季，夏天总是但以眼前为务，而不思将来；秋天富饶丰赡有余，但过趋保守；冬天则已完全丧失其美好理想，只知在瑟瑟的寒风之中重温其往日迷梦；因此惟有春天，那生意盎然的春天，才是这变动不居的序时之中的最好时节。

# 缪塞

阿尔弗雷德·德·缪塞（1810—1857），法国诗人。
主要作品有长诗《罗拉》等。

## ※ 我赞美这大自然

　　我赞美这如此平静的大自然；我看见那些星星从被破坏的天体上悄悄地落下。世人啊，在这如此坠入永恒的黑夜，彼此再也不记得的无尽的星球中间，你们想起谁呢？

　　你们说，这世界多么小？在这么多太阳中间，这照亮世界的太阳是多么不起眼的沙粒！而我，我对你们说：宇宙是多么小！这犹如缀满金线的破衣服一般被抛入宇宙一角的微不足道的一群旋转不止的星星与太阳，在空际是多么渺小的沙粒！你们竟认为你们的世界有个上帝，你们竟从你们的污泥中寻找最虔诚的信徒，你们从你们不可感知的模子上获得他，你们又把他变成一个与你们相似的上帝，你们到底是谁呀？你们由于他才有了善与恶、重力与迎力，你们到底是谁呀？

那里，在无限的黑夜的另一角，在离你们几十亿里的地方，某个生存在别种统治下的小世界的人们同样在某盏摇曳的灯下激动不已，在那个世界里，没有善也没有恶，没有重力也没有迎力；他们有别样的感觉；他们通过不同于你们呆滞的目光与颤抖的双手的方法抓住他们周围的一切。这里，那里，到处，宇宙充满了各种各样的巧妙的手段，这些手段全都存在于无限中，全都像你们一样有一次或两次来生的生活必需品。可能做到的一切都做到了：与物质相结合的所有生活方式都从混沌中解脱出来；假如促使它们产生的上帝某个早晨在上面吹气的话，他只会注意虚无，以便促使同样数目的创造从虚无中出现与再现。

（张秋红 译）

# 狄更斯

查尔斯·狄更斯（1812—1870）十九世纪英国最著名的小说家，

伟大的幽默家，批判现实主义的杰出代表人物。

他的作品通过许多令人难忘的形象的塑造，

真实地反映了英国十九世纪初叶的社会面貌，具有巨大的感染力。

主要作品有《匹克威克外传》《老古玩店》《大卫·科波菲尔》《双城记》

《远大前程》《艰难时世》等。

## ※ 意大利风光

取道比萨、锡耶纳前往罗马。

热那亚与斯培西亚之间的海岸大道对我来说，是意大利最美丽的地方。一边是蔚蓝色浩瀚的大海，不时缓缓滑过几只漂亮的小船。大道有时比海平面高很多，有时又处在同一平面，各种形状的破碎岩石还点缀大海边缘。另一边是崇山峻岭，一些白色的村舍零星散布在深谷中，黑黝黝的橄榄树林，座座小教堂，明亮、宽敞的塔楼，村舍都涂满艳丽的色彩，茂盛的野生仙人掌与芦荟长满了路边每一座山坡与小丘上。夏天，沿路每座村庄的园子里都开满了丛丛紫色的颠茄花；秋天与冬天，金橘与柠檬又飘出阵阵芳香。

村子里几乎毫无例外都住着渔民。眼前尽是令人愉快的景色：大船被渔民拖到岸边，在地上投映出块块的阴影，他们便在这里小憩；或者是妇女和儿童们在岸上一边编织渔网，一边里嬉戏，远眺大海。卡莫格里亚是这里的一座小城，低于大道几百英尺的岸边还有一座小港湾，里面大多是海员之家。自远古以来他们就拥有许多船只，同西班牙和其他一些地方有着贸易的往来。从大道上朝下看，这里就像一个小小模型坐落在波涛起伏的大海边缘，在阳光下发出不断闪出光芒。沿着蜿蜒曲折的羊肠小道走下，你会发现，这里简直是一座古代航海之城的模型完美而具体入微的再现，我一生所见海水味最咸，波涛最猛烈而又最具海盗气息的地方就是这里。锈迹斑斑的铁环，抛锚用的链条、绞盘和一段段的古旧桅杆在路上到处堆放着；小小的港湾内停泊着久经风浪的船只，石头上晾晒着水手们的衣服堆。在简陋码头周围的护墙上，几个家伙正躺在那里睡觉，类似于两栖动物的他们，双腿悬垂在墙上，仿佛土地与海水对他们来说都是一样的；假如滑下水，他们也能在里面漂浮，在鱼群中舒适地打个盹儿。来自大海的战利品与供奉的祭品都摆放在小教堂里，这些都是为了纪念从风暴与海难事故中逃生的人。房屋并没有紧邻海湾，要沿着黑暗、低矮的拱廊与弯弯曲曲的台阶走上一会儿才能看见，仿佛真正的船的底舱只有在这样黑暗难寻的地方才算是。鱼腥味，海藻味与腐烂的绳索味在这里四处弥漫。

那段横在卡莫格里亚城上方的海岸大道，尤其是靠近热那亚的某些地段因夏天有众多萤火虫聚集，而闻名于世。在一个漆黑的夜晚我曾漫步那里，亲见这片天空被这群美丽的小生灵装点得耀眼明亮。弥漫在整个空中的荧光，照亮了每一片橄榄树林和每一侧的山脊，远空的星星相比之下倒逊色了许多。

然而，我们踏上这条通往罗马的大路时并没有遇到这样美丽的季节。刚过一月中旬，这里非常潮湿，天空也极为昏暗阴郁。此时，我们遇到了雾雨天气，在路过美丽的布拉科隘口时。于是这一路似乎都是在云中穿行。当时地中海仿佛根本就不存在世界上。只有当面前的大雾偶尔被一阵强风吹散，脚下咆哮的大海才隐约可见，它到拍打着远处的岩石，疯狂掀起了一阵阵泡沫。雨不停地下着，条条山涧与小溪全都暴涨，水不停地倾泻着，咆哮着，轰鸣着，声音震耳欲聋，我从未见过这样的情景。

当我们来到斯培西亚时，才发现马格拉河——一条通往比萨大路上的无桥河，由于水位太高而无法安全摆渡。只好到第二天下午再说了。凑巧的是，这时河水竟渐渐减退了。不过，斯培西亚有美丽的海湾，一家幽灵般的小酒馆，此外还可以看看这里妇女们的头饰，倒是个很好的可以歇息的地方。妇女在一侧的头发边佩带着一顶小小的玩偶草帽，真可称是人类发明的最古怪与最淘气的头饰了。

在水流湍急的地方，我们乘坐小船安全地渡过了马格拉河，可是坐在船上并不是令人舒服的享受。几个小时之后我们就到卡腊腊。第二天早上，我们很快弄到了几匹小马，于是就出发去看采石场。

采石场就是顺山势分布在几座高山之间的四、五个巨大山谷，并一直向上延伸到悬崖的边缘。按照当地的说法采石场或叫"石窟"，实际是山坡高处分列在山口两侧的许多洞口，在这里，人们放炮炸山，开采大理石。这些有好有坏的石头，既可以使一个人很快地发大财，也可能因为花费了大量的工作却毫无价值而使得一个人破产。早在古罗马时代就开掘出来过的几个石窟，到现在还是老样子；有些是正在开采的；还有些要到明天、下星期或下个月才能动工；而另外一些则根本无人定购，也就无人理睬。从这里开始开采大理石到现在，许多个世纪都已经过去了，而这里丰富的大理石资源，还可供开采更多的世纪，它们正耐心地等待着勘探时机的到来。

当你吃力地攀登在这些陡峭的峡谷中时（汗水早已浸湿马匹的肚带，它们被留在一两英里以外的山脚了），从山谷中传来的回音会不时地飘过。这是一阵号角声，低沉而忧郁，山谷显得更为寂静了——这是提醒采石工们撤离的信号。接着便传来一阵巨响，声音回荡在群山之间，同时还会看到飞散在空中块块岩石的碎屑。于是你再继续登山，直到又一阵号角声从另外一个方向传来，你这时必须马上停下，以免闯进爆炸地。

在山坡上忙碌着许多人：为给刚刚找到的大理石块腾空地方，清除碎石与泥土，并将它们推下山坡。看着这些东西在看不见的双手推动下滑进狭长的山谷时，我不禁想起了另外一片深谷（同这里的一模一样）。航海家辛巴达被大鹏鸟扔进深谷里，为了粘住钻石，商人们站在谷顶上朝下扔大块大块的鲜肉。没有雄鹰展开双翼在这里遮住阳光，更不用俯冲进谷中争抢肉吃.但是这里荒凉险峻的景色给人一种似有成百只雄鹰来过一样的感觉。

　　然而在这里有一条路，再巨大的大理石都能顺着这条路朝下滚！这个国家的本质及一切制度的精髓铺就了这条路，并且不断把它修复，密切把它关注，保证它畅通无阻！可以闭上眼想一下，有这样一条四周满布大小不同、形状各异石块的山涧，它沿着山谷中央曲折流过岩石铺就的沙床，那确实就是这条路——因为它是一条五百年前便已形成的道路。今天仍在使用五百年前的运石车，用的仍旧是像五百年前一样的牛拉的车。五五百年前这些牛的祖先们因不堪重负，过度劳累而死。五百年后的今天，这些不幸牛的后代们仍然承受着这项残忍的工作带来的痛苦与折磨，往往不到一年就去见了祖先！根据每一块石头大小的不同，用两头牛拉的，四头牛拉的，十头牛或二十头牛拉的；而不管是多少，这条路都是它们下山的必经之路。牛背负沉重的负担在一块块石头上挣扎走过，不定哪一刻就累死在这堆乱石上；死掉的并不仅是那些拉车的牛，还有的因为那些性情暴躁的赶车人用力过猛摔倒在地，被碾死在车轮之下。五百年前能做的事，今天也应该同样能做。而修筑一条铁路在这些陡峭山坡上（那简直是世界上最容易的事），则会亵渎了神明。

　　这时从我们身旁走过一辆只有两头牛拉的车（因为上面只放着一块小的大理石），我们于是停下来站在路边。为了把沉重的牛轭紧紧套在那两头可怜的牲口的脖子上，一位赶车人坐在上面，他的脸朝向后方.而不是前面。那真是个地道的专制主义恶魔，他手执一根一端是铁制的头的粗粗的棍子，当两头牛因松散的河床站不稳脚而停下来时，他就把棍子的一端刺向牛的身体，抽打它们的头部，甚至将棍子旋进牛鼻孔里。在极度痛苦中挣扎中，牛前进了一两码；当它们再度停下来时，车夫又重新耍一遍先前的手段，甚至更加凶狠，牛于是再次被迫前进，把车子拖向一个比刚才更加陡峭的下坡。在铁棒头的刺痛下，它们挣扎着、扭曲着身子拉着运石车冲下山坡，溅起了一片片水花。这时赶车人在头顶上挥舞着棍子，大声叫喝着，仿佛取得了了不起的功绩。殊不知在他洋洋得意时，很可能会被甩下车来，脑浆迸裂在牛蹄下。

那天下午，我参观了卡腊腊的众多雕塑工场中的一个。这是一个很大的工作场地，里面放满了已经完工的美丽的大理石雕像，全身雕塑、群雕或半身雕塑，但凡我们熟悉的在这里都可见到。我开始感到非常惊讶，这些精雕细刻的塑像，如此优雅、深邃与宁静，竟然产生于劳累、血汗与痛苦中！不过我很快便找到了与此类似的情形，找到了所有的解释：悲惨的土地培育了德行，悲伤与痛苦是美好的事物源泉。蕴藏着大理石的群山，通过雕塑家工场的宽大窗口望去，在夕阳的照耀下映上了一片红色的光芒。然而始终呈现一派严厉庄重景象。上帝啊！有多少本能创造出更多美好的成就的人类心灵与精神的宝库，现在却紧紧关闭，并逐渐消亡。而那些贪图人生享乐的游客在走过这些宝窟旁边时，只是转过脸去。不管谁见到那些遮掩于宝藏上的忧郁与艰难都会胆战心惊，停步不前。

摩德那公国统治着这一块领域的一部分。摩德那大公曾骄傲地宣称，欧洲唯一不承认路易·菲利普是法王的君主就是他！他是非常严肃认真的，而不是在玩笑。修建铁路的建议也被他坚决反对。假如他周围邻国的当权者想要修筑铁路的话，他宁愿派一辆公共马车穿梭于他那不太大的公国之内奔波往返，在两个火车站终点间接送旅客。

四周高山环绕，风景美丽，却地势险峻的卡腊腊城几乎没有游客停留在这里，而几乎所有的居民都多多少少与开采大理石有着某种关联。也有村庄在洞窟之间，那是采石工人们居住的地方。城里还有一家刚刚建成不久的漂亮小剧院。这里还有一种有趣的习惯，采石工人们自教自唱组织成合唱团，做这一切他们全凭记忆。我曾看他们表演过一出歌剧喜剧《诺玛》中的一幕，很是出色，不像一般唱起歌来总是走调（只有少数那不勒斯人除外）而嗓音让人听了也感觉很不舒服的意大利人。

登上卡腊腊城外一座高山的顶峰，首先看到的是比萨城所在的肥沃平原，里窝那城仿佛只是平原尽头的一个紫色斑点，这样的景色最是让人迷醉。造成如此优美景色的原因并不仅仅是距离，更因为这里有富饶的乡村。大路穿过浓密的橄榄树林，这些都使得景色越发怡人了。

月光皎洁的夜晚，我们才到达比萨城，很长一段时间内，我们在路上借助明暗不定的月光都可以看到城墙后的斜塔，倾向一边。眼前模模糊糊的真实景物似是过去在学校课本上见过的图片，向人们展示着"世界奇观"。和其他从学生时代的课本中认识到的事物一样，它比想象中的景象要小得多了。我强烈地感觉到斜塔根本不像我设想的那样，高高耸立在墙的上方。那只不过是在伦敦圣彼得大教堂墓地拐角处出售图书的哈里斯老板众多骗人花招之一，他是个书商。他的斜塔是虚构的，眼前所见却是真实的，这个实体相比之下稍微矮了一点儿。不过它看上去仍然很好，很奇妙，它也确实倾斜得很厉害同哈里斯老板讲的一样。非常宁静的比萨城，城门的大岗亭里只有两个矮小的士兵；大街上几乎没有什么行人的踪迹；阿纳河优雅地从城中心流过。这一切都如此的美好，我也不再对哈里斯老板有任何嫌隙（他的动机毕竟是好的），到晚饭之前我已经完全原谅他了。第二天上午，我充满信心准备参观斜塔。

我本应该将情况了解得更多一些。然而不知怎么回事，我想象中的斜塔，长长的影子下面便是一条公共大街，每天人来人往，川流不息。然而我吃惊地发现，斜塔坐落在一处庄严、肃穆的地方，竟然远离繁忙的人群。这里地势平整，绿草如茵，一群建筑物矗立在这片草坪的四周，包括斜塔、洗礼堂、大教堂和坎波·桑托教堂。这里可以堪称拥有全世界最美丽不凡的景色了。由于远离城市的繁华与喧嚣，这些建筑物群集在这里，使得它们具有一种独特的令人肃然起敬而又印象深刻的特点。它可谓是一座美丽古城中的建筑精华，被摒弃在外的一切平凡的生活与平凡的建筑都经过了仔细斟酌。

塞蒙德把斜塔与儿童图画书中常所见的巴别通天塔做过比较。这个类比比某些冗长拖拉的描写更具有说服力，很美妙。斜塔有着优雅轻盈的构造，非凡超群、无与伦比的外表，塔的倾斜度在人们沿着并不太陡的楼梯向斜塔攀登时，感觉不很明显。但是斜度在塔顶，便十分明显了，给人的是好像乘坐在一艘因为潮水退落而倾斜的船体上般的感觉。比如说，当你站在塔斜下去的那一侧，低头向回廊下眺望，你会看到塔尖后倾到塔基。这种感觉真是骇人。一位游客在向外望了一眼之后，惊恐万分，便不由自主地抓紧了塔身，似乎有点想将塔支撑起来的样子。站在塔内从下向上望去，感觉也很奇妙，就像是在一根倾斜的管子里张望。显然它的倾斜度已经达到了最乐观的游客所希望的程度。那些准备坐在塔下的草地上一边休息一边欣赏周围建筑物的人们，百分之九十九都会自然而然地选择避开塔身倾斜的那一面，它斜得实在是太厉害了。

大教堂与洗礼堂的各种美妙不需不需我再一一赘述了。尽管这里也颇多乐趣，但是像我回忆过的许多其他地方一样，你们会许会觉得很厌烦。并且要使二者达成统一也实在是件难事。安朱·德·沙托画的圣女艾格尼斯画像被挂在大教堂里，洗礼堂内强烈地吸引了我的是各式各样装饰华美的柱子。

我简单讲一讲坎波·桑托教堂，这样不至于违背自己刚才立下的不多言的保证。在六百多年前从圣地带回来的泥土上都建着青草覆盖的墓穴。墓穴四周回廊环绕，在石径上婆娑的阴影是跳跃的光线透过精美的窗花塔投下的，如此优雅典美的景色，就是记忆力最差的人也不可能忘记。这里四周的墙壁上都刻有古老的壁画，尽管已有很大程度的剥落与磨损，仍然十分引人注目，是个庄严又美丽的地方。在意大利，几乎任何种类的藏画中，只要画中有许多人头，那么其中肯定会有一个非常巧合地酷似拿破仑。我曾一度想象：这些古代的画家在创作时都有一种预感，那就是在有朝一日，艺术会因这个人将难逃一场浩劫。确实如此，伟大的绘画作品被他的士兵们当作射击用的靶子，而宏伟壮丽的建筑物也将被他们用作马厩。但是直到今天，在意大利很多地方仍然存在许多这样科西嘉型的脸庞。对于这种巧合，人们总要想方设法给出一个更加有说服力的解答。

假如比萨城位列世界第七大奇迹是由于斜塔的缘故，那它的乞丐之多，就可以称得上是世界第二或第三大奇迹了。倒霉的游客在每一条街道拐角处都有可能被他们拦路堵截，甚至被跟随着到任何地方。你进了一扇门，他们就在门口等候你出来。在每一扇你可能出来的门外都有人，而且还越来越多。"吱呀"一声的门响就是乞丐们群起而哄的信号。只要你一踏出门，就会立刻陷入衣衫褴褛、奇形怪状的乞丐们的包围圈中。比萨城唯一的行业似乎就是行乞。除了和煦的暖风之外，这里再无其他的动静。走在大街上，你会看到这里的房子屋前屋后几乎都是一个样子，简直不像有人居住，一切寂静无声。仿佛全城的大部分地方都处在黎明前的沉寂状态，又像是所有的人都在午休。这里或许更像是某些粗劣的图片或古代版画中的背景房屋。都是正方形的门窗，有一个人影（毫无疑问是个乞丐）正在踽踽独行，走向望不到边际的远方。

（因斯摩莱特的墓而出名）则完全不是这样。这里的景象是一派繁荣、兴旺、讲求实效。由于商业的缘故，城中丝毫没有懒散的迹象。针对贸易与商人制定的各项条款在这里都非常的宽松，里窝那因此获得了不少好处。因刺客的原因这地方名声欠佳，也确有着公正的地方。因为在前几年，这里有一个暗杀俱乐部，它的成员并不是对某些人怀有恶意。他们夜晚在大街上刺杀行人（都与他们素不相识），并且只把这样寻找乐趣与刺激的行为当作消遣活动。我记得鞋匠是这个可爱的团体的主席，不过他已经被捕，而俱乐部也随之解散了。里窝那通往比萨的铁路建成通车后，这个团体也许会自行消亡的。这条铁路状况很好，并以守时、有序、办事公正与进步神速开始逐渐震动整个意大利。铁路在所有令人震动的事件中，是最具危险性与异端色彩的。像地震造成的震动一样，在意大利第一条铁路建成通车时，梵蒂冈肯定有了一阵小小的轰动。

回到比萨后，我们又雇用了一位好脾气的马车夫，套上他那四匹马拉的车，随后就动身前往罗马。一整天，我们都行进在美丽的塔斯坎乡村与动人的景色间。沿路有许多十字架，在意大利的这一带地区格外引人注目。上面很少有人像，只偶尔能看到一张面孔。但是上面装饰着的许多木雕模型使这些十字架显得更为不同凡响，只要是涉及到与救世主有关的东西它们都应有尽有。最常见的停在十字架的最顶端的是使徒彼得三次不认主后一声长啼的公鸡，并且它也是禽鸟类的杰出代表。公鸡下面接着是铭文。士兵们为之抓阄的外袍和掷骰子用的盒子，长矛以及一端棉球上赶了醋和水的苇秆都挂在十字架的托木上，另外还有钉钉子用的铁锤，有拔钉子用的钳子，有斜靠在十字架上的梯子，有荆棘编织的花冠，有鞭打用的刑具，有圣母玛利亚进入坟墓时点的一盏灯（据我的猜测），还有彼得刺杀大祭司卫兵时用的剑……所有的这些简直称得上是一家名副其实的小玩具店。而这一路上每隔四、五英里就能见到一处。

美丽的古城锡耶纳在离开比萨后的第二天傍晚，出现在我们面前。正巧赶上他们所谓的"狂欢节"。但是这个狂欢节的全部表演也只是二三十个神情忧郁的人戴着类似玩具的普通面具，在大街上来来回回地走着，甚至比在英国的这类人更加忧郁，对此我也没什么可多讲的了。第二天一早我们就去看大教堂，它非常精美别致，内外一致，特别是教堂外面还有被称作大广场的市场。广场面积很大，里面有：一座巨型缺嘴喷泉；几座古怪的哥特式房屋；一个砖砌的方形高塔，塔顶的外面悬挂着一口巨钟——在意大利，这倒是一个奇怪的现象。有水的话，这里简直就是别一个威尼斯了。在这座城里，倒是有几处颇引人注目的古代建筑物，虽不如维罗纳与热那亚那样有趣，对我来说，却有一种梦幻般的奇异色彩，也产生了极大的兴趣。

我们在参观完这些东西之后立刻又上路了。一路上经过的尽是荒凉的乡村（除了葡萄藤之外，田野上一无所有。而在这个季节里，就是葡萄藤也光秃秃的像拐杖一样了）。中午为了让马匹得到休整，我们照例要停下来一两个钟头，这也是雇车夫时就讲好的。再继续前行。这一片区域逐渐变得更加萧瑟了，到最后竟然像苏格兰荒野一样，一片蓬枯，满目苍凉。天刚黑，我们就停下脚步，投宿在路边一家叫"斯卡拉"的小店。这是一所地地道道孤零零的房子，主人一家全都围坐在厨房的大火炉旁。在离地面约三四英尺的平台上生着炉火，大得足够烤好一整头牛。在这家仅有二层楼的店里，有一间空荡凌乱的大厅，它的一个角落里有一扇很小的窗户，分别有四扇黑糊糊的门通往不同方向的四间黑漆漆的卧室；还有另外一扇黑糊糊的门是通向另一间黑漆漆的大厅；有一个类似活板门的出入口在那里的地板上，与一条很陡的楼梯相通，上面压着一根根的水椽；在一个阴暗的角落里，有一架类似压榨机的东西；家庭用刀也东一把西一把地乱放一气；壁炉是纯粹的意大利风格，这样的结构使得烟雾四处弥漫，几乎连壁炉也分辨不清；同戏中强盗的老婆相差无几的女侍者，甚至连头上戴的东西也是一般模样；发疯似的狗狂吠不停，它们的叫声又引起一阵阵的回音；一切事物都笼罩在一层沉闷、甚至是杀气腾腾的气氛里。方圆十二英里之内再也没有其他房子了。

然而这一切并不是最坏的景象，据传言就在前几天夜里，肆无忌惮的强盗们结伙行动，而且有一辆邮车就在那附近的一片地区被劫持了。还听说这伙人不久前在维苏威火山上拦路抢劫了几名游客。路边旅店现在所谈论的都是关于他们话题。不过，我们认为这件事与自己并无太大关系（因为我们根本就没有值得他们抢劫的东西），于是也就轻松自在地谈论着这些传闻，而且很快便泰然处之了。在这家孤单的小客店里，我们享用了一顿家常晚餐，如果习惯的话，那些饭吃起来倒还不错。他们所谓的"快速汤"就是在一个菜里随便加了点蔬菜或米饭之类的东西。倘若再多放一些磨碎的奶酪，多加一些盐和胡椒粉，那么它的味道也许就会很不错了。此外还有半只鸡，这些汤就是用那只鸡烧的。还有一盒焖鸽肉，肉的周围还摆放着鸽子与其他鸟类的肫和肝脏。另外还有一小块与法国小圆面包一样大小的烤牛排。一块巴马干酪摆在一个小碟子上，还有一起堆在小盆里的五只干巴巴的小苹果，它们你挤着我，我挤着你，似乎在竭力保护自己以摆脱被吃下腹的命运。接着又喝了点咖啡，然后便上床睡觉。你不必把那些砖石地板放在心上，也不要在意敞着的门与劈啪作响的窗扇，更不要介意马厩与卧室只有一板之隔，马就在床板下面，甚至每次打个喷嚏或咳嗽一声，都能把你吵醒。假如能以平和的心境对待周围的人们，保持礼貌的言谈与愉快的外表，即便是在全意大利最糟的旅店里，我敢保证，你也会受到盛情款待，被奉为上宾；即使走遍整个国家（管他截然相反的说法），你肯定会一直保持着良好的心境，特别是当喝到像奥维艾托和蒙地浦尔恰用那样的好酒，就会立时消散你的怒气。

我们在上午离开，那时天气很差劲。我们走过的这片土地，像英国的康沃尔一样贫瘠多石、荒凉，在十二英里之内都是那样。最后我们终于到达了，在那有一家幽灵般丑陋的小店，曾是历代塔斯卡尼大公狩猎的居住地。似乎过去所写的一切谋杀与鬼怪的故事都来源于这间房屋，它里面到处是杂乱的长廊，阴森森的房间。看起来恐怖的古宅在热那亚也有几座，其中有一座从外表上看感觉与这里极为相似。会有阵阵阴风吹过这家拉迪科法尼的小店，房间随后吱呀作响，到处是虫蛀的痕迹，不时地洒下一些粉末来，并且偶尔还会有房门开合的声音与踩在楼梯上的脚步声出现。在其他地方我从未见到过这样的情景。整个小镇看上去就像是悬空在旅馆对面的山坡上。这里的居民全都是乞丐。一旦看到有马车开过来，他们就立即蜂拥而上，就像鸟群见到猎物的一样。

过了拉迪科法尼有一处山口。在我们经过那里时，山风真的异常猛烈（正如他们在酒店里警告过我们的那样），我们不得不让我的妻子走下车来，免得连人带车一起给刮跑了。站在向风的一面，我们紧紧抓住马车（真是好笑，我们还没忘紧抓住它），防止它被也风吹跑，天知道会吹到什么地方去。这场陆地狂风单就其风力而言，足可超过大西洋上的飓风，并且能让飓风退避三舍。狂风呼啸而过，席卷了位于右侧山脉间的大片河谷。当我们怀着恐惧的心情再看左侧的大片沼泽，那里可是连一处能依靠的灌木或树枝都没有。一旦我们被吹离了地面，肯定会飞到大海上或太空中去。天空中飞舞着雪花、冰雹、雨水，夹杂着电闪雷鸣，同时大雾以令人咋舌的速度翻滚向前。这时我们心中只剩黑暗，恐惧、孤单到了极点。山峦重叠，阴云密布，到处是疾风怒吼，呈排山倒海之势，这种激动人心的场面，它的壮观，绝非言语所能表达。

最终能够离开这里真是一种解脱，我们接下来也安全通过了阴怖又肮脏的教皇边界。然后又穿过两座小镇，其中一座叫做阿夸朋当，那里也正在举行狂欢节活动。队伍中有性别不同的两个人，他们一个男扮女装，另一个是女扮男装，行走在深及脚踝的泥泞的街上，那场面非常凄惨。终于在黄昏时分，我们来到了博尔萨那湖畔，还有一座同名小镇也在岸边，那里疟疾肆虐，远近皆知。湖畔四周连一间房舍都没有（因为没有人敢睡在这里），除了这座可怜兮兮的小镇；甚至连艘小船在湖面上都看不到。这片方圆二十七英里的水域，笼罩着一片凄惨、萧瑟，看不到一草一木。由于刚下过暴雨，路上泥泞难行，我们到时天色已晚。而天黑之后，这里沉闷的气氛就更加令人难以忍受了。

第二天傍晚夕阳西下时，我们又见到了另外一种不同的荒凉景色，总的来说较先前稍好一点的。我们经过蒙地非阿斯冲（因葡萄酒而享有盛名）和维特波（以泉水闻名），然后又爬过了一段约八到十英里长的山坡，一片孤立的湖水突然出现眼前：湖的一边是非常美丽的茂盛树林；另一边却被荒凉的火山群包围，只露出一片赤裸裸的岩石。这片湖所处的位置在古时曾有一座城池。不知道是哪一天城被吞没了，就出现了一大片湖水。这里有许多古老的传说（类似的传说在世界各地都有），水流清澈时，曾有人经见过水下古城的废墟。不管传说怎样，它终究是从这块土地上消失了。四周的地面不断地上升，湖水也在上涨，于是渐渐成了今天这副模样。好似突然被另一个世界紧紧包围的一群鬼魂，它们再也无法回复到从前的样子，似是在等待岁月的变迁，或者等待这里再发生一次地震，只要大地张开嘴巴，它们便会迅速乘机陷入地底，从此消失得无影无踪。淹没在水下的不幸之城也该是一派萧条、荒凉，同地面上的这些满身焦黑的山头与死水几乎没有什么两样。它们身上被火红的太阳照射上一种奇特的光线，仿佛他们生来就是为地窟与黑暗准备的事实，早被知道。泥土中慢慢渗入那忧郁的湖水，静悄悄地藏在水草与芦苇下，经过多年这么它仿佛仍然在深深地自责，正是它取代那些古代的高塔与屋顶，淹没了那些生于此长于此的古时的人们。

从这片湖水骑马出发，很快我们就来到了朗锡格里奥尼。这是座像个大猪圈一样的小镇。在这里住了一夜，我们第二天早上七点钟便动身前往罗马。

一走出"猪圈"，罗马城外的大平原就在我们脚下了。同想象中的一样，这是一片几乎无人居住广阔无垠的平地，在几英里之内，你根本找不到任何变化来舒缓这样千篇一律的忧郁气氛。在罗马城外的所有田野中，这里是最好、最适合埋葬这片死城的墓地。它是如此凄凉，如此寂静，如此沉闷。这里掩埋起庞大的废墟，就像把它们隐藏起来一样，不留一丝痕迹。古代的耶路撒冷，被邪魔缠身的人经常到旷野中嚎哭，甚至撕裂自己，而这里的荒凉程度与那时的情景又是何其相似。在这片大平原上我们要行进三十英里。前面的二十二英里，我们一路走来只能偶尔见到一座孤零零的房子，或者是一个在照看羊群牧羊人，他长相邪恶，粗糙杂乱的头发遮住了几乎整个脸庞，一直紧裹到他的下巴的是一件脏臭难闻的棕色斗篷。走完那一段路程后，我们停下来歇马，顺便在一家小客店里吃了些午饭。令人十分沮丧的是，这家店也是疟疾流行。店里的每一寸墙壁与横梁上都涂满了漆，贴着图画。这些十分粗劣蹩脚的作品，使得每个房间看起来都像是另外一个房间的反面。乱七八糟类似幕布的东西还挂满了房间，几只古希腊的七弦琴横七竖八地悬在墙上，似乎是从某些流动马戏团的后台偷来的。

再一次上路后，我们都十分兴奋，向罗马的方向极目四望。又行进了一两英里后，这座不朽之城终于渐渐出现，它看上去就像是——我似乎有点害怕写出那两个字——伦敦！！！它就在那里，在一片重厚的云朵之下，到处都是数不清的塔楼，教堂尖顶，建筑物的屋顶，它们直插云端，而矗立在所有这一切之上的则是一座圆顶。我发誓，尽管我拿这两座城市比较的做法听上去有些荒唐透顶，可是从远处看它确实非常像伦敦，就算你拿了望远镜叫我看，我也会这样认为，而绝不会把它看作是其他任何地方。

# 施托姆

特奥多尔·施托姆（1817—1888），
德国小说家，诗人，是十九世纪德国最杰出的小说家之一。
1850年发表中篇小说《茵萝湖》，为他在德国文坛奠定了小说家的声誉。
他的《在大学里》《弱殇》（或译《淹死的人》）及《骑白马的人》尤其为读者所赞赏。

## ※ 春到海堤

我们的海岸边以前曾长着好多高大的橡树林，树木茂密，一只小松鼠可以从一根树枝跳到另一根树枝，连续几里地不着地面。传说当婚礼行列穿过树林时，新娘必须摘下头上的凤冠，可见枝丫垂得多么低了。盛夏，这高高的树木构成的大教堂终日蔽荫凉爽。那时还有野猪和猞猁在林中穿行。在那雄鹰举目可及的高处，阳光的大海在树梢上汹涌澎湃。

但这些树林早已被伐光了，只有人们偶尔从黑色的泥沼中或从浅滩的淤泥中挖出个把石化了的树根，它会让我们后人神思那一片树冠在与西北方向来的暴风激烈搏斗，发出惊心动魄的喧嚣。而我们今天站在海堤上，望着一片无树的平原，犹如望着永恒。当那位哈利希岛的女居民第一次从她的小岛来到这里时，她的话说得多么正确啊："我的上帝，狄个（这个）世界嘎（这么）大；伊（它）要一直连牢（连着）荷兰了！"

海堤上的风多么令人神清气爽！家乡是我魂之所系；在什么地方又能像这儿一样尽情享受星期天的早晨呢！

在下面那新开发的沼泽地中，第一阵温暖的春雨已将无边无垠的草地染绿；散布着的数不清的牛在吃草，连接着一个个"沼潭"的水沟宛如银色的带子在早晨的阳光下闪烁。吼叫声和撞击声在辽阔的原野深处飘荡，此起彼伏，此呼彼应，相偕成趣。而耕牛的那些长翅膀的朋友们——椋鸟——是多么活跃！喧闹的鸟群从低地升起，在我的面前掠过来掠过去，然后密密麻麻地落在堤顶，稍顷，便灵巧的啄食着，顺堤坡而下，向海边漫步而去。

然而，沿着下边那从城市流来，向大海注入的河流边，新的谷草编成的网闪闪发光，令人神往，这是为了阻挡海潮的啃啮而铺设的。——河水雍容大方地流过这洁净的地毯。——时值清晨，青春时代梦幻般的感觉再度征服了我，仿佛这个日子将给我带来难以言传的妩媚；每个人都有在心底欢迎幸福幽灵光临之时。

（黎青 译）

# 屠格涅夫

伊凡·谢尔盖耶维奇·屠格涅夫（1818—1883），俄国19世纪批判现实主义作家。

代表作品有《父与子》《猎人笔记》等，还擅长于创作诗歌和剧本。

## ※ 树林与草原

……于是他渐渐地巴不得转回去：

回到村子上，到幽静的花园里，

那儿一株株椴树高大又荫凉，

铃兰花散发着阵阵清香。

一丛丛爆竹柳排成行，

从岸边倒垂到水面上，

肥壮的地里生长着肥壮的橡树，

还有大麻和荨麻的气味儿……

回去，回去，到那辽阔的田野上

那儿土地黑油油像丝绒一样，

那儿黑麦一望无际，

缓缓起伏，似轻柔的波浪。

从一朵朵透明的白云里

倾泻下重重的金黄色阳光；

那是好地方……

——摘自待焚的诗篇

我这些散记也许已经使读者感到厌倦了；赶快请读者放心，保证只限于已发表的一些片断，到此为止；但是在和读者告别的时候，不能不说几句关于打猎的话。

荷枪带狗去打猎，本身就是一件绝妙的事；就算您生来就不喜欢打猎，但您总是喜欢大自然的；因此，您不能不羡慕我们这些打猎的……那您就听我说说吧。

比如，您可知道，在春天里，黎明前乘车出猎何等惬意？您走到台阶上……黑灰色的天上有些地方还闪烁着星星；湿润的轻风有时会像细微的波浪一般飘过来；可以听见低沉而隐约的夜的絮语声；一棵棵笼罩在阴影中的树发出轻轻的响声。车毯铺好了，装茶炊的小箱子也放到了脚下。两匹拉套的马蜷缩着，打着响鼻，雄赳赳地倒换着四条腿；一对刚刚睡醒的白鹅静悄悄、慢腾腾地穿过大路。篱笆那边，花园里，更夫安静地在打鼾；每一个声音似乎都停在一动不动的空气中，停住不动。您坐上马车；几匹马一齐举步，马车隆隆响起来……您的马车走动了——马车过了教堂，下了坡，往右转弯——从堤上穿过……池塘上刚刚开始起雾。您觉得有点儿冷，就用大衣领子把脸遮住；

渐渐打起瞌睡。马蹄踩到水洼里，发出很响的啪唧声；车夫吹起口哨。但这时您的马车已经走出四五俄里……天边渐渐红了；寒鸦渐渐醒来，很不灵活地在桦树林里来来回回地飞着；麻雀在黑糊糊的麦秸垛旁边吱吱喳喳叫着。空中越来越亮，道路更清楚了，天色越来越明净，云彩越来越白，田野越来越绿了。许多农舍里点起松明，松明发出红红的火光，可以听到大门里面那带有睡意的人语声。这时候朝霞燃烧起来；瞧吧，一条条金黄色光带伸向天空，山谷里升起一团团雾气；云雀嘹亮地歌唱着，黎明前的风吹动了——于是红红的太阳冉冉升起来。阳光像急流一般涌来；您的心像鸟儿一般跳跃起来。清新，悦目，可爱！四周都可以看得很远。瞧，那片树林过去是一个村子；再远些是另一个村子，那村子里有一座白色教堂，那山坡上有一片不大的桦树林；再过去是一片沼泽地，那就是您要去的地方……快点儿，马呀，快点儿！大步往前跑吧！……只有三俄里，不会再多了。太阳很快升起来；天上一点云彩也没有了……天气将是极好的。一群牲口出了村子，迎着您走来。您爬上山坡……又是一片什么样的景象！一条河蜿蜒伸展有十来俄里，透过朝雾可以隐隐看到蓝蓝的河水；河那边是一片片翠绿的草地；草地过去是一道道慢坡的山冈；远处有凤头麦鸡咯咯叫着在沼地上空盘旋；透过散布在空气中的带水分的阳光，远方的景物清清楚楚地显露出来……不像夏天那样。胸膛呼吸得多么舒畅，四肢动作多么带劲儿，一个人沉浸在春天清新的气息中，浑身多么矫健！……

　　啊，夏天的七月的早晨！除了打猎的人，谁又能体会到黎明时漫步在灌木丛中有多么愉快？您的足迹在露珠晶莹、发了白的草地上留下的是绿色的印子。您用手拨开湿漉漉的灌木丛，夜里蕴积的暖气会向您直扑过来；整个空气中充满野蒿清新的苦味儿、荞麦和三叶草的甜味儿；远处是一片橡树林，在阳光下亮闪闪的，红红的；这时还是凉爽的，但是已经感觉出渐渐要热起来了。闻着太多的香气，头脑晕晕乎乎的。灌木丛没有尽头……只是远处有黄黄的、已经成熟的黑麦，几块像长带似的红红的荞麦地。瞧，一辆大车轧轧响起来；一个汉子缓步走来，不等太阳升上来，就把马拴到树阴下……您同他打过招呼，就走开去……您后面响起镰刀丁丁当当声。太阳越升越高。草地很快就干了。天已经热起来。过了一个钟头，又一个钟头……天边渐渐暗起来；一动不动的

大师谈自然

057

空气热烘烘的。

"大哥，这儿什么地方可以弄点儿水喝？"您问割草的人。

"那边山沟里有一口水井。"

您穿过缠着蔓草的密密丛丛的榛树棵子，走到沟底。果然，就在断崖下面有一股泉水；橡树棵子把它那掌形枝叶贪婪地伸展到水面上；老大的银色水泡不断地颤动着从水底往上冒，水底长满细小的、柔软的青苔。您一下子趴到地上，喝足了水，但是懒得再动了。您在凉荫里，呼吸着芬芳的湿气；您太舒服了，可是您对面的灌木丛在阳光下热得烫人，而且好像发了黄。不过，这是什么？风突然吹来，急急地吹过；四周的空气颤动起来；这不是雷声吗？您从山沟里走出来……天边那铅一般的一片是什么？是暑气越来越浓了？还是乌云涌上来？……哦，您瞧，一道微弱的闪电划过……啊，原来是大雷雨要来了！周围依然是明亮的明光：还是可以打猎的。可是乌云涌上来了：那乌云前面的边儿像衣袖一般渐渐伸展开来，像穹隆似的压了过来。青草，灌木丛，周围的一切，一下子就变暗了……快跑！那边好像有一座干草棚……快跑！您跑到了，进去了……雨多么大呀！闪电多么亮呀！有的地方雨水透过草棚的顶滴到芳香的干草上……可是，您瞧，太阳又出来了。大雷雨过去了；您走了出来。我的天呀，周围多么鲜亮，空气多么清新、湿润，草莓和蘑菇的香味多么浓呀！……

哦，您瞧，黄昏来临了。晚霞像火一样燃烧起来，映红了半边天。太阳就要落山了。近处的空气不知为什么格外清澈，像玻璃一样；远处弥漫着柔和的、看来似乎很温暖的雾气；红红的落日余晖和露水一起落到不久前还洒满淡金色阳光的林中空地上；一株株大树、一丛丛树棵子、一个个干草垛投射出长长的阴影……太阳落山了；一颗星在落日的火海里燃烧起来，不停地颤抖着……瞧，那火海渐渐白了；天空渐渐蓝了；一个个阴影渐渐隐去，暮霭渐渐在空中弥漫开来。该回家了，回到您过夜的村子里的小屋里去了。您背起枪，不顾疲劳，快步往回走……这时夜色渐渐浓了；二十步之外已经什么也看不见了；狗在黑暗中隐隐发白。

瞧，在一丛丛黑黑的灌木上方，天边模模糊糊地亮了……这是什么？是失火吗？……不，这是月亮要升上来了。下面，往右边看，村子里的灯火已经亮了……这不是，您过夜的小屋终于到了。您从小小的窗户里可以看到铺了白桌布的桌子、点着的蜡烛、饭菜……

要么您吩咐套上竞走马车，到树林里去打松鸡。乘车走在狭窄的路上，看着两边像墙一般的高高的黑麦，那是很愉快的。麦穗轻轻地打着您的脸，矢车菊不时挂住您的腿，鹌鹑在周围叫着，马懒洋洋地小步跑着。树林到了。又阴凉又宁静。一株株挺拔的白杨树高高地在您头顶上絮絮低语着；白桦树那长长的、耷拉下来的树枝轻轻晃动着；一株强壮的橡树站在美丽的椴树旁边，像一名卫士。您的马车在绿草如茵、阴影斑驳的小路上走着；老大的黄苍蝇一动不动地停在金黄色的空气中，又突然飞了开去；小虫儿成群成群地飞舞盘旋着，在阴影里亮闪闪的，在阳光中黑糊糊的；鸟儿安静地歌唱着。知更鸟亮开金嗓子，那声音带有天真而絮叨的欢乐意味儿，和铃兰的香气十分协调。再往前，再往前，往树林深处去……树林一下子没有声音了……心中顿时感到说不出的宁静；而且周围的一切都带有睡意，静悄悄的。

可是，瞧，一阵风吹来了，树梢哗哗响起来，好像下落的波浪。有些地方，穿过褐色落叶，长出高高的青草；一个个蘑菇各自戴着自己的帽子站着。一只雪兔突然跳出来，狗高声叫着急忙追上去……

就是这片树林，在深秋，山鹬飞来的时候，有多么美好呀！山鹬不呆在树林深处，找山鹬必须贴着林边走。没有风，也没有太阳，没有亮光，没有阴影，没有动作，没有声音；柔和的空气中弥漫着秋天的气息，像葡萄酒气味；远处黄黄的田野上笼罩着薄雾。透过光秃秃的褐色枝丛，可以看到宁静而发白的、一动不动的天空；椴树上有些地方还挂着最后几片金色的叶子。脚下潮湿的土地带有弹性；高高的干枯的野草一动也不动；长长的蛛丝在苍白的草上亮闪闪的。胸膛平静地呼吸着，心中却涌起一股奇怪的惆怅感。您贴着林边走着，注视着狗，这时却有许多可爱的形象，许多可爱的脸，有死去的，也有活着的，来到您的脑际，早已沉睡的印象突然苏醒过来，想象力像鸟儿一般展翅飞翔起来，一切都清楚地出现在眼前，并且活动起来。心有时突然颤抖起来，跳动起来，一心想往前奔，有时会沉入往事中，一个劲儿地沉。整个一生就会像画卷似的轻快地展开来；一个人会看透自己过去的一切，看透自己的全部感情、全部本领和自己的整个心灵。周围什么也不干扰他——不论太阳，不论风，不论响声……

而在清晨严寒、白天有点儿冷的晴朗的秋日里，白桦树像神话中的树一般，金光闪闪，在淡蓝色的天空中炫耀着优美的身姿。这时候低低的太阳已经没有暖意，然而却比夏天的太阳更加明亮。小片的白杨树林是透亮的，似乎觉得落光了树叶是轻松愉快的。洼地里还有白白的霜，轻风徐徐吹动，驱赶着打了皱的落叶，——这时候河里欢快地翻腾着青青的波浪，有节奏地冲击着悠闲的鸭子和鹅；远处的水磨轧轧响着，那水磨被柳树遮住一半；一群鸽子在水磨上空迅速地盘旋着，在明亮的空气中闪耀着斑斓的色彩……

夏天有雾的日子也是很好的，虽然打猎的人并不喜欢这样的日子。在这样的日子无法打猎：有时鸟儿就从您的脚下飞起来，一转眼就消失在白茫茫的、动也不动的雾中。然而周围多么宁静，真是静极了！什么都醒来了，什么都静默无声。您从树旁走过，树动也不动，一副悠闲自在的神气。透过均匀地散布在空中的薄雾，您看到前面有黑郁郁的、长长的一大片。

您以为那是远处的树林；等您渐渐走近了，树林却变成长在田塍上的高高的一排野蒿。在您的头顶上，您的周围——到处都是雾……可是，瞧，风轻轻吹动了——一小块淡蓝色的天透过越来越稀、似乎在冒烟的雾气模模糊糊显露出来，金黄的阳光一下子闯进来，像长长的流水似的倾泻下来，照射着田野，钻进树林，——可是一会儿一切又被罩住了。这种搏斗要持续很久。但是当光明终于胜利，已经晒热的最后一股股雾气时而摇摇滚滚，像桌布似的铺开，时而缭绕上升，渐渐消失在蓝蓝的、散发着柔和的光辉的高空中的时候，这一天会渐渐变得多么壮丽，多么晴朗呀……

比如，您要到远离庄园的田野上，到草原上去。您坐马车在乡村土路上走了十来俄里，终于上了大道。您的马车和无数大车交错，经过一家家客店，客店大门敞开着，有水井，檐下有咝咝响的茶炊，过了一个村庄，又是一个村庄，穿过一望无际的原野，擦过一片片碧绿的大麻地，您的马车要走很久很久。喜鹊从一棵柳树飞到另一棵柳树上；娘儿们手里拿着长长的草耙，在田野上慢慢走着；行路人穿着破旧的土布褂子，背着行囊，迈着疲惫的步子艰难地行进着；地主家的沉甸甸的轿式马车，套着六匹高大而疲劳不堪的马，迎面飞奔过来。从车窗里露出车垫的角儿，而在车后脚蹬上，一名穿外套的仆人侧身坐在一个口袋上，手抓着绳子，泥巴一直溅到眉毛。您来到小小的县城，一座座歪歪斜斜的木屋，看不见头尾的栅栏，没有人的石头店房，深沟上的古桥……再往前走，再往前走！……来到了草原地带。您站在坡上望去——好一派风光！一座座圆圆的、低低的丘冈，一直到顶都翻耕和播种了的，像一道道巨浪在翻腾；一条条灌木丛生的冲沟蜿蜒在一座座丘冈之间；一片片小小的树枝，像一个个椭圆形小岛；村庄与村庄有一条条小路相连；有白白的礼拜堂；柳丛掩映中有一条亮闪闪的小河，有四个地方筑有堤坝；远处旷野上有一群大鸨一个挨一个站着；一座古老的地主家的房子，连同棚舍、果园和打谷场，紧靠着一口不大的池塘。不过，您的马车还要往前走，往前走。丘冈越来越小，几乎看不到有什么树了。终于到了，瞧，那不是——无边无际、望也望不尽的大草原！

在冬日里，就踩着高高的雪堆追逐兔子，呼吸寒冷刺骨的空气，柔软的雪那耀眼而细碎的光芒使您不由得眯起眼睛，欣赏着红红的树林之上那天空的碧色！……到了早春的日子，这时候周围一切都亮闪闪，冰雪开始消融了，透过融雪的浓重的水汽，可以闻到温暖的土地气息。在雪融尽了的地方，在斜射的阳光下，云雀悠然自得地歌唱着，流水欢乐地喧闹着、咆哮着，从这条山沟涌向另一条山沟……

不过，该结束了。正好我说到春天：春天里容易别离，春天里，就是幸福的人也很想到远方去……再见吧，我的读者；祝您永远称心如意。

（力冈 译）

# ※ 大自然

我梦见自己走入一座筑有轩敞拱顶的地下殿堂。整座殿堂充满了某种也是地下的均衡的光线。

殿堂的正中坐着一个身穿绿色波形花纹衣服的傲慢女人。她俯首斜倚在一只手臂上，似乎正在沉思。

我立刻明白这个女人就是大自然——刹那间一种虔敬的恐惧之情像一股冷气沁入了我的心灵。

我走近坐着的女人，恭恭敬敬地向她行了个礼：

"呵，我们的万物之母！"我大声说，"你在想什么？你可在思索人类未来的命运？是不是在思考人类如何到达尽可能完善和幸福的境界？"

女人徐徐将她深色威严的眼睛看着我。她的嘴唇微微动了一下，发出一个类似铁器丁当碰撞的洪亮声音。

"我在考虑如何让跳蚤的腿力量更大些，好让它逃脱敌手的攻击。攻击和反击之间的平衡破坏了……应当让它恢复起来。"

"怎么？"我嗫嚅着应声说，"原来你想的是这件事？难道我们人不是你可爱的孩子吗？"

女人微微蹙了蹙眉头："所有的造物都是我的孩子，"她说，"我也一样给予关怀——也一样予以毁灭。"

"可是善……理性……正义…"我又嗫嚅着说。

"这是人类的语汇，"铁一般的声音说，"无论是善是恶……我可不知道。理智对我来说并非信条——再说什么叫正义？我给予你生命——我也夺取生命，将它给予别的，给蚯蚓或者人……对我来说是一码事……你眼下还是先保护自己吧……别来烦我！"

我曾想反驳……但是四周的大地沉闷地呻吟起来，抖动了一下——于是我醒了。

1879年8月

# ※ 岩石

你可曾见过海边那块古老的岩石？在涨潮时分，欢乐的朗朗晴日，看欢乐的波浪从四面八方涌来，向它冲去，戏耍着它，爱抚着它，将闪闪发光的白沫碎成珍珠般的水珠洒向它长满苔藓的头颅。

那块岩石依然如故，但是它暗淡的表面却出现了鲜亮的色彩。

这些色彩是那个遥远年代的见证，其时熔化的花岗岩刚开始冷凝，整个儿还闪耀着火一般的色彩。

不久前，那些年轻的女性的灵魂，也这样从四面八方涌向了我衰老的心头——在她们爱抚的触摸下，往岁的火焰那早已暗淡无光的色彩与痕迹，重又开始呈现鲜红的颜色！

波浪消退了……然而色彩却依然鲜艳——尽管强劲的海风正在将它们吹干。

1879年5月

# ※ 蔚蓝色的王国

哦，蔚蓝色的王国！哦，蓝色、光明、青春和幸福的王国！我曾在梦中……见过你。

我们几个人驾着一叶漂漂亮亮、收拾得干干净净的小舟。猎猎飘展的信号旗下扬起一面白色风帆，宛如天鹅的前胸。

我不知道自己的伙伴是些什么人；但是我全身的感觉告诉我，他们和我一样，年轻、快乐和幸福！

而且我也看不见他们。我只见四周是一望无际的蔚蓝色海洋，整个海面铺展着细软的涟漪，泛出粼粼金光；头顶上同样是一望无际、碧蓝碧蓝的苍天——一轮和煦的太阳得意洋洋、仿佛笑意盈盈地在天际滚动。

我们中间不时响起响亮、欢乐的笑声，有如天神在欢笑！

要不就是谁的口中吐出的连珠妙语和诗句，充满了奇妙的优美和灵感的力量……似乎蓝天自己也在与之应答，四周的大海也会意地在掀动……随后又是令人陶醉的寂静。

我们的轻舟顺着轻柔的波浪轻轻起伏荡漾，纵流疾驰。它并不借助于风力的驱使，而是我们起伏的心潮驾驭着它。我们的心向往何方，它就向何方飞驰，仿佛通灵性似的。

我们遇见一些岛屿，那是些半透明的岛屿，反射出宝石、蓝宝石和翡翠的光泽。岛屿周围的岸上飘来醉人的芳香。一些岛屿向我们撒来白玫瑰和铃兰的花雨；另一些岛上突然飞起一群群五彩缤纷的长翼海鸟。

海鸟在我们上方盘旋飞舞，铃兰和玫瑰溶进滑过我们平缓的船舷的珍珠般的水沫。

伴随着鲜花和海鸟飞来一阵阵甜甜蜜蜜的声响……其中，感觉得到有女性的声音……周围的一切：天空、海洋、高处摆动的帆影、船后汩汩作响的水流——所有这一切都在倾诉着爱，令人陶醉的爱！

我们每个人所挚爱的东西，她就在这里……不见形影，却近在咫尺。只需再过瞬间——马上就能见到她双眸的闪光，绽出鲜花般的微笑……她的手将牵着你的手，拉你随她进入永恒的天堂！

哦，蔚蓝色的王国！我曾在梦中……见过你！

1878年6月

# ※ 鸫鸟

　　我躺在床上，但我不能入睡。重重心事折磨着我；郁郁不乐、单调得令人厌倦的思绪在我的脑海徘徊，犹如阴雨天气沿湿漉漉的山顶不停地飘移的连绵不绝的云雾。

　　啊！当时我正陷入无望、痛苦的爱情，唯有在尝够多年的风霜寒冷之后，才会那样去爱；到那时，那颗心虽然未曾受到生活的摧残，却已经……不再年轻！不是的……就是还算年轻一些，也是没有用，也毫无结果的。

　　竖在我面前的窗户的形状像一个白茫茫的影子；屋里的一切陈设隐隐约约能够辨认；在夏日凌晨模糊不清、半暗不明的状态下它们似乎更加安宁、更加寂静了。我看了看表：三点差一刻。同样能感知窗外也是一片沉寂……还有露珠，整整一片露珠的海洋！

　　而在这露海之中，在花园里，正对我的窗下，一只黑鸫已经在歌唱，在啼啭，在啁啾欢歌——不知停息、放开歌喉、充满自信。婉转动听的鸟语钻进我寂然无声的房间，充溢了整间屋子，充溢了我的耳际和我那被百无聊赖的失眠和病态思绪的痛苦搅得烦躁不安的头脑。

　　这些鸣声道出了永恒，点滴不遗地道出了永恒的清新、恬淡和力量。我从中听出的正是大自然的声音，是那个动听悦耳、毫无意识、永无始终的声音。

　　它歌唱，充满自信地放声歌唱，这只黑鸫。它知道，按照通常的规律，终古常新的太阳不久将喷薄而出；它的歌声里没有丝毫自己的、私有的东西；它就是那只黑鸫，那只一千年之前曾经欢迎同一个太阳，而且再过几个一千年还将欢迎的黑鸫，到那时我死后留下的一切也将化作看不见的尘埃，在它活泼有声的身体周围，在被它的歌声震起的气流中滚动。

　　我，一个可怜、可笑、单个的人，对你说：感谢你，小鸟儿，感谢你充满力量、充满自由的歌声，在那个寂寥寡欢的时刻意想不到地在我窗下响起。

它不是在安慰我——我也不寻求慰藉……但是泪水湿润了我的双眼，于是心头那种凝滞不动、死一般的重压感，开始松动，一时间有点振奋了起来。啊！那也是一个生命呀，它和你欢乐的歌声相比，不也一样年轻而精力充沛吗，黎明前的歌手！

再说，在我周围寒冷的波涛已从四面八方滚滚涌来，不是今天就是明天要把我卷入无边无沿的海洋，在这种时候值得忧伤、苦闷、思考自己吗？

眼泪还在流淌……我那亲爱的黑鸫却还若无其事地继续唱它那悠然自得、幸福、永恒的歌曲！

哦，终于升上天空的太阳在我发烫的面颊上照亮了多少眼泪呵！

但是白天我依然笑容满面。

1877年7月8日

# 拉斯金

约翰·拉斯金（1819—1900），英国艺术评论家和散文家。
代表作有《近代画家》、《芝麻与百合》等。

## ※ 开阔的天空

对于天空，人们的认识实在太少，这简直是一件咄咄怪事。天空是大自然的杰作之一，大自然为了创造它所花费的精力多于她为创造其他一切所花费的精力，其目的显然是为了取悦于人，向人们传递信息，给人以启迪，然而在这方面我们对她却很少注意。就她的大部分其他杰作而言，每一个组成部分除了取悦于人外；还能满足更实质的或主要的目的；至于那些不能满足这个目的的，为数毕竟不多。不过，据我所知，倘若三五天内蓝空有一次被丑恶的大片黑色雨云所覆盖，万物都被滋润了，因而所有的一切又呈现蓝色，直到下一次被蒙上一层能带来露水的晨雾或暮霭。不过，在我们一生中，大自然并非如此；它无时不展现一幕又一幕景色，一幅又一幅图画，一种又一种壮观，而且没有一刻不按照精美的、永恒的、最完善的原则在运动，使我们确信这一切都是为了我们，旨在使我们获得永恒的快乐。任何人，无论在什么地方，距离名胜或美景多近，都不能永远享有这一切。地球上的美景只能为少数人感知和察觉；谁也休想时刻在其中生活；谁要是时刻生活在其中，那么，他的存在便要破坏这些优美的景色，而他本人也不可能再感知美景的存在；但天空不同，它是为所有的人存在的；天空虽然明朗，但还不至于太明亮耀眼，使得人间难以为炊。

它所有的作用都是为了给人以永恒的慰藉，促进人的快乐，使人心境平静，清除人们内心的尘埃和废物。它时而温文，时而任性，时而可怕，无论何时都存在着差别；它的感情近乎常人；它的温柔近乎心灵；它的博大近乎神明；它呼唤我们内在的那个初生之物，毫不隐晦，而对那些终有一死的，它给予的惩戒或祝福也是必要的，前者与后者是等同的。然而除非它与我们的物感有关，否则，我们绝不至于对它注意，把它当作我们思考的课题。有些因素使得它能更清楚地向我们传递信息，甚于向野兽传递信息；另一些因素能证明老天爷有意让我们从苍穹获得的东西，多于我们从我们与野果、蜥蜴共享的阳光雨露那儿获得的东西；对所有这些因素，我们认为仅仅是一连串没有意义的、单调的、偶然的东西；认为它们太普遍，太无益，不值得我们予以瞬间的关注，投去赞美的一瞥。当我们感到无比懒散、平淡无味，视天空为我们仅居末位的消遣时，我们谈论天空哪一种现象呢？有人说，下了雨；有人说，刮了风；也有人说，天气暖和了。在这一群聊天者当中，谁能告诉我，昨日下午给地平线镶了一道边的那些雪白的、绵延不断的群山是什么形状，它们的悬崖峭壁怎么样？谁看见从南面射来的长而窄的阳光照耀群山之巅，一直照到它们化为蓝色的烟雨呢？谁看见昨日阳光隐退、夜色来临后，那一片片死沉沉的云迎风起舞，像枯枝败叶一样被西风席卷而去呢？上述景象已经过去，自己不曾看见，自然谈不上后悔；倘若这种淡漠感情可以摆脱，哪怕只是一瞬间，也应视为突出于一般的或不寻常的情事而加以珍惜；至于壮丽，它至高无上的特性之所以广为领略，不在于大自然能量的广博而强烈的表现；也不在于冰雹撞击，发出丁丁当当的声音；更不在于旋风的席卷。神既不存在于地震之中，也不存在于霍火之中；他只存在于平静的细语中。上述这些仅仅是大自然低级迟钝的功能；它们只能通过黑色和闪电去安排。庄严、深邃、沉静、不突出的情事，当它们缓慢地静悄悄地演变时，其中就寄寓着我们察见之前必须探索的、我们理解之前必须热爱的东西；寄寓着天使每天为我们创造的，但又不断变化的东西；寄寓着永不短缺、永不重复、需要时刻求索而又只能获得一次的东西。惟有通过这一切才能获得献身的教益和美的祝福。所有这些都是怀着崇高目的的艺术家必须探求的；艺术家也只有与这一切相结合才可能产生自己的理想。对这一切，普通的观察家往往很少注意，因此，我确实相信不关心艺术的普通人对天空的认识大部分都来自图画，而不是来自现实；在谈云的时候，倘若我们研究一下大多数受教育者心目中云的概念，我们不难发现他们这些概念都是由老资格的艺术大师对蓝白两色的追忆构成的。

（刘坤尊 译）

# 惠特曼

沃尔特·惠特曼（1819—1892），美国19世纪有巨大影响的民主诗人。
主要诗歌被收入《草叶集》。

## ※ 海边幻想

我小时候就有过幻想，有过希望，想写点什么，也许是一首诗吧，写海岸——那使人产生联想和起划分作用的一条线，那接合点，那汇合处，固态与液态紧紧相连之处——那奇妙而潜伏的某种东西（每一客观形态最后无疑都要适合主观精神的）。虽然浩瀚，却比第一眼看它时更加意味深长：将真实与理想合而为一，真实里有理想，理想且有真实。我年轻时和刚成年时在长岛，常常去罗卡威的海边和康尼岛的海边，或是往东远至汉普顿和蒙托克，一去就是几个钟头、几天。有一次，去了汉普顿和蒙托克（是在一座灯塔旁边，就目所能及，一眼望去，四周一无所有，只有大海的动荡），我记得很清楚，有朝一日一定要写一本描绘这关于液态的、奥妙的主题。结果呢？我记得不是什么特别的抒情诗、史诗、文学方面的愿望，而竟是这海岸成了我写作的一种看不见的影响，一种作用广泛的尺度和符契。（我这里向年轻的作家们提供一点线索。我也说不准，不过，除了海和岸之外，我也不知不觉地按这同样的标准对待其他的自然力量——避免追求用诗去写它们；太伟大，不宜按一定的格式去处理——如果我能间接地表现我同它们相遇而且相融了，即便只有一次也已足够，我就非常心满意足了——我和它们是真正地互相吸收了，互相了解了。）

多年来，一种梦想，也可以说是一种图景时时（有时是间或，不过到时候总会再来）悄悄地出现在我眼前。尽管这是想像，但我确实相信这梦想已大部分进入了我的实际生活——当然也进入了我的作品，使我的作品成形，给了我的作品以色彩。那不是别的，正是这一片无垠的白黄白黄的沙地；它坚硬，平坦，宽阔；气势雄伟的大海永远不停地向它滚滚打来，缓缓冲激，哗啦作响，溅起泡沫，像低音鼓咚声阵阵。这情景，这画面，多年来一直在我眼前浮现。我有时在夜晚醒来，也能清楚地听见它，看见它。

（张禹九 译）

弗洛芒坦

欧仁·弗洛芒坦（1820—1876），法国画家、小说家和散文家。
代表作有《多米尼克》《撒哈拉之夏》和《在萨赫尔的一年》等。

## ※ 撒哈拉之夏

　　天气好极了。温度急剧上升，但没有使我泄气，反而更加激起我的兴致。一周以来，万里晴空没有出现任何云彩。天色蓝得既炽热又干燥，让人联想到长期的干旱。固定的东风几乎像空气一样热烘烘的，早晚间隔着刮过来，但总是很弱，似乎仅仅为了棕榈叶丛能保持一种轻微的摆动，如同印度的布风扇一样。每个人都早已换上轻衣薄衫，戴着宽檐帽；大家只求生活在阴影下。我却下不了决心午睡，否则会为了安逸而碌碌无为地浪费一天中最美好的时光，因为我的卧室肯定是我在这儿常待的地方里最乏味的；这出于种种理由，等到有天晚上我除了发牢骚没有更好的事可干时再给你解释。总之，不管周围的人们怎么劝我在阴处舒适休息，我还是拒绝听从，继续我行我素，与蜥蜴一起生活在沙漠里，登上高地，或者大中午跑遍全城。

撒哈拉人热爱他们的家乡；就我这方面来说，我倾向于赞赏一种如此热烈的感情，尤其由于其中交织着对乡土的眷恋。相反，那些异乡人、北方人把这个地区视为可怕之极，认为在这儿即使不热死、渴死，也会患思乡病而死。某些人看到我在此地感到奇怪，他们几乎一致劝我放弃再待几天的计划，否则不但浪费我的时间，白费力气，徒损健康，更糟的是还有可能会丧失理性。诚然，我承认，这个极其单纯、极其美丽的地区还不大会讨人喜爱；但是，如果我没有搞错的话，它也能像世上任何其他地区一样使人激动不已。这是一片既不优美，也不安适，但却朴实无华的土地，这并不是一种过错，其最初的影响就是使人严肃，许多人却把这种效果与忧郁混同起来了。一大片高地消失在更广袤、更平坦、沐浴着永恒光芒的地域之中；相当空旷、相当荒芜、足以给人这个名叫沙漠的奇异东西的概念，外加几乎永远相似的天空，悄无声息、四处安宁的地平线。中部，一种类似偏僻的城镇那样的东西，环绕着寂静；接着有点儿绿阴，一些沙质的岛状地，最后有几座灰白色的钙质礁或者黑黝黝的石灰岩，位于一片犹如汪洋大海的浩瀚地区的边缘。这一切中，除了太阳从沙漠上升起，运行到山丘后落下之外，很少变化，很少意外，很少新奇，永远静寂、晒烤，不分范围；或者在最后一阵南风的吹拂下，沙堆改变了位置和形状。清晨很短，中午比别处更长更沉闷，几乎没有黄昏；有时，突然散发一阵强光和热气，灼热的风霾时使景色具有吓人的外貌，这里可能产生难以忍受的感觉；但通常是一种阳光灿烂的静止状态，晴朗天气时带点憋闷的呆板，最后有种麻木的神态仿佛从上天传给万物，又从万物过渡到人的脸部。

这幅由阳光、沙漠、寂寥构成的炽热、生动的画面给人的最初印象是揪心的，无法同任何其他画面相比。然而，眼睛渐渐习惯于线条的伟大、空间的寥廓、地面的光秃；如果还会对什么感到惊奇，那就是对如此缺少变化的效果居然保持敏感，对实际上极为普遍的场面居然激动不已。

在此之前，我还没有见过任何异常或突出的事物，符合我们对这个地区通常形成的特殊观念。与阿尔及尔相比，只是光线略强一些，天空更明朗更深远一些，这并未引起我丝毫诧异。这是一处干热地区的天空，当然有别于——我有意强调此点——土地同时受到灌溉、浸润、晒热的埃及的天空。埃及拥有一条大江，众多广阔的濒海湖，那儿夜晚总是潮湿的，土地里的水分不断蒸发。这里的天空却是晴朗的、干燥的、不变的；接触的是黄色或白色的土地，浅红的山。茫无涯际地保持着纯蓝色；当它处在夕阳对面染成金黄色的时候，基部是紫罗兰色的，稍微带点铅灰色。我也没有见到过美丽的海市蜃楼。除了刮西罗科风的期间，地平线总是显得很清楚，从天空下呈现出来；只有最后一道灰蓝色条纹早晨异常突出，但到了中午就有点同天空混淆起来了。朝姆扎卜绿洲方向的正南方，隔着一段很远的距离，可以瞥见一条由罗望子树林组成的不规则线条。每天在这部分沙漠中产生的微弱的蜃景，使这些树林显现得更近更大；然而幻景不大给人深刻的印象，这必须具有经验才能懂得。

我是在高地上度过最美好时光的，有朝一日我会为之惋惜不已的时光；站在高地上，经常在东塔下，面对着那辽阔的地平线，四下望去，无挂无碍，自东往西，从南到北，君临一切：山峦、城镇、绿洲和沙漠。我清早就到那里，中午仍在那里，傍晚再去那里；我独自待着，见不到任何人，除了少数几个游客，被我的白伞尖所吸引，大概对我如此爱好高地感到奇怪，走近来瞧瞧。这片高地是一种平台，四周围绕着矮栏墙，从城那边沿着一道相当陡峭、布满巉岩的斜坡可以爬到此地，但南边却没有出口，从那儿有可能几乎笔直掉进园子内。在我到达时，太阳升起之后不久，我发现那里有一个土著卫兵还在紧挨塔基躺着睡觉。

随即卫兵就被撤走，因为这处岗哨只在夜晚才守卫。这时整个地区都是粉红的，一种桃花衬托的鲜艳的粉红色；城镇上布满星星点点的阴影，几座白色的小隐士墓散布在棕榈林边，在这片沉闷的原野上欣然闪烁着，而原野在短暂的凉爽时刻，似乎在对初升的太阳微笑。空中有模糊的声响，近似于某一首歌曲，它让人明白世上所有的地方都快活地苏醒了。

于是，几乎在每天的同一时候，传来了从南方飞来的无数小鸟的啁啾声。

这是来自沙漠的沙鸡，去源泉饮水。它们飞越城镇，成群结队，也可以说分成一小群一小群的；它们飞得很快，可以听得出它们的尖翅膀迅疾的扑扇声；它们的古怪而嘈杂的叫声随着飞行的速度时而拖长时而变得急促。我老远认出它们的先锋时感到一种由衷的激动；我数着相继而来的鸟群，几乎老是同样的数目；它们总是朝同一的方向奋飞，从南往北，斜穿城镇经过我这儿。它们的羽毛被阳光染上色彩，灿烂的闪光片霎时间遮蔽了蓝色的天空；我从拉斯一欧云这边目随着这些沙鸡；它们飞到绿洲一半左右就在我的视线中消失，但我经常继续听见它们的叫声，直到最后一群沙鸡在饮水处停下来。这时是六点半。一小时后，相同的叫声突然在北方重新响起，同样的鸟群再次——飞越我的头顶，次序不变，数目相等，一队接着一队，返回荒漠的旷野。只不过，这一回叫声没有突然停止，而是逐渐变弱，减轻，消失在寂静中。可以说早晨结束了，一天中惟一近乎宜人的时光在鸟群的一去一回中流逝。景色原先是粉红的，现在已变成黄褐；城镇中星星点点的阴影少多了。随着太阳升高，市容呈现灰色；随着阳光越来越亮，沙漠反倒显得暗淡；惟有山丘仍然是淡红色的。倘若一直刮风，这时就会停止；从沙漠中散发出来的热气，开始在空中散布。两小时以后，传来宣布退回祈祷的号声；一切活动同时停止。随着最后一声号响，中午开始了。

此时此刻，我不再担心受到打扰；因为除我以外，没有人会打算到高地上来冒险。炎阳上升，逐渐缩短塔影，终于直接升到我的头顶上空。我别无隐藏处，只能躲在我的阳伞的狭小的阴影下，缩紧身子；两只脚伸进沙地里。或者放在亮晶晶的砂岩上；我身边的画夹在阳光下弯曲了；我的颜料盒像烤焦似的裂开了。万籁俱寂。整整四个小时这儿静谧、寂寞得令人难以相信。城镇在我下面沉睡，犹如一个紫色的庞然大物，带有空荡荡的露台；阳光照亮了这些露台上许多筐篮。装满粉红色的小杏，为了晒干放在那儿。到处都能见到一些黑洞，标志着屋内的门窗。还有深紫色的细线条，显示出城里仅有的一两条林荫道。露台周围较强的光线，有助于把所有的泥土建筑物彼此区分开来，这些泥土建筑物与其说是建造的，倒不如说是堆积在三座山丘上的。

城镇的两边各有一片绿洲，在白昼的凝重气氛下似乎同样沉睡不醒，无声无息。绿洲显得很小，紧挨着城的两侧，看起来与其说在取悦它，倒不如说必要时想保卫它。绿洲在我眼前一览无余：如同两块方形的叶丛。绿公园似的围着一道垣墙，在荒瘠的旷野上明显地勾勒出来。尽管被分割成许多小果园，每个果园都用墙围住，从我所处的高度望去，仍然好似一张绿色的桌布；分不清任何树木，只能辨别两层式的森林：第一层是圆顶树丛，第二层是棕榈树丛。相隔很远，有几垄稀疏的大麦，如今已只剩下麦茬，在叶丛中间形成一些土黄色的平地；别处，在少数林中空地里，露出一种干燥的、粉末状的灰色土地。最后，在南边，有少许被风吹来的沙堆越过了围墙，这是沙漠在侵占花园。树木纹丝不动，森林茂密处隐约有些隐蔽的洞口，可以设想里面藏着一些小鸟，它们正在睡觉，等待傍晚第二次醒来。

这也是沙漠转变为昏暗的原野的时刻，我从到来的那一天起就注意到了。太阳悬挂在中天，把沙漠罩在光圈内，相等的光线同时从四面八方到处直射着它。这既不再是光明，也不再是黑暗；不可捉摸的色彩显示的远景几乎无法再测定距离，一切都染上一层褐色，没有色差、不着痕迹地延伸；十五至二十法里一片地方，单调、平坦得犹如地板。似乎最小的隆起物也该显露出来，然而一无发现；甚至再也无法说出哪儿有沙子，哪儿有土地，哪儿是多石的部分；这片固体海洋的静止状态这时比任何时候更动人心魄。见到它从我们脚下开始，既没有预定的路线，也不迂回曲折，径直朝南、朝东、朝西扩展，隐没，我们不禁会寻思，那片具有朦胧色——似乎像空虚色的静悄悄的地方究竟可能是什么样的？既没有人从那儿来，也没有人往那儿去。它最终以一条笔直、清晰的线与天空相接。谁知道呢？我们感到那里并非结束，可以这样说，那只是大海的入口。

现在，请为这所有的幻想补充地图上看到的令人神往的名称吧。我们知道那边有一些地方，处在这个或那个方向，相距五天、十天、二十天、五十天的行程。一些地方著名，另一些仅仅被标出，其他地方则听起来更不为人知：——首先，正南方是贝尼一扎卜，七座城市的联邦，据说其中三座与阿尔及尔一样大，棕榈树有十来万株，还盛产世界上最好的海枣；然后是香巴亚，小贩和商人的集聚地，靠近图瓦特绿洲；然后是图瓦特，无数的撒哈拉群岛，肥沃，引水灌溉，人口稠密，同图阿雷克交界；然后是图阿雷克，它大致占满这个未知面积的巨大地区，人们只能确定它的四个末端：滕贝克图、加德姆斯、提米蒙和豪萨；然后是只能隐约看到边缘的黑人地区，两三座城镇的名称，一个王国的首府；一些湖泊、森林，左边是大海，也许是大江，赤道特殊的恶劣天气，稀奇古怪的物产，巨大的动物，长毛羊，大象；还有什么？再没什么清晰的了，未知的距离，变化不定，谜。我面前就是这谜的开端；中午明亮的阳光下的景色是奇特的。正是在这儿，我想见到埃及的狮身人面像。

我徒然环顾四周，无论远近，都看不出任何东西在动。有时，偶然有一小队载着东西的骆驼出现，犹如一串黑黝黝的小点，慢腾腾地爬上沙坡；只有等驼队靠近山丘下，才能瞧见。这是些旅行者；他们是谁？来自何处？他们穿过了我眼皮底下的地平线，而我竟没有发现。或者有时，有一股夹带沙子的龙卷风犹如一股轻烟突然从地面上刮起，螺旋状上升，穿越一定距离，被东风吹弯，几秒钟后消失。

时光慢慢地流逝；这一天结束了，就像早晨开始时那样呈淡红色，天空是暖色调的，背景也带上颜色。这次，轮到倾斜的长火舌即将把东部的群山、沙漠、岩石染成紫红色；白昼被烈日晒得疲惫不堪的地区由阴影占据；万物似乎都松了一口气。麻雀和斑鸠在棕榈树中唱了起来；城里也如同发生了一场复兴运动；一些人登上露台，来摇晃筐篮；广场上传来牲畜的声音，有人牵马去饮水，马在嘶，骆驼在叫；沙漠很像一块金板；太阳落到紫罗兰色的山上；夜幕准备降临。

这样度过一天之后，我回去时感到某种醉意，我想这是由于我沉浸在阳光中十二小时以上，吸入了大量光线所引起的；我愿意把我所处的精神状态详细向你说明。

这是一种内心的光明，夜晚到来后经久不散，在我睡梦中仍在折射。我不断梦见强光；闭上眼睛，我见到火焰、发光的星体，或者不断增长的模糊反光，宛如黎明的接近；可以这样说，我不再有黑夜。这种哪怕在没有太阳的情况下也面临白昼的感觉，这种犹如流星划破夏天夜空似的被闪光不断掠过的透明的休息，这种不给我任何黑暗时刻的奇特的噩梦，这一切都很像在发烧。然而我一点都不感到疲倦；这该是意料中的事，我不叫苦。

（金志平 译）

# 托尔斯泰

列夫·托尔斯泰（1828—1910），19世纪俄国最杰出的现实主义作家，其主要作品有《战争与和平》《安娜·卡列尼娜》《复活》等。

## ※ 牛蒡花

我从田野间走回家，时芒正逢仲夏，牧场上的草已经收割完毕，黑麦正准备开镰了。

我眼前是这个季节所特有的美丽的花的海洋：鲜红、雪白、粉红的乱蓬蓬的三叶草花，飘着芳香；雏菊毫无顾忌地开放着；黄蕊白瓣可以占卜爱情的"爱不爱"花，发出刺鼻的腐烂的气味；黄澄澄的油菜花，有蜜似的甜味；形状像郁金香的吊钟花，一身淡紫或雪白，高高地挺立着；豌豆花在匍匐着行进；鲜红、雪白、粉红、淡紫的山萝卜花，开得齐齐整整；车前草花生着略呈粉红色的细毛，有暗香在流动；矢车菊，在早晨八九点钟青春时期的朝阳下，现出深蓝色，到了暮色苍茫年老力衰时却变成浅蓝之中透着红色了；而菟丝子花，柔弱得仿佛立刻会枯萎似的，散发着杏仁的气味。

我采了一大把各种各样的花走回家去，途中发现排水沟里有一棵盛开着的牛蒡花，枝上有刺，但颜色特别鲜红。这个品种在我们这里叫做"鞑靼花"，割草时总极力避开它，偶尔把它割下了，也从草堆里拣出来丢掉，免得伤着了手指。这时我忽然想起要把这朵牛蒡花摘下来，裹在花束中间带回家。我走下水沟，赶走了钻在花心里睡得又香又甜的一只毛茸茸的熊蜂，动手摘花。可是这件事做起来却十分的艰难，因为枝上布满了刺，包在手上的手巾都被它刺穿，而且花枝特别的坚韧，单是为了撕断它的皮层，我就同它纠缠了五分钟之久。后来我终于把花摘了下来，但花枝已经撕烂，颜色也不像刚才那样鲜艳，何况它的神气显得非常倔强，桀骜不驯，与别的娇嫩的花朵夹杂在一起很不和谐。我为白白地毁了一朵花而感到可惜，它原先长在水沟里是多么美丽。于是我把它扔掉了。

"不过，它的生命力是多么顽强啊，"回想起刚才我摘花时所费的力量，我不由得这么想，"它为了保卫自己的生命做出了多么巨大的努力，付出了多么昂贵的代价。"

回家的路要穿过大片休耕地，这片地刚刚犁过，表面上都是黑土。我踏着黑油油的碎土上了坡。这块翻耕地是地主家的，面积不小，从大路两侧或者向前面上坡的地方放眼望去，是连绵不断的黑色的田地，上面一道一道还没有耙平但间隔均匀的垄沟，别的什么东西都看不见。地犁得很有功夫，地面上干干净净，不要说什么植物，连一根小草也不留——一片广阔的黑土。我想："人是多么残忍又多么富有破坏力的动物啊，为了维持自身的生命，他毁灭了多少有生命的动物和植物。"我下意识地想在这片辽阔而沉寂的黑土地上寻出有生命的东西来，随便什么都行。在我前面，在大路的右侧，我终于发现一株灌木，走近了一看，认得它又是"鞑靼花"，同我刚才毫无意义地摘下来又扔掉的那朵花一模一样。

这株"鞑靼花"长着三个枝子，有一个已经折断了，好像被砍断了一只手臂，只留着残根。另外两个枝子上还开着小花，花色本来都是鲜红的，现在变成了黑色，其中一个花枝也被弄断，但仍然连着皮层挂在那里，枝上的小花沾着污泥；第三个枝子虽然也沾着污泥，却照旧昂首挺胸地站立着。看来，这株花曾经被车轮从身上碾了过去，然后又重新站了起来，它的姿势尽管歪歪倒倒，毕竟是站着。好像从它身上割去了一块肉，取出了一个内脏，斩断了一只手，挖走了一只眼睛，但它仍旧站立着，没有向那个把它周围所有弟兄消灭得干干净净的人屈服。

"多么坚强啊！"我想了想，"人征服了一切，消灭了无数花花草草，可是它始终不肯低头。"

于是我想起了旦年发生在高加索的一则故事，其中有些情节是我亲眼目睹的，有些是我听目击者亲口讲述的，还有一些则出于我的想象。这个故事在我的回忆和想象中是什么样子，现在就把它写成什么样子吧。

——作于1896年

威廉·黑尔·怀特（1831—1913），英国小说家、评论家。
长期用"马克·拉瑟福德"的笔名发表作品。
有《马克·拉瑟福德自传》和小说《坦纳巷的革命》等作品。

# ※ 一个伦敦人的假日

　　一个星期天，我们决定过一次假日。这对我们来说是一次大胆的冒险，但我们的决心已经下定了。当时有一趟开往黑斯廷斯的观光列车，于是艾伦、玛丽和我本人一早就奔向伦敦桥车站。那是七月中旬一个天晴气爽的夏日。由于天气炎热，尘土飞扬，旅途很不舒服，但我们一心盼望见到大海，所以什么都满不在乎。约摸有中午十一点，我们就到了黑斯廷斯，向西漫步到贝克斯希尔。我们的身心感到无比欢乐。除了囚禁一般的伦敦市民之外，谁能诉说得出在明净的海滩上散步的喜悦心情？且不说风光秀丽，这本身是多么大的欢乐啊！摆脱了伦敦郊区的污秽龌龊，摆脱了它的七零八落的篱笆，它的破砖碎石，它的四分五裂的广告牌，它的田地里任人践踏的杂草，因为一半的田地已经转到投机的建筑商手里。眼下替代了那一切——踏在清洁无尘的海滨，这里吹拂的是不带烟尘的，这里是东萨塞克斯郡一自治市，海滨游览地。

风；替代了阴暗的、油烟弥漫的是一片辽阔，地平线上的船帆历历可见——这一切真是十全十美的福地。或许这并不是诗意盎然的福地。然而，海滨的明净无尘和海滨空气，在我们看来，却与大海的任何属性一样，具有相同的诱惑，这是事实。我们度过了一段妙不可言的时光。只有在乡间，才可能注意到从清晨到晌午、从晌午到午后、从午后到黄昏的天色变幻；因此，只有在乡间，一天仿佛才能得到应有的伸张。我们大家带来了食品，坐在海滨的悬崖阴影处进餐了。一片浓浓的白云横亘在地平线上，几乎无所变幻，仿佛一动不动，顶端和下面的云层沉浸在阳光之中。波平如镜的乳白色海水与水面惟一的不同之处，在于一种难以察觉的起伏运动，在我们的脚下化为隐隐约约的涟漪。无垠的大海竟是如此静谧，一切都是如此平静地存在其中，因此轻拂着沙滩的微波宛如海洋中部深处的一部分，显得同样纯净明媚。一点钟光景，距离我们将近一里地的去处，长长的一排海豚出现了大约半个时辰，蜿蜒多姿，一层风采，直至远伸到离开费尔莱特的海面。几条渔船搁浅在我们的前面。渔船的阴影卧躺在水面，或者说犹如卧躺一般，只有一阵些微的颤动，表明大海没有酣然大睡，或者说即使入睡了，也是伴着梦境的睡眠。强烈的阳光之下，一块块小岩石、一粒粒鹅卵石，它们的轮廓显得格外分明，那种日照在伦敦人看来简直是超乎自然的。在伦敦我们遭受的是骄阳的炎热，而享受不到它的光明，一团一团的日照互不相连，那种孤立无伴的日照显得如此触目惊心，就连玛丽也注意到了，她说："一切仿佛是从镜子里看到的一样。"这真是十全十美——那种美是十全十美的——说它十全十美，那是因为从天空的太阳直到在发烫的岩石上闪扑着双翼的苍蝇，万物无不和谐。万物吸入了同一的精气。玛丽在我们身边嬉戏；艾伦和我静静地坐在那里，什么也不干。我们不缺少任何东西，我们也不要得到什么；再没有什么稀罕的珍玩可看的，再没有什么特别的地方可去的，更没有什么"活动的计划"，此时此刻连伦敦也忘了，伦敦位于我们背后的西北方向，我们的背后是悬崖，挡住了所有想到它的思绪。没有什么追忆、没有什么期待扰乱心绪；眼前的情景足够了，完完整整占据了我们的身心。

（杨岂深 译）

# 缪尔

约翰·缪尔（1838—1914），美国作家。
主要作品有散文集《加利福尼亚的高山》等。

## ※ 林中风暴

　　山风。如同雨露、阳光和瑞雪，是上苍对森林如数如期的恩赐，为的是增添它的壮美。他物对森林施威的范围总是有限，惟独风的威力无处不在。冬日里，雪压枝头，只修整华盖；闪电中，雷击独木，仅零零散散；山崩时，顷刻间击倒树木一片，也只像园丁将一处花床修剪。而风却吹向每一棵树木，拂向每一条树枝、每一片树叶、每一根皱巴巴的树干，从不将谁忘怀。无论是伸展双臂，屹立在冰封山巅嶙峋峭壁的山松，还是寄居在山中谷地的最卑微、最孤独的"隐者"，风都将它们找寻来，或温柔亲抚，或扭其腹背、健其体魄，或催发生长，或摧枯拉朽，甚或拔起整株树木，搬动整个树林。时而像熟睡的娃娃在树枝间呢喃，时而像大海般咆哮不歇。风护林，林佑风，相濡以沫，尽展无限的美妙与和谐。

当看到直径有六英尺粗的一棵棵松树在山风面前像小草般点头弯腰，听到时有巨树倒下之声响彻群山，你会惊诧于它们在山风中竟无立身之地，仅有那些最低矮厚密的树丛才能苟且偷生，原以为巨松一旦成型便牢不可摧。而当风暴平息，眼前又是同一片宁静的树林，清新滴翠，安然无恙而又挺拔静美，你不禁会想：它们自生长之日起经历了多少世纪的风雨——雹打幼苗，电击嫩枝，风雪山崩尽情摧残——而经过肆虐风暴洗礼过后，才有如此这般的壮美景象。对大自然林地的肃然起敬，使人忘却了诅咒她的暴虐山风以及其他随风暴而来的种种破坏。

内华达山区森林里有两类至死不摧的树种，那就是位居巅峰的杜松和矮松。它们坚韧弯曲的树根像鹰爪般牢牢抓住风蚀的岩架，而根根柔软的绳样的枝条屈从盘绕，即使劲风也很难吹透。其他的高山针叶树类——针松、山松、两叶松以及铁杉——由于生长得紧密，具有顽强的生命力，从不会被风吹得稀疏而遭致毁灭。低地的巨树，情况也大致如此。具有王者风范的糖松，高耸入二百多英尺高的云端，似乎很易受风暴侵袭，但它并不枝叶繁茂，而且它长长的水平伸出的枝条在狂风中顺从地摇来荡去，恰似在小溪中浮游的一簇簇水藻，难以被风吹散。而许多地方的冷杉也长在一起，抱成一团。比起内华达山上的其他树木，黄松（或称银松）则较易被风吹倒，因为就其高度而言，它的枝叶过分浓密，而在许多地方这种树又种植得稀疏，留下的空隙使风暴尽可以长驱直入。并且，因为它们分布在山脉的低处，在冰封冬日终结之时，冰原开始破裂之际，这里首先暴露在外。因长期裸露在后冰河期的风化气候里，黄松赖以生长的土壤比起山脉上部的新鲜土壤更松碎，更腐烂，这就使树根较难存身。

在考察沙斯塔山的森林地带时，我发现飓风所过之处，遍地是这种松树，有成千上万。大大小小，有的被连根拔起，有的被强力拧断，形成齐刷刷的豁缝，正如雪崩所致一般。不过在内华达山区能造成这种影响的飓风却很少见。当走完一山又一山，考察这些森林时，我们不由自主地相信：它们是地面上最美的事物，全然不顾我们对使之成然的风会抱有何种看法。

总有令人激动不已的时候：听那撩拨人心的松涛阵阵，看那树木（尤其是针叶树）迎风摆动如波浪翻滚，体味多姿的风的神韵。只有森林才能展现风韵，如此清晰可见，如此广大，如此感人，连气派十足的棕榈或是对极微细的风也能察觉的桫椤也会自叹弗如。高大的红杉林自有说不出的卓尔不群，令人难忘，而我以为，松树才是风的最佳演绎者。它们是一团团非凡的舞动的金色针叶，合着曲调，唱着、谱着风之乐，走完它们漫长的世纪之旅。然而在严格意义上的高山森林带里，难得看见这壮观的林之波涛，难得听见这壮美的树之交响。魁梧高大的杜松，干围有时超过它的高度，几乎和它生长于斯的岩石一样坚硬；矮松纤细的鞭样的树枝在迎风招展间，抖出一道道波纹。但那些最高最细的枝条却很顽固，即便在最强的风中也不起波纹，它们只作迅速、短暂的振动；而铁松、山松以及那些最高的两叶类灌木丛在反暴中却郑重其事地鞠躬行礼，姿态优雅大方。不过只有在中低地带才能看见这和风与林相遇的壮丽景象。

在内华达，我有幸得见的最美、最精彩的一场风暴发生在一八七四年十二月，是我在考察育巴河支流峡谷时巧遇的。天、地和树被雨洗刷过后复又变干。这日极其纯净，是加利福尼亚冬日里难得的一天，温和宜人，阳光闪耀，到处散发着春天特有的馥郁芬芳的气息。同时，又因一场令人振奋的风暴即将来临而愈显生动。没像往常那样宿营在外，我那次恰巧停留在一个朋友家中。而当风暴声起时，我不失时机地冲进林中欣赏起来。因为在这种时候，大自然总有一些罕见之物呈现给我们，而且比起蜷缩在屋檐下，在林中观赏并不见得更有生命危险。

天刚放亮，我已不知不觉四处游荡了好一会儿了。金色的阳光洒向群山，照亮了松树顶，透出一股夏日的气息，与暴风雨时的狂野形成奇异的对照。一片片似亮绿羽毛的松叶飘在空中，在阳光下忽隐忽现，如鸟儿相互追逐嬉戏。这里纯净祥和，只有树叶、成熟的花粉以及星星点点的欧洲蕨与青苔。数小时里，我不时听到树木倒地的声响：雨水浸润的泥土松软异常，一些树倒地时连根拔起；而另一些树则在从前森林火灾留下的疤痕处直接断开。林子里树木形态各异，我琢磨着，乐此不疲。幼小的糖松犹如松鼠尾巴，娇嫩，轻柔，被风吹得几乎倒地；而挺拔的老松，在巨大的树干经历了上百次暴风雨的考验后，依旧在空中摇曳，庄严肃穆。在风中，它那弯弯的树枝轻舞着，松针颤抖着，发出清脆的响声，遮住了如钻石般刺目的阳光。花旗松张扬地矗立在山头。小枝下垂像女子飘扬的黑发，松针一团团簇拥着，闪着灰白的光芒，这一切是那么壮观。山谷里生长着红树皮的小树（一种常绿石楠科小树或小灌木），它那光滑宽大的叶片朝四面铺开，阳光照在树上反射出一片片跳跃的粼光，如同我们常在荡漾的冰河面上看到的一般。不过，此时最美的、最令人回味的当属银松。它那巨大的树顶足有二百英尺高，像一枝柔韧的黄花属植物，随风飘荡，俯首虔诚地唱着森林圣歌；它那细长而抖动着的叶子长势密集，像一团燃烧着的白色太阳火焰。有时，大风扫过林子，力大无比，让最坚强的松树都连根摇晃。如果你靠在树干上，会很明显地感受到树身的摇晃。要知道这个时候，大自然正在举行最高庆典，每一棵参天大树的每一根纤维都欢跃着兴奋不已。

我继续在这激情的音乐声中游走着，穿过峡谷，从一个山头到另一个山头，有时停在岩石背风处躲过狂风，或举目远眺，或侧耳倾听。即使庄严的森林圣歌唱到最响亮时，我也能准确地辨出云杉、冷杉、松树、无叶橡树的独特曲调，甚至连脚下枯萎小草在风的吹拂下发出的最轻柔的沙沙声我也不会忽视。每种植物都在用自己独特的方式诉说着什么，吟唱着自己的歌谣，摆出特有的姿势，尽显我从来不曾领略的千姿百态。加拿大、卡罗来纳、佛罗里达的针叶林里，树木仿佛青草叶一样，长得极为相似，紧挨在一起。一般来说，针叶树没有自己的特点。然而，加拿大针叶林里树种的数量要比世界上其他任何一片森林都更丰富。在那里，不仅不同种群存在着明显差别，而且树与树之间也特征各异。正因为此，山林风雨对这些树所造成的影响也是千奇百怪难以言表的。

我在漫长的跋涉中，穿过几个薄雾笼罩的矮林，双脚因不停攀爬微微有些酸痛。中午时分，我终于登上了附近最高山脉的顶峰。之后，我脑海里突闪出一个念头：如果我爬上其中一棵树，没准可以欣赏到更远的山景，且能更清楚地倾听到松针发出的音乐般的声音。爬哪一棵树呢？这个问题需要慎重考虑，因为有些树根基不牢，很可能有被风刮倒的危险，也可能在其他树倒地时受到连累；有些树因顶部没有树枝，且太过粗大，攀爬时会手抓不匀，腿会勾不住；而有些树因所处位置不利而妨碍远景的欣赏。仔细考虑掂量后，在一丛像草一样紧挨着的花旗松中，我挑了棵最高的，因为它周围的树仿佛一道防护墙守护着它。虽然这群松树较其他的树要年轻得多，但它们每棵都有一百英尺高，顶部柔软，易弯曲，在风中摇摆时发出声响，正合我意。习惯了爬树做植物学研究的我，不费吹灰之力就上了树梢，但是今天爬树带给我的激动快乐是前所未有的。像攀附在芦苇秆上的一只食米鸟，我紧贴着树，感受着身边的一切：树顶纤细的枝条在风中猛烈地摇摆着，像湍急的水流，发出阵阵声响。它们时而弯曲，时而前后摆动，时而一圈圈打着转，似在寻找难以描述的平衡位置。

山风扫过，我所在的树顶与远处绵延的坡地构成二十至三十度的圆弧，但是我深信这树的韧性，因为我已经看到其同类受过更残酷的考验——被风刮得几乎弯折到地面，被暴雪侵袭，却毫发未损。在云杉上我是安全的，我自由地感受着风，在我这最佳位置欣赏着处于激情中的山林。从树顶看到的风景，无论在什么天气都是绝美的。我环视着远处群山，幽谷，起伏的麦田，感受到阳光波涛般涌向山谷，从一个山脊流向另一个山脊，闪亮的叶子在阵阵风涛中轻摆着。有时，那些反射的光波突然间碎裂成一个个泡沫，互相追逐着，那么有序，之后它们粘在一起像一个个同心圆弧朝前侧着，在山腰处消失得无影无踪，如同海浪拍打在沙滩上。整个橄榄林丛在松针反射出的强光下，仿佛覆上了白雪，在漆黑的树影衬托下愈发显出了这银白色的华美。

除了绰绰的树影，整大片松林毫无阴翳之气。相反，尽管已是冬季，颜色还煞是好看。松树的枝干呈紫褐色，叶子多数微染了黄色；月桂树林被风吹过，淡白的树叶阴面翻卷起来，远望竟是大块的灰色；山坡上，时而是熊果树丛扎眼的赭色，时而是浆果鹃树皮鲜艳招人的深红色，时而又是林间空地呈现的一块一块的淡紫褐色。

风声恢弘地呼应着这极其丰富的光影和律动。裸露的树干和枝条奏出深沉的低音，宛如瀑布轰鸣；松针快速紧绷的震颤，其声忽而尖利，嘶嘶作响，忽而呢喃，轻语如丝；幽谷里的月桂树丛，瑟瑟沙沙，树叶相碰，清脆滴答。所有这些，当你静心聆听，都清晰可辨了。

除了形状、颜色以及折射光线的方式不同，不同树木在风中的姿态也各异，仅凭这一点，数里之外，就可辨别其种类了。它们看来全都强壮惬意，似乎在回应暴风最热烈问候的同时，还在享受其眷顾呢。时下听到很多关于普世生存竞争的说辞，但是在这里，看不到通常所说的那种竞争，树木丝毫不感到危险，也不反对暴风的来临，而是露出一种难以抑制的喜悦，既远离狂喜，也远离恐惧。

我又在树上待了几个小时，时常闭上眼睛，或者倾听那美妙的乐声，或者静静享受那飘然而过的袅袅芬芳。若在温润的雨中，淡香的芽和叶子像茶一样被浸泡着，树林的香气要比此时更浓烈；但在暴风里，松枝互相碰擦，无数松针不断摩挲，竟也调出一种醉人的芳香来。除了山林的香源，也有来自远方的气息。这场暴风，来自海洋。风掠过腥咸的海浪，滤过红杉树林，穿过蕨类茂盛的峡谷，淌过波浪起伏花儿盛开的海岸山脊，越过金色的平原，爬上紫色的丘陵，带着沿路采集的各种气息，吹入这些松林。

风儿拂过万物，传递着万物的信息，无论我们能读懂多少；我们甚至仅凭风中裹挟的气息，就知道它一路的行踪了。船员们身居茫茫大海，却能从陆地吹来的风中嗅出花的芳香。海风携着海草藻类的香气来到内陆，那里的人们也会立刻识别，尽管那气味已经混杂了千种花儿的香气。举一个例子。可以说，我在小的时候，就一直闻着苏格兰福思湾的海风；后来，我被带到了威斯康星，在那里待了十九年，没有嗅到一丝海的气息。直到有一次，我独自一人，静静地从密西西比河谷的中部步行到墨西哥湾，进行植物考察。在远离海岸的佛罗里达，我全神贯注地观察着四周美丽的热带植物，忽然，从蒲葵和旺盛的藤蔓间，我闻到了一丝海风，刹那间，蛰伏已久的许许多多关于海的记忆，被激活并释放了，我仿佛又回到了在苏格兰的童年，而远离大海的那段岁月则销声匿迹了。

多数人喜欢观看山涧的溪流，将它们画在记忆中。但是少有人愿意观看山风，尽管山风远更美丽壮观，尽管山风也常如流水一般清晰可见。有时，当冬天的北风顺着高地山，席卷过蜿蜒的山顶时，飞扬的雪花会绵延一英里，昭示着风的踪迹。如此具象的山风，哪怕是最不具想象力的人，也不会视而不见了。而当我们往强风掠过的森林上方看去时，就可能通过风对树的作用，看出风的形态。远处，劲风忽而急下，在林上吹起涟漪，忽而狂扫，一路吹弯各坡的松树。近地，我们看见纷散的羽毛和树叶，时而平流疾走，时而飞舞盘旋，随着巨大隆起的气流扶摇直上，或从漩涡的边缘脱离，或在火焰般的顶峰跳跃。无论是平滑深邃的、瀑布般倾泻的，还是盘绕回旋的，各种气流吟唱着，围绕每一棵树，每一片树叶，并覆盖了整个区域，随着多姿的地貌，明显地改变着自己的形态，就像山溪顺应涧道的特征一样。

顺着内华达山脉的山溪，从源泉一直追溯到平原，看着溪水飞跌，溅起白色的水花，看着溪水滑落，似晶莹的羽衣，看着溪水湍急，在巨石阻挡的峡谷里呈现灰白并泛起泡沫，看着溪水轻溜，穿过树林，绵长安静地流入平原——在如此详细了解了它们，这些缎带般覆盖山地和平原的溪流的语言和形状之后，我们可以最终听到它们共唱一首宏大的颂歌，并能以清晰的内心境界去理解它们。但是就连这样的景观，与我们可能看到的山林里暴风的气流相比，也远不如后者壮丽，也丝毫不比后者更真实可见。

树与人，我们都在这无垠的星河里共行。但是，在这个暴风的日子以前，在我没有爬上高树、感受树的摇曳以前，我却从未意识到树是行者。是的，它们的众多旅行，并不广博；但我们自己短短的行程，来去匆匆，比之风动树摇，又好得到哪里，还有不及呢！

风力开始变弱，我下到平地，漫步穿过渐渐平息的树林。风声也消退了，我转头向东，望着山坡上数不清的林木，它们像一群虔诚的听众，一排排由低往高，安静地矗立着，屏息凝神。落日用琥珀色的光弥漫着它们，仿佛对它们说："将我的安宁赐予你们。"

我凝视着这一幕感人的场景，忘却了暴风带来的一切所谓毁灭。这些壮丽的林木，从来没有显得如此鲜活、欢快、生机盎然。

（朱新福 译）

# 五里采维奇

留德维特·伍里采维奇（1840—1916），南斯拉夫最著名的散文作家之一。
他写了大量有关哲学和宗教的随笔和论文，他的文章富于激情和高尚的理想。

## ※ 黎明·时间

### 黎明

　　黎明是光之喷泉的顶端，是希望和爱。黎明时，大自然醒来了，一切有生之物也都从睡梦中醒来，得到加强，好像重新组合过似的。黑夜把露珠抛撒在黎明的路上；黎明时花儿舒展开来，太阳会发现每一件事物都装饰一新。黑夜的哑默被打破了，出现了欢欣的快调。鸟儿快乐地歌唱着，凉风飒飒地穿过稠密的林子，欢愉的精神笼罩着山峦和峡谷，微风抚慰着安静的大海。塞尔维亚母亲，唤醒你的孩子们吧，这样他们就能看见黎明，领受她第一缕光线的亲吻。

黎明时我凝视着大自然，一种清新的活力似乎充溢于高山、丘陵、树林和田野。我观察着各种各样的美，当我注视着它们的时候，我的心胸怡然自得。当我在清晨早早起来，黎明用她的光辉照亮我，亲吻我，我感到我变得更好了，更有精神了。那厌倦的、悲哀的和病了的，都在渴望着呼唤着黎明。痛苦和沮丧是黑夜给予那些受苦的人的。塞尔维亚母亲，唤醒你的孩子们吧，这样他们就能看见黎明，领受她第一缕光线的亲吻。

黎明时，心灵能够领会永恒的神圣的真理。黎明时，那如此明智地构造世界的力量，使我们看起来更加辉煌，听起来更为悦耳。它照亮了星辰，牵引着大海。黎明时，知觉更为活跃，能更好领悟全能的力量的意义，它把它的精神注入万物，使之能够呼吸到它那无所不在的精神。塞尔维亚母亲，唤醒你的孩子们吧，这样他们就能看见黎明，领受她第一缕光线的亲吻。

黎明时是学习、思索和祈祷的最好时光，这时神智清明，心儿更为炽热和敏感。身体变得更为轻捷，灵魂更为安详自在，高高地向上飞翔。在夜晚，人们受卑劣的情欲支配而沉陷于泥沼，而在清晨，纯洁的爱使他们变得高尚，升入天堂。塞尔维亚母亲，唤醒你的孩子们吧，这样他们就能看见黎明，领受她第一缕光线的亲吻。


### 时间

我从母亲那儿学会如何工作，并憎恶懒惰。她常说："时间就是永恒……人们荒废时间就是荒废永恒。"她还常说："在这世界上没有什么美好的东西，也许时间就是我们拥有的惟一美好的东西；让我们别荒废它吧……谁能知道明天会发生什么事呢。"

时间！然而，这个词意味着什么？我们诞生，我们活着，我们死去，并且认为这一切都是按时发生的，仿佛时间是某种巨大、崇高、宽广和深邃的东西；仿佛它是一个无边无际的天体，包容着一切发光的世界，包含着生命和死亡，而这个地球像是蓝色的大海，无数的鱼在其中相聚相依，同泳同游。我们把已经做过的一切叫做过去；把正在做的一切叫做现在；而我们将要或试图去做的一切则称之为未来。而所有这一切都在我们身内，不在我们身外。过去了的存贮在我们的记忆中，现在正吸引我们的注意力，而将要来的则包容在我们的希望和期待之中。

我们总是在期待着什么；我们的生命就是在期待中耗费掉了；我要说，生命本身就是一种期待。我们认为某个时刻将会到来，而且一定会到来，那时我们的期待将会实现。在某种情况下，满足和实现我们的希望似乎依赖于时间，在另一些情况下，我们坚定地相信并且确认，时间依赖于我们，而我们并不能使它缩短或延长。

我们把时间分为时代、世纪、年代，并给这些虚构的划分取上名字，把它们看作是某种真实的存在于它们自身之内并独立于我们的意识之外的某种东西。我们相信我们真正量度了时间，而实际上在我们的意识之外并不存在什么东西；在我们的书籍之外也不存在什么东西，在书中我们写下了我们的思想、我们的谬见和我们的空虚的言词。时间在其自身中什么也不是；它不是实在，不是实体，而是人的思想、观念，书中的一个词，石头上的一道刻痕。

亲爱的死去的母亲，当你说："时间就是永恒……人们荒废时间就是荒废永恒"，或许你说出的是一个巨大的真理，或许你的朴素的思想（并非自觉自愿）所要达到的不是哲学家，而是父亲！一个人在他的民族中是个伟人，在上帝面前也是正直的，他也许会这样祈祷："教我们计算我们的日子吧，这样我们就有可能使我们心灵专注于寻求智慧。"

我注意到在天才和头脑简单的人之间有某种相似之处，他们都能够显示真理：前者通过理性的力量得到它，后者则通过他们的心和爱。庸人并不是真正的人。

（罗洛译）

# 都德

阿尔方斯·都德（1840—1897），法国文学家，以小说见长。
其反映普法战争的短篇小说《最后一课》、《柏林之围》都是脍炙人口的名篇。
都德是位多产作家，其长篇小说名作有《塔拉斯孔城的达达兰》、《雅克》、《富豪》、
《努马·卢梅斯当》、《不朽者》、《萨福》等。

## ※ 星星

　　那时候，我在吕布隆山上看守羊群，整整几星期都见不到一个人，牧场中只有我独自一人跟我的狗拉在利和一些小羊羔相守。偶尔，虞尔山采草药的隐士从那儿经过，或者看到一张比埃蒙烧炭人的黑脸。但这些都是质朴而沉默寡言的人，由于孤独失掉了说话的兴趣，也完全不知道山下的村子和城镇里人们谈论的事情。每隔15天，我们农庄的骡子才给我运一次粮食来，当我在上山的路上，听

到骡儿的铃声，看到村童那机灵的脑袋和诺拉德大娘的红头巾一点点地显出时，我真是感到幸福极了。总要让他们给我讲一些山下的新闻：谁受了洗，谁结了婚……这一类的事情。

尤其使我感兴趣的，是了解我们农庄主的女儿，丝苔法耐特小姐的近况，她是我们方圆十里范围内最美丽的姑娘！我装出并不特别关心的样子，打听她是否总去参加节日的筵席，晚间的聚会，是否有新的情人来找她。如果有人问我这些事情跟我这个可怜的深山牧童有什么关系，我可以回答说：我已经二十岁了，而这位丝苔法耐特小姐是我有生以来见过的最美的姑娘。

一个礼拜天，我在等待每半个月一次的口粮，口粮却很晚才送到。早晨，我寻思可能是因为人们忙着做"大弥撒"的缘故；快到中午时，来了一场大暴雨，我估计是由于道路太坏，骡子没法上路；哪知到了下午三点钟，天清如洗，满山的水珠在阳光下闪烁，明亮得耀眼，在那树叶的滴水声和溪流涨水的澎湃声中，我听到了一阵骡铃的丁当声，它像复活节教堂钟楼上的一串串钟声那样欢乐和轻快。但赶骡子的却不是小村童，也不是诺拉德大娘，而是……你们猜是谁？孩子们！居然是我们的小姐，我们的小姐本人！她端坐在那些柳条筐之间，山上的空气和雨后的清凉使她的面颊变得绯红。

美丽的丝苔法耐特一边从骡子上跨下来，一边对我说：村童生了病，诺拉德大娘请假到孩子家去了，她本人因为迷了路，所以才来迟了。她扎着花带，穿着华丽的裙子和花纱，打扮得像过礼拜日一样漂亮，与其说她是在树林里迷了路，倒不如说是在哪里跳舞耽搁了时间。啊，可爱的精灵，我的眼睛永远也不会把她看够！我也从来没这样挨近地看过她！记得冬天里羊群下了山，傍晚，我回到农庄吃晚饭，有几次看到她迅速地走过饭厅，从来不跟佣人们说话，总是打扮得漂漂亮亮，带着几分傲气。而此刻，她就在我面前，仅仅是为我而来的，我怎么能不为此感到慌乱呢？

丝苔法耐特把粮食从篮子里取出之后，便好奇地朝四周张望，撩起她那怕弄脏的礼拜日穿的漂亮裙子，走进了牧棚，想看看我憩息的角落：那铺着羊皮褥子的干草窝铺，挂在墙上的大斗篷，赶羊的木棍，打火石……这一切都使她感兴趣。

"那么，你就是在这儿生活吗？我的可怜的牧童，你一定觉得寂寞吧？你在做些啥？想些啥呢？"

我真想回答她说：我想的就是你呀，我的女主人！其实我并没说谎，可是我竟然慌乱得连一句话都说不出来了。我相信她也觉察到了这一点，而这调皮的姑娘却故意戏弄地打趣我，使我变得更加窘迫了。

"喂，牧童，你的心上人有时也上山来看望你吗？她大概是只金色的小山羊？要不就是那位专爱在山顶上奔走的仙女艾斯黛尔？"

她仰着头带着美丽的微笑跟我说话的样子，倒有点儿像仙女艾斯黛尔了。而她的来去匆匆使得她的降临成了昙花一现！

"再见了，牧童！"

"祝您幸福，女主人！"

就这样，她带着空篮子走了。

当她从山坡的小路上消失时，骡蹄下那些滚动的小石子，就像是一块块地砸在了我的心上，很久，很久，我还听得见它们的声音。直到日暮，我都一直像是沉睡在梦中似的，动也不敢动，惟恐我的梦幻失去。

傍晚，当山谷的深处开始变成蓝色，羊儿咩咩地叫着互相拥挤着涌进羊圈的时候，我听到有人在下面喊我，紧接着，我们的小姐出现在我面前，但她已不再像刚才那样地笑着，而是因寒冷、恐惧和潮湿全身颤抖着。看来是山下梭格河的水因暴雨猛涨，她想抢渡过去，却差一点儿被淹死。可怕的是，到了此刻，想再赶回农庄，已不可能了，因为那条抄近的道路我们姑娘一人是肯定找不到的，而我又不能离开羊群。想到要在山上过夜，她非常难受，特别是怕她家里人着急，我只得尽我的所能安慰她，让她镇静下来。

"七月里，夜很短，女主人……受罪也只是一会儿罢了。"

为了烘干她的脚和被梭格河水浸湿的衣裳，我燃起一堆大火，然后，又把牛奶和干酪摆在她面前。可是这可怜的小姑娘，既不想烤火，也不想吃东西，看到大颗大颗的泪珠涌上她的眼睛时，我自己都想哭了。

夜幕完全降临了，只有山峰上还留着一线残阳，一抹落日的余辉。我想让小姐到木棚里去休息，于是，我把一张崭新的羊皮铺在干净的草褥上，向她道了晚安之后，自己就到羊棚外面的栅栏门前坐着……上帝可以给我作证：尽管爱火在我的血液里燃烧，我可没有任何邪念！

只是感到一种莫大的骄傲，因为在木棚的一角，睡着我的主人的女儿。

在那些好奇地看着她睡觉的羊群近旁，在我的守护之下，她像是一只比其它的羊儿更美丽、更洁白的小羊羔。我好像从来没感到过天宇是这样的深邃，星光是这样的灿烂……

忽然，羊棚的栅栏门打开了，美丽的丝苔法耐特走了出来，她睡不着。因为羊儿搅动得草垫发出声响，还在梦中咩咩地叫着，所以她宁愿到外面来烤火。看到这样，我就把我身上的羊皮披在她肩上，重新把火拨旺，两人默默地靠在一起坐着。

如果你曾经在美丽的星空下度过夜晚，你就会知道，当人们入睡的时候，在孤独和寂静之中，另一个神秘的世界却苏醒了过来。于是，流泉唱得更响亮，池塘里闪耀出火星，山上的精灵们自由自在地来来往往，空气中充满着难以觉察的细微的声音和响动，人们仿佛听到树枝在长，草儿在生一样。白天，仅仅是生物的世界，夜晚，却是万物的世界，当人们不习惯于这些时，是会感到害怕的。

所以，一有点轻微的响动，我们小姐便战栗着将身子靠近我。有一次，从山下闪光的池塘里发出一声长长的哀鸣，震颤着向我们传来，同一瞬间里，一颗美丽的流星从我们头上向同一方向坠落下去，仿佛是我们刚才听到的长鸣带来的光亮似的。

"这是什么？"丝苔法耐特低声问我。

"一个进了天国的灵魂。女主人。"我画了一个十字。

她也画了一个十字，很虔诚地仰望着星空沉思了一会儿，然后对我说："真的，小牧童，你们这些牧人都是巫师吗？"

"一点也不是，小姐，只是因为我们生活在这儿，离星星更近一些，所以对这些事比住在平原上的人知道得清楚些。

她一直仰望着天空，用手托着头，身子裹在羊皮里，活像一个天上的小牧羊女。

"这么多星星，多美啊！我从来没见过这么多……你知道它们的名字吗？牧童。"

"当然，女主人……你看！那正在我们头上的，是'圣雅克之路'（银河），它从法兰西一直通到西班牙。当年，勇敢的查理曼大帝和回教徒作战时，是圣雅克·得·加里斯为他画出来的路。再离远一点，你看到的是'灵魂之车'（大熊星座）和它那四根闪闪发亮的车轴，走在车前面的三颗星是'三只牲畜'，而靠近第三只牲畜的那颗很小的星星，是赶车的车夫。你还看到在它们周围那一片降落下来的星雨，那是仁慈的上帝不愿意再留在天庭里的灵魂……

朝下一些是耙旦，或叫'三王星'（猎户星座），这正是我们牧人用来当做时钟的，只要看着它们，我就知道此刻已经过了半夜了。

"再低一点，永远朝着南方的，闪耀着'让·得·米朗星'（大狼星座），它是众星之中的火炬。关于这颗星，牧人们有这样的传说：有一天晚上，'让·得·米朗星'、'三王星'和'布西野星'一同被邀请去参加他们朋友中一颗星星的婚礼，'布西野星'比较性急，便最先出发了，她走的是上面那条路，你看，就在那儿，天空深处！'三王星'走下面的近路赶上了她，但是'让·得·米朗星'这个懒家伙，因为睡得太迟而远远地落在了后面，他发了脾气，为了阻拦他们，他把自己的手杖向他们掷去。所以'三王星'又叫做'让·得·米朗的手杖'……然而，女主人，在一切星星中最美丽的，却是我们的星——'牧人星'。她在黎明时照耀着我们把羊群赶出去，黄昏时又照耀着我们把羊群赶回来。我们也称她为'马格洛星'，这美丽的'马格洛星'总是跟在'普罗旺斯之石'（土星）的后面跑，每隔七年和他结一次婚。"

"怎么？牧童，星星也结婚？"

"当然，女主人。"

当我向她解释星星结婚是怎么一回事时，我感到有个清凉、细腻的东西轻轻地压到了我的肩上，原来是她那因困倦而变得沉重的头，连同华美的丝带、花纱和波浪般的秀发，一起倚到了我身上。

她就这样一动不动地直到天上的星星变得苍白，然后再被初升的朝阳抹去的时候。而我呢？就一直在看着她睡觉，虽然内心深处有几分骚动，但这光明而圣洁的夜晚保护着我，它使我只能产生些美好的愿望！

在我们周围，星星们仍继续着它们那静默的行程，好像是一大群驯良的羊群，我却不时在想：在众星之中，有这么一颗最美丽、最明亮的星星，因为迷了路而来到了我身边，倚在我身上睡着了……

赫德逊

威廉·亨利·赫德逊（1841—1922），英国散文家。
主要作品有《紫色的土地》《绿屋》《牧羊人的生涯》等。

## ※ 林鸟

相当一段时间以来，我一直在攀登一座低矮宽阔的平顶小山；当我拨开灌丛，又出现在空地时，我已经上了一片平坦高地，一片四望空旷，到处石楠与零星荆豆杂生的地方，其间也有几处稠密的冷杉桦木之类。在我面前以及高地的两侧，弥望尽是一带广野，那地亩田垄时有中断，惟独那惊人的青葱翠绿则迄无中断，这点显然与新近降雨丰沛有关。依我看来，南德文郡里的绿色实在未免过多，另外那色调的柔和与亮度也到处过趋单一。在眼睛饱餍这种景色之后，山顶上那些棕褐刺目的稀疏草木反而有爽心怡目之感。这块石楠地宛如一片绿洲与趋避之地；我在那里漫步许久，一直弄得腿脚淋湿；然后我又坐下来等脚晒干，就这样我在这里愉快地度过了几个小时，高兴的是这里再没有人前来打搅。不过鸟类友伴并不缺乏。路边丛薄间一只雄雉的鸣叫似乎已在警告我说我已闯入了禁猎地带。或许这里的禁猎并不严格，因力我便看到我所熟识的食腐肉乌鸦出来为它的幼雏觅食。它在树上稍停了停，接着掠我而过，便不见了。在这目前季节，亦即在初夏时期，当飞起时，它是很容易同它的近亲白嘴鸭分别清楚的。前者在出来巡劫时，它在空中的滑翔流畅而迅速，并不断地改变着方向，时而贴近地面，继而又升腾得很高，但一般保持着约与树齐的高度。它的滑翔与转弯动作略与鲱鱼鸥相似，只是滑翔时翅膀挺得直直，那长长的翎翩尖端呈现一稍稍上翘的曲线。但最主要的区别还在飞行时的头部姿势。至于白嘴鸭，则像苍鹭与鹤那样，总是把它的利喙笔直地伸向前面。它飞时方向明确，毫不犹豫；它简直可说是跟着它自己的鼻子尖跑，既不左顾，也不右盼。而那寻觅肉食的乌鸦则不停地转动着它的头部，好像只海鸥或猎兔狗那样，忽而这边，忽而那边，仿佛在对地面进行彻底搜查，或集中其视力于某个模糊难辨的事物。

这里不仅有乌鸦：我从羊齿丛中走出时，一只喜鹊正在叽喳叫着，只是拒不露面；过了一会儿，一只桂鸟又对着我啼叫起来，那叫法在鸟中实在够得上十分独特。对于这聒噪不已的警告与咒骂里所流露的一腔愤激，对于这位受惊的孤客在骇睹其他生物侵入其林中净地时胸头盛怒的这种猝然勃发，我有时倒也能深表同情。

这个地方的小鸟实在不少，仿佛此地的荒芜和贫瘠对它们也有着某种吸引力量。各类山雀、各类鸣禽、云雀以及鸳鸟正在飞来跑去，到处遨游，并各自吐弄着不同的佳音，这些时而来自树端，时而来自地上，时而逼近，时而遥远；但是随着放歌者的或远或近，鸣声上下，也给那声音带来不同的特质，因而所产生的效果真是千声万籁，嗡然大观。只有峋鸭总是停留在一个地方或保持着一种姿势，另外每次开口唱时，也总是重复着一个调子不变。尽管如此，这种鸟的鸣叫也并不如人们所说的那般单调。

不久之后，我有了更有趣的鸟来听了——红尾。一只雌的飞下地面，离我不到十五码远；它的伴侣追逐其后，接着落在一个枯枝上面，而就这样一个胆怯易惊、生性好动的小东西说，它停留的时间可不算短。它周身羽毛丰满，一动不动地待在熠熠的阳光之下，非常惹人注目，可说是英国禽羽族中心情最欢快、样子也最带异国色彩的了。过了一晌，它离开这里，飞向附近一棵树上，于是啭喉歌唱起来；这之后一连半个小时，我始终凝神倾听着它那每过一阵便重复一番的短促曲调——这是一种从来没有为人很好描写过的特别歌唱。"多练使艺术完美"这句格言是不适用于鸟类的歌唱艺术的；即以红尾来说。虽然出身于有名的音乐家族，而且歌喉的天赋也极不错，却并不曾因为多练而臻于完美境地。它的歌声之所以有趣不仅因为它的性质特别，也还因为它的羽毛出奇糟糕。一位著名的鸟类学家曾经说过，鸟类一般靠两种办法来讨人喜欢，一靠歌喉，二靠羽毛；多数鸟类都是非此即彼，不出这两种途径；另外，长于歌而短于色的族类一旦变得羽毛美艳之后，势必要引起其歌艺的堕落。他这里即是指的红尾而言。但可惜的是，出乎这条规律的例外实在未免太多。例如，即以我们英国岛上的一个鸟族——莺类来说，那些羽毛平常的往往也音调不佳，而那些羽毛最艳丽的又偏偏都是歌唱妙手——例如金翅雀、鹟鸟、金雀、红雀，等等。但是要人长时间地去听一只红尾，哪怕再多的红尾，而不产生厌烦，却是不可能的，因为它那曲调最多也不过是一阕歌曲的几声前奏——那里面所预示的东西根本未能表达出来；也许在遥远的古代时候它曾一度是个幽美繁富、极具变化的歌唱好手，但如今所残留下来的只不过是当年妙曲的一些零星片段而已。它一开始时滴沥溜转的几个音符往往是极动听的，人们的注意力登时被它吸了去。这包括两种声音，但都很美——即那纯净嘹亮、有如泉涌的知更雀式的音调，以及更加柔美和富于表情的燕子式的音调。但是一切也即此为止；那歌还没怎么唱出来便已结束，或者"垮去"；因为多数情形是，这个纯净优美的开始曲不久便被继之而来的一连串稀奇古怪的咕咕唧唧以及破碎不成片段的夹七杂八的混乱声音所弄坏，而且声响又极微弱，数码之外，便听不见。另外，奇怪的是，这些细碎音调最后不仅在这种鸟的不同成员身上很不一致，而且在力度、性质与频率上也很不一致。有的不过单纯一声微弱的鸣啸而已，有的则连续发至六七甚至十来声清晰音响。但整个来说，这些声音的吐放总给人以显然吃力之感，仿佛这种鸟只是在鼓其如簧之舌硬唱下去。

（高健 译）

# 杰弗里斯

理查德·杰弗里斯（1848—1887），英国散文家。
最为著名的散文集有《田野和灌木树篱》《露天》等。

## ※ 七月的草地

七月里有只苍蝇在绵长的茸地上飞来飞去。它的双翼在它的四周形成了一个圈圈，犹如网状，扑扑不停地拍打着，宛如一朵云彩把它团团围绕住。当它飞过直立如树的草木时，一棵异常高的植物不时地挡住了它的去路，于是它就依附在那儿，然后眼睛就能从容地游目于双翼上的猩红斑点——那是无比可爱的颜色。风儿把草梗吹得晃晃悠悠的，苍蝇依附不住了，又在草木丛中飞走了。那些草木是禾科或是其他什么科属，或者叫什么名目，它毫不在意。名目之于它毫无意义。它要做的一切，就是在灿烂的阳光里，旋转它那猩红斑点的双翼，想栖息便栖息，然后继续地飞来飞去。一身鲜艳的猩红斑点，裹在紫红金黄的生命里，这可是一份喜悦呢。我觉得好奇：带着这种色彩的生灵，会不会感觉得到色彩的意味呢？玫瑰，在一束束阳光洒落在花园围墙上面之前，在朝露欲滴的清晨显得那么宁静，一定是感受到了自己芬芳馥郁的一份喜悦，一定是认识到了自己红色的花瓣那种细腻的色调。玫瑰沉眠于它的美丽之中。

苍蝇来回旋扑猩红斑点的双翼，往身上涂抹着阳光，和沙滩上嬉耍的孩子们一样。苍蝇想不到什么草地、太阳，它才不去理会它们——所以显得那么快活——比光脚丫的孩子们来得快活，他们总要东问西问的，比如为什么那里有大海啦，落潮的时候为什么海水不会彻底干枯啦。苍蝇是无意识的，它生活而不寻思生活，假如阳光夜以继日地照耀下去，它还嫌时间不够长呢。永不嫌多，太阳和婆娑滑落的阴影永远都不嫌多，它们宛若一只纤手伸向桌子的对面，情意缠绵地落在我们的肩膀；芳香如花的草地也永不嫌多，即使我们能够长寿永年，寿命和起起落落的潮汐次数不相上下，一连四年倒计朝朝夕夕的光阴，直至我们发现是先有黑夜，还是先有白昼。猩红斑点的苍蝇对草木的名目一无所知，它们生长在靠近海边的草皮上，一想到苍蝇，我便决定再也不去刻意记住任何草木的名目了。我把那一大本草木科属的书落在家里了，烫金的封面上渐渐积起了灰尘。今天早晨我采了一把我也叫不出名目的草木。我要坐在这块草皮上，猩红斑点的苍蝇不会理睬我的，仿佛我不过是一株草木。我不要思想，我要失去意识，我要生活。

听！那是夏日低婉的淙淙粼波，拍打着碧绿的海水下面裸露的岩石。美丽的一切都是无意之中发现的，美好的一切也是如此。我身边有一块祈祷用的方毯，大小恰好容膝，是华丽的金黄和嫣红双色交织的。东方历代的苏丹王从来没有如此漂亮的跪毯。它确实太漂亮了，跪在上面多不忍心，置身于金灿灿的鲜花丛中，即使为了祈祷，也不该折损它们的生命。不该毁坏它们的容颜，一根花茎也不能折弯。比较恭敬的态度就是别跪在鲜花上，因为这一方跪毯代表了祈祷的心意。我要坐在它旁边，让它为我祈祷。多么平凡的牛角花呀，遍地生长；不过我要不是一连几天有心探寻，我就发现不了这么一块草地，五色纷披，金光烨烨，日照之下流光溢彩。你或许从这里大步流星地走过去，然而值得你回想一周，追忆一年。细细长长的草木，修枝纤柯错落有致，花粉点缀着枝梢，形若球果，层见叠出——弱不禁风，所以总长不高——在山冈的脚下丛簇生长。它们不敢长高，否则一时刮风，啪嗒一声，众芳折腰。一株茁壮粗大的绿枝，在树篱旁长得足有三英尺，顶端差不多又有一英尺高，苍翠入目，挺拔雄展，昂首向你召唤；你应该赞美一句："青青绿枝，英姿勃发！"这些草木的芒刺接二连三地伸了出来；这些草木的顶端仿佛抹去了棱角；有些低垂在下面矮矮的叶片上；还有一些你只能在拨开它们周围的累累丛翠的时候发现它们；林林总总，百叶千枝，千条万缕。干燥的山冈顶上，威严森然的罂粟对它们却不屑一顾，群氓之流多如牛毛，举不胜举。神气活现的罂粟，它们是无花无果的一族，七月野地里的君主，不能深深地扎根，只是绚丽夺目红烂漫，一时风光如云烟过眼。它们毫无用处，它们充满苦味，它们总和沉睡、毒药、漫漫长夜连在一起；可是它们不是寻常之物，所以得到宽恕。不论什么东西，哪怕遍地皆是，都不会使罂粟变成寻常之物。它们具有一种天赋，色彩的天赋，于是它们得以幸免。即使它们占据了谷物的耕地，我们还是啧啧赞叹。成群成簇的青枝绿叶漫山遍野，层叠盘错，苍茫无际，走遍五湖四海的牧场和草地，看不到跟百草之王罂粟相似之处。统治者历来是外夷。从英格兰到华夏，本国人绝当不上国王；罂粟即为野地里的征服者。山冈上有一株罂粟太美了，花瓣舒展，色泽晶莹如丝，色度比其他的深三分——绯红近似赭色。我希望不只是凝望着赤橙黄绿的五彩缤纷，不只是观赏而已，不完全是如饮佳酿如吸芳香，而是不知不觉把它化为我生命的一部分，这样便可以体验它的生活。

要想探寻七月的草木，就亥去那些角隅之地和偏僻的去处，而不是在辽阔的土地上——镰刀已经夺走了它们的生命。在小路土坡的旁边，靠近通道的地方——看一眼，还有呢，在不引人注目的地方，那些土堆上没有竣工的建筑物的后面；楼房拔地而起，地基已经被人遗忘，这里昔日的遐想荡然无存。那些地方野草丛生，无拘无束，要在别处它们就找不到憩息之地；罕见的品种和硕大的植物奇巧百出。就像每件人们寻觅的东西一样，奇花异草偏在希望不大的情况下为人发现。在池塘后面，在林地的方圆之内，在麦田的角角落落，在古老的采石场，该去这些地方寻花觅草，或者走入令人不快的沼泽地来到海边。有些赏心悦目的花草偏偏生长在路边；你不妨在沟沟坎坎的小路上寻觅一番，也可以朝溪边空心的树干里张望几眼。一上午你信手拾掇，便可抱着一大扎花草满载而归。把粗大一些的梗茎斜割一刀，比如芦苇，俨然扎根于绿油油的草地。你一边摘采，一边要琢磨，比如梗茎的高度和细嫩、低垂和弯曲的程度，花序的形状色彩，花粉的浓淡，风中的婆娑摇曳。你是可以带回家一束花草，可是吹拂花草的风儿却始终空空如也。

（杨自伍 译）

# 高更

保尔·高更（1848—1903），法国画家。画作外，还著有散文作品集《诺阿、诺阿》等。

## ※ 马塔耶阿

我已经离开帕皮提，来到了马塔耶阿。这地方一边依着大海，另一边靠着高山，山脊上的岩石高高耸立着，一片巨大的芒果林遮掩着令人生畏的裂缝。我那蒲罗木的小屋就坐落在高山和大海之间，小屋边还有一间小小的饭厅。

清晨，我站在海岸边，瞥见一叶独木小舟，舟上站着一个妇女，船舷上坐着一个几乎光着身子的男人，他的旁边有一棵枯萎的椰子树，仿佛是一只巨大的鹦鹉低垂着金灿灿的尾巴，双爪抓着一大串椰子。那男子利索地举起一把利斧，将刀锋砍入枯萎了的树身，在银色的天空中留下一道蓝光。百年来积蓄下的热能将在瞬间的火光中获得再生。

绛红的大地上飘落着许多蛇纹树叶，不由得使人联想起遥远的东方的某种文字——我觉得好像在读起源于大洋洲的文字：Atua，Dieu（上帝），Ie．Ta'ata或者Takata，这起源于印度并向各处传播的、在所有宗教里都能找到的文字……

塔塔戛达人眼中的帝王、大臣虽显贵，然而不过是一滴唾沫，一粒尘埃。在他们看来所谓纯洁和不纯洁也无非如六人那加舞而已。

在他们眼中求诸佛道如求鲜花……

独木舟上的女人在收拾渔网，大海的蓝色线条不时被珊瑚礁上溅起的绿色浪花击碎。

这一天的晚上，我抽着烟，漫步在海边沙滩上。

夕阳很快地降落在地平线上，慢慢地被我右边的摩里亚岛掩没了。黝黑的山映照在如火的无边背景上，形成鲜明有力的对比，清晰的轮廓勾勒出高低凹凸的古城墙。

伫立在大自然的景色中，去追思那些封建的东西是否有点多余？那山岭的形状很像一顶巨大的冠冕上的装饰物，山的周围波浪汹涌，发出阵阵巨响，犹如万马奔腾，可是波浪始终没法冲上山顶。左近的伟绩业已崩溃倾圮，惟独这冠冕似的山峰像保护神一样屹立在天边。

我的视线从山峰转向湛蓝的海，深的大海吞没了多少触犯智慧之树的罪人和灵魂有罪孽的人们——那"冠饰"不就是一个浮出海面的人头吗？不知怎的，我觉得它颇像狮身人面的司芬克斯。特别是那巨大的裂缝宛如张开的嘴，很威严，含着讥讽的意味，或者说带着怜悯的微笑，注视着吞没旧日的波浪……夜幕迅速地降临大地——摩里亚岛沉睡了。万籁俱静，一片沉寂，我渐渐体味到塔希提岛夜晚的静谧之美。

夜是那样的宁静，我只能听见自己心脏在跳动，透过床前的月光，我清楚地看见离小屋不远的芦苇疏疏朗朗地站立在那里。人们说那是古时的芦笛，塔希提人把这种乐器称之为"微胡"。这种乐器在白天不发出任何声响，一俟夜色染天，借着皎洁的月光，它在人们的耳畔奏起悦耳动听、时有时无的旋律，我便在这种音乐声中进入梦乡。苍穹和我之间只剩下露兜树叶搭起的轻盈的绿色屋顶，那是蜥蜴安家的地方。在梦境中能想像出我头顶上那自由的空间、苍穹、群星。我远离了地狱般的欧洲，摩里的一间小屋成了我和实际生活之间的纽带，使我真正生活在大千世界与无限之中。

（姚国强 译）

# 莫泊桑

居伊·德·莫泊桑（1850—1893），法国作家，短篇小说巨匠。
他擅长从平凡琐屑的事物中截取富有典型意义的片断，以小见大地概括出生活的真实。
他的短篇小说构思别具匠心，情节变化多端，描写生动细致，刻画人情世态惟妙惟肖，
令人读后回味无穷。代表作有《项链》《羊脂球》等。

## ※ 雪夜

　　黄昏时分，纷纷扬扬地下了一天的雪终于渐下渐止，沉沉夜幕下的大千世界，仿佛凝固了，一切生命都悄悄进入了睡乡，或近或远的山谷、平川、树林、村落……在雪光映照下，银装素裹，分外妖娆。这雪后初霁的夜晚，万籁俱寂，了无生气。

　　蓦地，从远处传来一阵凄厉的叫声，冲破这寒夜的寂静，那叫声，如泣如

诉，若怒若怨。听来令人毛骨悚然！喔，是那条被主人放逐的老狗，在前村的篱畔哀鸣：是在哀叹自己的身世，还是在倾诉人类的寡情？

漫无涯际的旷野平畴，在白雪的覆压下蜷缩起身子，好像连挣扎一下都不情愿的样子。那遍地的萋萋芳草，匆匆来去的游蜂浪蝶，如今都藏匿得无迹可寻；只有那几棵百年老树，依旧伸展着权丫的秃枝，像是鬼影憧憧，又像那白骨森森，给雪后的夜色平添上几分悲凉、凄清。

茫茫太空，默然无语地注视着下界，越发显出它的莫测高深。雪层背后，月亮露出了灰白色的脸庞，把冷冷的光洒向人间，使人更感到寒气袭人；和她做伴的，惟有寥寥的几点寒星，致使她也不免感叹这寒夜的落寞和凄冷。看，她的眼神是那样忧伤，她的步履又是那样迟缓！

渐渐地，月儿终于到达她行程的终点，悄然隐没在旷野的边沿，剩下的只是一片青灰色的回光在天际荡漾。少顷，又见那神秘的鱼白色开始从东方蔓延，像撒开一幅轻柔的纱幕笼罩住整个大地，寒意更浓了。枝头的积雪都已在不知不觉间凝成了水晶般的冰凌。

啊，美景如画的夜晚，却是小鸟们恐怖战栗、备受煎熬的时光！它们的羽毛沾湿了，小脚冻僵了；刺骨的寒风在林间往来驰突，肆虐逞威，把它们可怜的窝巢刮得左摇右晃；困倦的双眼刚刚合上，一阵阵寒冷又把它们惊醒……只得瑟瑟缩缩地颤着身子，打着寒噤，忧郁地注视着漫天皆白的原野，期待那漫漫未央的长夜早到尽头，换来一个充满希望之光的黎明。

（斯章梅 译）

# 斯蒂文森

罗伯特·路易斯·斯蒂文森（1850—1894），英国作家。主要作品有小说《化身博士》以及散文集《内河航行》等。

## ※ 夜宿松林

在布列马德吃过晚饭，我不顾天色已晚，开始攀登洛泽尔峰。一条时隐时现的石子路指引我向前。途中，我遇到四五辆来自山上松林的牛车，每辆车上都载着一整棵冬天御寒用的松树。松林长在坡势平缓、凉风飕飕的山脊。我登上松林最高处，沿林间小径左行片刻，便来到一个芳草萋萋的幽谷，溪水潺潺流过石堆，漾起一股碧波，"在这未曾有仙女光临、牛羊徜徉的清幽圣洁之境"。这些松树并不显得古朴苍劲。然其翁郁茂密的枝叶，却遮蔽了林间空地。欲见林外天地，只有北眺远处的山巅，仰望浩淼的苍穹，于此过夜，既安全，又似居家独处，不受打扰。我安顿好住处，喂罢莫代斯丁，暮色已经笼罩了山谷。我用皮带缚住双膝，钻入睡袋，饱餐一顿。太阳刚落山，我便摘下帽子，遮住双眼，沉沉睡去。

室内的夜晚何等单调乏闷，而在含芳凝露、繁星满天的旷野，黑夜轻盈地流逝，大自然的面貌时时都在变化。寓居室内者，在四壁包围的帏帐中憋闷至极，觉得夜似乎是短暂的死亡，露宿野外者，则弛然而卧，进入轻松恬适、充满生机的梦境。他能彻夜听见大自然深沉甜畅的呼吸。大自然即便在休憩之际，也会回首绽开笑靥。更有那家居者未曾经历的忙碌的时刻，大地从睡梦中苏醒，所有的生灵都直起身。雄鸡最先啼鸣，不是为了报晓，而是像一个快活的更夫，催促黑夜离去。牧场上的牛群闻声醒来，羊儿在露珠晶莹的山坡上吃完早餐，迁入掩映在蕨类植物丛中的新居。与禽鸟共眠的流浪汉，睁开惺忪的睡眼，恣情饱览这美丽的夜色。

这些眠者同时醒来，是应了某种无声的召唤，还是由于大自然轻柔的抚摸？是星星向大地施展了法术，还是由于分享了大地母亲体内蕴蓄的激情？牧羊人和年迈的庄稼汉，在这一知识领域虽堪称博学，也无法猜出上天催醒万物生灵的目的。只是声称，这样的时刻在两点以前到来。他们不明白，也不想弄明白。不过，这实在是一件赏心乐事。因为我们只是在梦境里稍受搅扰，诚如那位阔绰气派的蒙田所言："如此，我们反而更能充分领略睡眠的美妙滋味。"尤其是想起我们已和近处生灵息息相通，远遁喧嚣的尘世，此刻只是听任上天驱策的一只温驯的羔羊，心里便贮满快慰。

我于此刻醒来时，觉得口干舌燥，便一气饮干身边的半罐水，沁人心脾的凉意使我神清气爽。我坐起身，点燃一根烟。头顶上的星斗熠熠生辉。宛如一颗颗璀璨的宝石镶嵌在天幕上，却又没有那种傲睨人世的高贵气质。浩瀚的银河，浮着一匹云烟氤氲的白练；在我周围，黑黝黝的冷杉树梢笔直挺立，纹丝不动。就着白色的驴鞍，我看见拴着绳子的莫代斯丁一圈圈地踱步，听到它缓缓嚼草的声音，除此之外，耳边仅闻石上清溪隐隐传来的流淙，似在喁喁倾吐一种无法言喻的情愫。我懒洋洋地躺在床上，一边吸烟，一边观赏这清虚深邃的夜空的色彩，从松林上方微微泛红的暗灰，直到映衬着颗颗星星的深蓝。我平时戴着一枚银戒指，仿佛是为了使自己外形气质更接近商贩。此刻，随着夹在指间的香烟上下抖动，只见戒指周围闪着一圈朦胧的光晕。每吸一口烟，烟火与银光相映生辉，照亮掌心。一时间，它在黑暗笼罩的景物中显得格外耀眼醒目。

阵阵清风不时掠过林间空地，与其说风，毋宁说是荡涤心胸的爽冽气息。我在这宽敞的住处，能整晚享用这源源不绝的清氛。我不无悚悸地想起沙斯拉代的旅馆和人头攒簇的夜总会；想起那些夜游在外，无所顾忌的牧师和学生，想起热浪蒸腾的戏院和空气污浊的旅馆。我难得享受如此恬静旷达、超然于物欲之外的心境。我们从野外弯腰钻入狭小的居室，而屋外世界似乎本来就是一个温馨舒适的栖身之地。每天晚上，在这上天安排的露营地，都有一张铺好的床榻迎候你就寝。我自觉已重新发现了一个虽为村夫莽汉悟及但仍为政治经济学家懵懂不明的真理，或者至少说我已为自己觅得一种新的乐趣。我陶醉在独处的乐趣中，却又生出一种前所未有的缺憾：但愿在这灿烂的星光下，能有一位伴侣躺在身边，寂无声息，一动不动，就躺在伸手可及之处。世上有一种情谊，比起幽居独处，更能保持心神的宁静。倘能正确领会，便可升华孤淡的心境，使之臻于完美。和一位自己挚爱的女子同宿于露天，实乃最纯真、最自由的生活。

我这样躺着，心中交织着满足与憧憬。这时，一个声音隐隐约约地飘忽而至，我起初以为是远处农场传来的鸡鸣犬吠，可它不绝于耳，逐渐变得清晰可闻，原来是一位过路客沿着谷底小径边走边唱。他的歌算不得优雅动听，但却融入了美好的心声。他亮开嗓门，歌声在山坡上飘荡，震得林中的茂密枝叶飒飒做响。我曾在夜间沉睡的城市里听见行人走过身边，有的边行边唱，记得还有一位大声吹奏管风琴；我也曾听见街上骤然响起辘辘的车声，打破了持续数小时的静谧。当时我醒在床上，车声久久萦绕于耳际。但凡夜游客，无不具有一种浪漫的气质，令我们饶有兴致地猜测他们的行止。眼下，歌者听者同时浸润于浪漫的氛围。一方面，这位夜行客酒意醺然，引吭高歌；另一方面，我躺在睡袋里，在这五六千英尺见方的松林，独自吸着烟斗，仰望星空。

再次醒来时，天上的星星多已消失，惟有坚定护卫黑夜的几颗依然闪烁。

远望东方地平线上现出一抹淡淡的晨曦，就像我夜间醒来时看到的银河。白昼将至。我点燃灯，就着微弱的光芒，套上皮靴，系好绑腿，掰碎面包喂了莫代斯丁，水壶灌满溪水，点上酒精灯，煮了些巧克力。黑暗长时间地笼罩着我香甜入梦的林间空地。然而顷刻间，维瓦赖峰顶上空一大片橙色镀上了粼粼金辉。看着妩媚可爱的白昼翩然而至，我心头涌动着庄严与欣喜的思绪。我兴致勃勃地谛听汩汩水声，纵目环顾四周，实指望有什么美丽的景物突然出现在眼前。可是没有。纹丝不动的黑松，宽敞的林中空地，嚼草的驴，一切仍是原样。只有光由晦转明，给万物注入了生机，注入了和畅的气息，也使我感到一种从未有过的欢畅。

我喝下味虽寡淡、但却温热适口的巧克力汁，在林中来回踱步。就在信步闲逛的时候，一阵劲风呼啸而至，恰似早晨大自然的一声长叹。风过之处，附近的树垂下黑色的枝叶，我看见远处崖畔稀稀立着几株松树，树梢沐浴着金色的朝晕，随风起伏荡漾。十分钟后，阳光迅速洒满山坡，驱散斑驳的阴影。天色大亮了。

我连忙收拾行装，准备攀登矗立在眼前的险峰。可脑中冒出的一个念头却令我踌躇难行。其实它不过是个幻觉，可幻觉有时也会萦心系怀，难以摆脱。我依稀觉得，我在绿野仙境受到慷慨、及时的款待。空气鲜澄，溪水清冽，黎明召唤我驻足片刻，欣赏美景，且不说斑斓绚丽的夜空，秀色可餐的幽谷。受到如此盛情的款待，我觉得自己欠下了谁的一笔人情债。于是，我一边走，一边喜滋滋地、同时又有些忍俊不禁地往路边草地上抛撒钱币，直至留足住宿费。我相信这笔钱绝不至于落到哪个家境富裕、脾气乖戾的牲口贩子手里。

（朱建迅 译）

# ※ 内陆旅行记

### 桑布尔运河上：前往瓜特

下午约三点钟时，我们和巨鹿旅馆的全体职工结伴来到河边，目光憔悴无神，驾驶载客马车的车夫也在那里。可怜的笼中鸟！我怎么也忘不掉自己当初也曾在火车站徘徊，眼睁睁地看着自由民乘一列列火车驶入夜色中，而我却只能巴巴地读着时刻表上那些遥远的地方的名字。

下雨之前我们就已经看不清那些碉堡了，逆风一阵紧似一阵；大自然并不比老天爷宽厚多少——我们正走过一片荒凉的地区，这里稀疏地长着几丛灌木，只是四处林立的工厂的烟囱使这里大有改观。我们登陆在一处脏乎乎的草地上，四周是些被砍去了枝条的树干。在天气稍好的间隙里我们抽了支烟，像这样大风肆虐的天气，除了吸烟也没事可干。除了几个破烂的小工厂之外，四周再没有其他的自然景观了。一群孩子在一个高个女孩的带领下，站在稍远的地方一直注视着我们，直到我们离开。我内心极想知道他们看到我们有着怎样的想法。

在水闸几乎不能通过的奥蒙特，靠岸的地方又高又陡，而登陆的码头也还有好一段距离。大约十几个满身污垢的工人帮了我们大忙。他们拒绝接受报酬，而且更难得的是，他们拒绝时的态度极为得体，没给我们一点难堪的感觉。"这是我们乡下人行事的规矩，"他们说。这是非常得体的回答。在苏格兰，人们也会无偿地帮助别人，但只要那些热心的人拒绝接受你的钱，就好像你是在企图贿赂选民似的。人们不怕麻烦做好事时，就一定会坚持到底，以便将这种高尚的风格普及到所有的人。但是在我们勇敢的萨克逊乡村，在泥土里苦干了七十余年我们，从出生到死亡，风一直在耳边呼号，无论做好事还是坏事都用一种傲慢的态度，甚至有些唐突无礼，因此我们的好意也常会被误解为反对错误的一种证明和行为。

离开奥特蒙，太阳又出来了，风也渐渐平息下去。只划行了一小会儿，我们便经过了钢铁厂和一片令人赏心悦目的土地。河水缓慢流行在低矮的群山之间，因此太阳时而在我们的后面，时而又超过我们跑到正前方，而我们前面的河水则大片闪耀着光芒。河岸两边分布着界线分明的草地和果园；水边则长满芦苇和水中花。用灌木树篱榆树干编织成的果园篱笆都很高，田野每一片面积都很小，看上去就像是沿河排列的一些树荫下的阴凉地。这里看不到远处的景物，有时候会有一个树木满布的山头仿佛在俯视着最近的树篱，它似乎将天地间的距离平均分开一样，不过这也只是仅有的景色了，天空无丝云游动，雨后的空气显得分外纯净。河水在小山丘之间突然来一个急转弯，好像是一长条闪闪发光的镜面玻璃，每划一下船桨，水中的花朵在岸边摇曳不停。

草地上，漫步着一群群黑色和白色的牛群，它们身上都画着稀奇古怪的标记。其中有一头牛，只有脑袋是白色的，而身体其他部分却黝黑发亮。它走到岸边饮水，见我走来便站住不动，庄严地牵动双耳，有点像某些正在打牌时的可笑的牧师。不一会儿，我突然听到啪啪的踩水声，回头一看，这位牧师先生正挣扎着向岸上爬，原来是河岸承受不住他的踩踏，塌掉了。

除了牛群，我们看到了一些小鸟，还有许多钓鱼的人。这些人缘草地的边沿而坐，少者有人手拿一根钓竿，甚至还有人手执十几根。他们因满足而变得有点恍惚；当我们想用天气的话题诱使他们讲几句时，他们的声音显得那么平静而悠长。对于所下鱼饵的种类，他们持己见；尽管如此，有一点他们还是达成了一致，那就是这条河里的鱼实在是非常多。事实很明显，因为他们中从来没有两个人钓起过同一品种的鱼；我们不禁表示怀疑，也许他们当中从来就没有人钓到过鱼。在这样一个美丽的下午，我希望他们每个人都会有所收获，满载着一篮子银色的战利品带回家下锅。也许我的一些朋友会因此大骂我可耻，不过我宁可偏爱人类，也不喜欢上帝的江海湖泊中最勇敢的水族，哪怕他只是个平凡的钓鱼人。我并不喜欢吃鱼，除非是用酱油红烧的；然而钓鱼的人却是河上风光的重要一景，因此应该受到艇手的尊敬。他总是能用一种和蔼的方式告诉你这里是什么地方，而他们那种安详的姿态会使周围的气氛显得更加孤寂、平静，并且提醒你记起那些艇下闪闪发光的小生灵。

桑布尔河就在这些小山之间机械地绕来绕去，已经六点多了，当我们终于靠近瓜特的水闸时，"香烟"便与几个孩子开着玩笑交谈起来，他们在纤道上跟着我们的艇跑了一会儿。我曾警告过他，可却白费力气。我用英语提醒他说孩子是最危险的人，一旦跟他们开起玩笑来，最后肯定会招来一顿雨点般的石头。就我而言，不管有人问我什么问题都报以和蔼的微笑，并摇摇头。装作一个并不太懂法语的老好人。事实上，我曾经在家乡有过这种经历，因此我宁愿与一群野兽打交道，也不愿碰上一群身体壮实的顽童。

这次我对这群小奥奈特人的看法却是不公正的。"香烟"下艇去打听情况了，我上岸去吸支烟，同时看守小艇，这一来便立刻为这些友善的好奇心所关注。这时又有一个少妇和一位只有一条胳膊的温和少年也加入这群孩子中来了，我更有安全感了。当我不经意吐出几个法语词时，一个小姑娘用一种可笑的成人神气点点头："啊，你瞧，他现在可是什么都听懂的，刚才是在装蒜呢。"于是这群人都非常善意地一同大笑起来。

当他们听说我们来自英国时，都被吸引住了，那位小姑娘立刻大声提醒大家英国是个岛国，"离这个地方可远啦！"

"没错，你可以这么说。"独臂少年说道。

我的思乡病马上就来了，这在我是常有的事。在他们看来，我出生的那块土地离这里太远了，有着几乎无法计算的距离。

我们的小艇让他们非常羡慕。在这些孩子们身上，有一点非常值得一提，即他们有点娇弱。他们一直吵嚷要求划船，在还有最后一百码距离时，几乎将我们的耳朵都吵聋了，而且第二天早上出发时他们又发出同样的吵闹。可当我们空出位子给他们划时，却没有一个人出声了。这算是娇弱？也许是在这样晃晃悠悠的船中担心掉到水里去吧。我讨厌嘲讽更甚于对魔鬼的厌恶，除非这二者也许是一回事？对人的思想来说，冷水龙头与洗澡毛巾真可谓一剂良药，同时对治疗人们在生活中的感情冲动也很有必要。

他们的注意力继而又从船转移到我的衣服上。我的红色肩带让他们琢磨了好长时间，而我的刀子则令他们望而生畏。

"在英国，刀子就是做成那样的。"独臂男孩说。我很高兴这个男孩并不清楚在当今的英国，刀子会做得多么的糟糕。"这些是为那些出海的人做的"，他又加上一句，"用来保护他们不受大鱼的伤害。"

话说的越多，我在这群小孩子的眼中就越发地成为一个罗曼蒂克式的人物。我甚至也自以为如此了。甚至于我的烟斗，用他们的话说也是"够油的了"，在他们眼中是那么的稀奇，因为它来自遥远的地方，事实上，这烟斗只不过是用最普通的法国黏土做成的。假如我的服饰本身不够好，那也只是因为它们来自海外。然而我身上的全部装备中有一件东西不但使他们忘记了礼貌，甚至惹得他们发笑，那便是我脚上那双沾满了泥土的帆布鞋。他们该非常确定这些泥土是国产货。那个小女孩（她是这群人中的天才）甚至还伸出她的木鞋来比较，我真希望你能看到她在这么做时是多么骄傲和开心。

少妇的奶罐是一个精心打制的两耳细颈铜罐，放在稍远一点的草地上。我很高兴能有机会转移大家对我的注意力，并且还之以礼。于是对它的形状与色彩我衷心地大加赞美，十分真诚地对他们说，这罐子有着金子般的美丽。他们一点儿也没有感到惊讶。显然这样的罐子正是本地最值得夸耀的产品。孩子们仔细向我解说了这些罐子的昂贵价值，有时甚至可以卖到三十法郎一个。他们还给我描述人们怎样用驴子运送这些罐子，驮鞍上一边放一个，它们本身就是勇敢又华丽的鞍辔。孩子们还说这样的罐子在整个地区都能见到，只不过它们的数量和体积在较大的农场上也都更大。

### 桑布尔河畔的朋特：我们是商贩

"香烟"带着好消息赶回来了。从这里再走十分钟左右的路程有一个叫朋特的地方，那里的旅馆还有空床位，我们将小艇寄藏在粮仓里，打算在孩子中聘请一位向导。围在我们周围的圈子立刻膨胀了，对我们提出的酬金他们报以令人沮丧的沉默。在孩子们的眼中，我们显然就是一对蓝胡子，他们也许会在公众场合对我们讲话，因为此时他们人多势众；然而真要单独与两个陌生的、带有传奇色彩的人一起赶路，却又是另外一回事了。何况这两个人在一个平静的下午突然从天而降一般来到他们的村庄，肩披红带，身挂配刀，带着一种漂洋过海的味道。粮仓的主人走过来帮我们的忙，挑出了一个小家伙，吓唬着要打他。事实是，这个小家伙对粮仓主人比对陌生人还要害怕，也许以前吃过类似的苦头吧。否则我们恐怕就得自己去问路了。不过我想他的小心眼里肯定早做好了一番打算，一路上他小跑着在前方与我们保持相当大的一段距离，并且始终用害怕的眼神回过头来看我们。假如我们这个年轻世界的孩子们曾在宙斯神或其同伴们的冒险活动中带过路，他们便不会有这种表现了。

我们沿着一条满是泥泞的小巷走出瓜特，经过教堂和被风吹得丁当作响的风车。农民们正拖着疲惫的步伐从地里收工回来。一位小个子的老妇人轻快地从我们身旁经过。她跨坐在毛驴上，驴背两旁各有一只闪闪发光的大奶罐，她一边逍遥自在地用脚后跟踢着毛驴的肋部，一边大声尖叫着提醒路上的行人。值得一提的是，那些疲惫的农民没有一个人费神去注意她。向导很快将我们带出小巷，然后穿过田野。太阳早已落山，不过西边天际呈现在我们面前的仍旧有一大片均匀的金黄色余晖。小路先是在开阔的空地上迂回了一阵，然后便穿过一道仿佛没有尽头的凉亭似的藤架。两旁全都是枝叶浓密的果园，树叶下是农舍，此时正有袅袅炊烟飘上云霄。在树叶间隙的地方，不时还会露出西边天际的金色光芒。

从没见过"香烟"会有这样田园牧歌般的好心情，他情绪激昂地吟唱着田园诗赞美这样的乡村景色。我自己也同样兴致勃勃。黄昏时柔和的风、树影、斑斓的色彩以及周围的字根表，所有这些构成了我们行走时宛如交响乐般的协奏曲。我们两个人都突然一致决定将来一定要避开城市而安息在乡村。

最后，小路从两幢房屋之间穿过，将我们这一行人带上一条宽阔泥泞的大路，两旁触目所及是一个不显眼的村子。房屋都很靠后，路的两旁留下了一长条空地，那里摆满了大堆的柴草，还有大车、手推车和垃圾堆，以及稀疏的无名的小草。左边稍远一些的街道中央竖着一座荒废的塔楼。我并不太清楚它过去是用来做什么的，猜想也许是战争时期的一个据点吧，不过现在一只字迹模糊的日晷盘装在了它的上部，而靠近底部的地方还有一只铁信箱。

在瓜特时人们向我们介绍的那个小旅馆已经客满，要么便是老板娘不喜欢我们这副样子。应该承认，背着那长长且潮湿的橡皮袋子，这副样子确实容易让人怀疑我们是否属于文明人类，"香烟"则设想我们像捡破烂的。"先生们是小贩吗？"老板娘问道。然后根本没有等待我们作出回答（我想她肯定认为答案是显而易见的），她随后向我们推荐了一位紧挨塔楼住的生活不大富裕的屠夫，他那里也接待旅客。

于是我们便朝那里走去。然而屠夫所有的床都拆掉了，正在搬家，或者他也不喜欢我们这副样子。临别时他猜测我们的身份，说道："先生们是小贩吧？"

天色渐暗，那些匆忙走过我们身旁并含糊地道一声晚安的人们的面孔，我们也渐渐分辨不清。而，我们在那个长长的村子里没发现一扇窗户亮着灯，朋特的这些住户似乎都非常节约用油。我认为这是世界上最长的一个村子，而且我敢说处在这种尴尬的情况下，每走一步都相当于平常的三倍多。当我们来到最后一家小旅店时，每个人的样子都显得极为沮丧；向漆黑的门内张望一下，我们用战战兢兢的声音询问是否能在这里借住一宿。一个女性的声音用十分不友好的声调同意了。我们把袋子扔在地上，立刻倒在椅子上。

这个地方漆黑一片，只有炉子的裂缝和通风管处隐约有一丝红色的火光。随后老板娘点起了一盏灯来要看看她的新客人。我猜想肯定是黑暗拯救了我们没有被再次赶出去，因为在看到我们之后的她的表情并不满意。我们现在正在一间大而空荡的房间中，墙上装饰着两张颇具寓意性的印刷画，一张是音乐之神，一张是绘画之神，还有一份禁止公开酗酒的法令。一边还有一个类似柜台的东西，上面放着约五六瓶酒。两个工人正坐着等候开晚饭，他们的样子看起来极为疲惫。一个相貌平平的小姑娘正在哄着一个打瞌睡的两岁孩子。老板娘开始整理炉子上的锅，放上几块牛排准备烧烤。

"先生们是小贩吗？"她用尖锐的声音问道，然后便再也没有其他的对话了。我们开始想像自己也许真的应该承认是小贩得了。像桑布尔河上的朋特这里的开旅馆的人如此目光短浅地推测别人的身份，我是从来没有见过的。然而行为与教养的流通并不像银行钞票那样广泛，只要你稍微超出你所熟悉的范围，你的优雅举止便什么也称不上了。这些奥奈特人根本看不出我们与普通小贩之间有任何区别。事实上，我们在牛排烤熟之前有机会反省一下，看看他们怎样以自己的标准来接受我们，其实也有其充分理由，我们对待他们时的最佳礼貌与最大耐心恰好正是商贩们的最大特点。至少，在法国是有相当多的人从事这一职业的。甚至在他们得出这些结论之前，我们也早已不可能说服他们相信我们的真正身份了。

我们终于被叫到桌边吃饭了。那两个农场工人（其中一个人看起来异常憔悴，面孔苍白，可能是由于过度劳累与营养不良而导致生病）一起吃了一盘果仁面包之类的东西，几个带皮的土豆，一小杯加方精的咖啡，和一平底杯的劣质淡啤酒。老板娘和她儿子以及前面提到的小姑娘也同样如此。与他们的相比，我们的晚饭简直就是一顿盛宴了。我们不仅吃了一些原本还可以烧得更嫩一些的牛排，还有土豆、奶酪，另加了一杯淡啤酒以及有放了白糖的咖啡。

这就是当个绅士的好处——请原谅，你瞧，应该是当个小贩的好处。我以前从没想到过一个小商贩在一家劳工的饭馆里也是个了不起的人物；不过今天晚上在我不得不扮演这样一个角色时，我才发现原来如此。小贩在他的地盘里其显赫程度绝不亚于一个在大饭店里包私人房间的阔佬。随着你调查得深入，便会发现这种存在于人们之间的阶级差别是多么地大；也许乐观的按照某种分配体制来看，根本就没有人处在最低的阶级，每个人都可以发现他比别人优越的地方，而且这样又保持了他的自豪感。

我们对自己的饭食感到极不痛快，尤其是"香烟"，我则迫使自己假装对这些遭遇、生硬的牛排及所有一切都颇感兴趣。而根据卢克雷修的箴言，我们的牛排相对于其他人的果仁面包来说更应有滋有味。但是实际上我们发现并非如此。你也许早就知道有些人的生活比你贫困，但当与他们同坐在一张饭桌旁，看他们吃硬面包屑而你却享受丰盛的美餐——这样实在是违背了人类的礼节，且使人感到很不愉快。以前我曾经见过学校里嘴巴馋的男孩这样地吃生日蛋糕，以后再没遇到过这种事。现在想起这件事依然叫人觉得厌恶；而我从没想过自己也会扮演这种角色。不过这又给你一个例子，瞧瞧当小贩是怎么回事。

毫无疑问，比起那些更有钱更优越的人来说，我们这个国家较穷困的阶级是更乐善好施的。大部分的原因，我想，都要归于在这些人中，生活较富裕与不富裕的人之间的差别很小。一个工人或小贩总不可能在那些生活不如他宽裕的邻居们面前紧闭大门的。假如他自己要享受一顿美餐，他便得当着许多负担不起的人的面吃。还有什么能比这样更直接地产生一些善心的想法呢？……这些穷人历经磨难，亲眼看到了生活的现实，知道他吃进腹中的每一口饭都是从那些饥饿的人手中攫取来的。

但是在某些富裕的阶层，他们就像是乘坐在一个正在上升的热气球中，幸运的人们经过一片云层，他的视线不可能见到尘世中的一切事情。他只能看到天体，一切都井然有序，确实是又好看又新奇，令人仰慕。他觉得自己受到上帝的眷顾，包围在一种最令人感动的关怀方式之下，并且不由自主地将自己与百合花和云雀相比较。当然啦，他并没有真正地唱起来，他只是坐在那辆敞篷车里，如此谦逊，平易近人！但是假如全世界的人都坐在一张桌子上吃饭，这种哲学将会受到粗鲁的当头棒喝。

### 桑布尔河上的朋特：行商

就像是莫里哀滑稽剧中的仆人们一样，当他们在楼下大过贵族生活时，真正的主人却破门而入，我们命中注定要面对一个真正的商贩。为了使我们这些破落的绅士得到更加深刻的教训，他比我们这类假扮的委琐小贩要体面得多了，好比是鼠群中的雄狮或者是正向两只小船冲去的大战舰。实际上，他根本不该称作小贩，他是一位商人。

约八点半左右，这位来自莫贝日的可敬的埃克托·吉利亚德先生光临了这家小酒店。他坐在一匹毛驴拉的大车上，兴奋地朝我们这些住户打招呼。他是个瘦削，神经质而且又轻浮的人，看上去有点像演员又有点像赛马师。他的财富显然不是因为受过良好教育而得来的，因为他在词尾一概使用阳性，并且在晚上的这段时间内用浮华的修辞结构来表达某些臆想的将来时态。陪同他的是他的太太，一位标致的少妇，用一块黄色的头巾扎住头发；还有一个是他们的孩子，一个四岁的小男孩，穿一件短外套，戴一顶法式军帽。值得注意的是，这个孩子的穿着要比他父母好许多。我们听说他已经是个寄宿生了，现在假期刚刚开始，他便与父母一起来旅游度假。这难道不是个令人神往的度假方式吗？天天与父母坐在一辆装满了无数财宝的大篷车里，眼瞅绿色的乡村在嘎拉嘎拉的车声中向两旁逝去，关键是所有村子里的孩子都用羡慕与好奇的眼光注视着自己。在假期里作一个商人的儿子实在要比作一个未来的棉纱大王的儿子与继承人要好玩得多了，而且还是一位手握重权的王子——确实如此，除了吉利亚德少爷之外，我再没见过其他人了。

埃克托先生与老板的儿子去安顿毛驴，并把所有贵重的东西都上锁，老板娘将我们吃剩的牛排重新烤热，并又煎了一些冷土豆片。吉利亚德太太去将男孩唤醒，经过了一天的长途旅行，他变得暴躁易怒，现在又被灯光照得眼花瞭乱。他刚一醒来就立即准备好了晚餐：面包片、生梨和冷土豆；而据我的判断，这些东西倒很合他的胃口。

老板娘出于自己做母亲的竞争心理，叫醒了自己的女儿，于是两个孩子终于打了照面。吉利亚德少爷看了她一会儿，就像是一只狗看着镜子里的自己模样，然后便转开视线，他那时正将全部精力集中在面包片上。他的母亲见他对一位异性表现出如此冷淡的态度，感觉有些沮丧，并且坦率地表达了她的失望之情，不过又得体地指出这是由于年龄的关系。

当然，总有一天他会多多关注姑娘们而不再独独注意他的母亲，我们只能希望母亲也像现在一样地欢迎那个时候吧。然而这件事情实在古怪至极：那些公然对异性表示鄙夷的妇女们，发现自己儿子身上可谓最丑陋的特征时，居然会认为是高尚且可爱的。

女孩则怀着更多的兴奋，看的时间也更长一些，也许是因为她一直待在自己家里；而他则是个旅行家，并且已经习惯看一些稀奇古怪的景象了。再说，她也不能与面包片相比。

在整个晚饭过程中，除了我们的小少爷外再没有其他的话题。这对父母喜爱自己的孩子已经到了荒唐的地步。先生不断地强调儿子的聪明，他是如何记住整个学校的孩子的名字；而当这个试验当场失败之后，他又强调孩子行事谨慎已达到令人吃惊的程度，假如有人问他什么事，他一定会坐下来使劲想呀想呀，而如果他不知道的话，"我发誓他一定不会告诉你。"这当然是十分谨慎了。间或，埃克托先生会在嘴里塞满了牛排时询问他的妻子，例如这个孩子在说了或做了什么值得纪念的事时是几岁之类的问题，我注意到通常太太会对这些问题表示出不耐烦的神态。她本人的性情并不爱吹嘘，但她宠爱起孩子来却没完没了，似乎回忆起他小小生命中所遇到的一切幸运之事都会是她的温馨的享受。没有哪个学校的男孩子像他一样谈论那么多关于刚刚开始的假期的事，而几乎又绝口不谈那不可避免随后而至的阴暗的学校生活。带着某种商人特有的自豪感，她给大家看他那塞得满满的口袋中的陀螺、哨子、绳子之类的东西。当她为了生意上的事去拜访顾客时，孩子总会跟随前往，而每达成一笔交易，他便会从赢利中得到一个苏。说实话，这两个好人简直把他宠坏了。不过尽管如此，他们还是注意着他的行为礼貌，对于他在晚餐过程中表现的某些缺乏教养的小过失，他们也进行了指责。

总的来说，我的自尊心并没有因为被当作小贩而感到受损。我可以认为自己吃的比他们还好，而我的法语错误也属于不同的类型，不过这些差别对老板娘与那两位工人来说显然是不值一提的。在这家小酒店的厨房里，我们与吉利亚德一家在一些最基本的事情上都给人以相同的印象。事实上埃克托先生显得更加自如，比其他人口气更傲慢，不过这也可以解释为他赶着驴车，而我们这些可怜的人却只能靠双腿步行。我敢说其他人肯定都认为（尽管绝非出于恶意）我们羡慕得要命，恨不得也能爬上后来者那样高高在上的地位。

有一件事我非常确定，那就是自从这些单纯的人出现之后，每个人的态度都趋于缓和，变得更有人情味且更善谈了。我可不会轻易地把一大笔钱托付给这位商人，不过我敢肯定他的心地是不错的。在这个混杂的世界里，如果你能在一个人身上发现一两处通情达理的地方，最重要的是，假如你能发现一个家庭能这样和谐幸福地生活在一起，那么你肯定会满意了，而将其他东西都作为理所当然的事接受下来；或者最好便是大胆地下定决心，认为自己即便没有其他人也可以做得很好，就算是有万种缺点，也不会使一个好人变坏。

天色越来越暗，埃克托先生点起一盏马灯到大车那边整理东西去了，而我们的小绅士在他妈妈的腿上做起体操来，然后又大笑着滑到地板上。逐渐抛弃了一本正经的外表。

"你准备一个人睡吗？"服侍的小姑娘问道。

"我有点害怕，"吉利亚德少爷回答。

"在学校里你是一个人睡的，"他的妈妈反驳说。"好啦，好啦，你要学作一个男子汉。"

但是他抗议说学校和假期是不一样的，在学校里有宿舍，然后便亲吻着母亲以平息这场争辩；而母亲则微笑着，没人比她更高兴了。

正如他所说的一样，他根本用不着害怕一个人睡，因为他们一家三口只能睡一张床。至于我们这一方，因为坚决不同意两个人挤在一张床上，便占用了小阁楼，里面有一张上下床，除此之外，还有三个衣帽钩与一张桌子。这里甚至连一杯水都没有，不过幸运的是，窗户是可以打开的。

在我入睡之前，整间阁楼就已鼾声大作：这包括了吉利亚德一家，那两位工人，开酒店的一家。他们似乎都一致行动起来。窗外桑布尔河的朋特上空悬挂一弯清澈的新月，月光也流进小酒店里，照耀在我们这些正在床上歇息的小贩们身上。

# ※ 驱驴旅行记

在一个名为勒莫纳斯地的小地方，我度过了约一个月的美好时光。那是在地处距勒普伊十五英里的一个令人心旷神怡的高原山谷中。莫纳斯地的居民以其制造花边的技术、人民喜酒贪杯的风俗、散漫自由的言论和无与伦比的不同政见而名闻于世。法国的四个政党——正统派、奥尔良派、帝制派和共和党，在这座小小的山城都拥有各自的追随者，他们之间互相憎恨、厌恶、甚至诋毁与诬蔑。除非是为了生意上的事或是在酒馆中吵架时互相攻击对方说谎，礼貌的言语几乎已被他们全部摒弃一边了。这里简直就是位于山区中的另一个波兰，这里的每一个人都非常乐于对陌生人表示友好并提供帮助，于是我发现自己成了这座巴比伦城中的焦点。这并不仅仅是山区人民热情好客的天性所致，或者是出于对我的好奇心，因为我本来可以住在比这个地方更为广阔的世界上的任何地方，现在却自愿放弃这一切住到莫纳斯地来。大部分原因却是我的这项独自穿越塞文山区的南行计划。在那个地区，像我这样的旅行者是前所未闻的。他们用轻蔑的目光看我，仿佛看一个人正在计划飞往月球的旅行者，却也不乏某种充满敬意的好奇心，似乎我将出发去寒冷的北极探验。这里所有的人都愿意随时帮我进行准备工作。还有一大帮同情我的人在我讨价还价的关键时刻支持我；当然我并不是说他们采取了某些实质性的行动，他们只是手拿酒杯围成一圈，请我吃晚饭或早饭以示庆祝。

准备出发之前已经将近十月份了，我并不指望我所前往的高海拔地区还会有晚秋的小阳春天气。我已下定决心，即使不打算露营，至少也要带上露营所需的一切设备，因为旅途中最烦的事情莫过于在天黑前一定要赶到住宿处，而对于那些长途跋涉的人来说，前方会不会有一家好客的乡村小店可以住宿也实在不是一件很确定的事。对于一位孤身旅行的人来说，首先，搭帐篷就是第一麻烦事，而拆掉时也同样费力，甚至在旅途中它也会是大大的累赘。但是用一只睡袋就很方便——只要钻进去就可以了。而且它还能有两种用途——晚上当床用，白天当旅行包。更何况它也不会向每一位好奇的过路人昭示你有野外露营的打算，这才是它最大的优点。而假如帐篷没有搭在隐秘的地方，则原本该休息的地方就会变成一个招惹麻烦的场所，你也就会变成一位公众人物。那些天性爱交友的许多人吃过晚饭便会早早到你的床边来拜访，而你也只得睁着一只眼睛睡觉，天亮之前就得起身。我于是决定还是用睡袋的好。于是我往返了几趟勒普伊，又参照我和我的顾问们的那套高级生活标准考虑，终于设计出一种睡袋，将它缝制好然后得意洋洋地带回家里。

我的这件新发明有将近六平方英尺的大小，外面是绿色的防水油布，里面是蓝色的羊皮作衬。两边各有一个三角形的袋盖，晚上作枕头，白天作行李包的一头一底。我称它"袋子"，实际上这种称呼还过于委婉了，它根本谈不上是什么袋子，只是某种长长的卷筒或类似香肠的东西。它既可以作为一个宽敞方便的旅行袋，又可用作一张温暖干燥的床。里面一个人睡绰绰有余，必要的时候还可以将就挤入两个人。我躺在里面时可以将它拉高到脖子处，然后头上戴一顶皮帽子，帽子上有一块大头巾可罩住双耳，一条宽带盖住鼻子底下的部分，好像一块大口罩。假如遇到下大雨的天气，我还可以用自己的防水上衣和三块石头、一根弯树枝搭就一个小小的帐篷。

只靠自己的区区双肩背动这样一大捆行李，我早已想到是不可能的。只有找一头牲口来驮这些东西。马是公认的牲畜中最漂亮的贵妇，它既神骏又驯服，吃起东西来姿态高雅，体态温柔。可是它又太贵重了，难以驾驭，又不能丢下不管，结果人反而为牲畜所累，就像是古代船上摇橹的奴隶；一条险径则又可能使马匹技穷而无法通行。简言之，它只会给旅行者带来更大的麻烦，是个既靠不住又苛求的同伴。我所需要的是一个既便宜，体积又小，还能吃苦耐劳，而且脾气迟钝，性情温和的牲畜。而所有这些特点都是毛驴才具备的。

莫纳斯地住着一位大名鼎鼎的老人，他便是亚当神父。据某些人讲他的智力不太健全，身后经常跟着一群街上的顽童。亚当神父有一辆大车，拉车的是一头小小的母驴，体积比一只狗大不了多少，有着灰灰的老鼠毛颜色，一对友善的眼睛和坚定的下颚。这个干净利落的家伙，以它有教养的姿态和类似教友会教徒的高雅风度当场打动了我的心。我们第一次碰面是在莫纳斯地的市场上。人们把小孩一个接一个抱上驴背，想要证实这头驴子确有一副好脾气，结果小孩却一个接一个地被掀到空中来了个倒栽葱。直到这些孩子们心中都没有了信心，这场试验才因没有人应试而宣告结束。我的朋友们已经委派了一位代表来帮我的忙，不过似乎这还不够，市场上的所有买主和卖主都围过来帮我讨价还价；驴子、我及亚当神父在将近半个小时之内一直处于吵吵嚷嚷的中心。驴子最后终于归我掌管了，代价则是六十五法郎和一瓶白兰地。仅旅行包就已经花掉了我八十法郎和两瓶啤酒，因此莫德斯亭（我当场就给她举行了命名式）不管怎么说还是比较便宜的。实际上，她也只值这个价，因为只有我的那些被褥才是她的附属品，或者可以称她为一只装着四个小脚轮的自动床架。

在醉人的晨曦时，我与亚当神父在弹子房里见了最后一面，并把白兰地交给他。在这个即将与驴子永别的时刻，他表现得极为伤感，并宣称他自己只吃黑面包却经常买白面包喂驴。可是，据一些最有权威的人士声称，这一点只不过是他的异想天开罢了。他的对待牲畜的粗暴态度在本村中是出了名的。然而可以肯定一点，他当时确实掉了泪，在脸颊的一边还留下了很明显的泪痕。

接受本地一位口碑不佳的鞍匠的建议，我定制了一个带有圈线的皮垫子，可以用来捆住我的大包行李。我细心周到地准备了一套用具和我的盥洗用品。带了一把左轮手枪作武器，其他工具则包括一盏酒精灯，一把平底锅，一盏提灯和一些半便士一支的蜡烛，一把长折刀和一个大皮水壶。除了旅行时所穿的粗绒衣服，一件领航员夹克和一件针织毛衫外，我最主要的行李还包括两套换洗的保暖衣服，几本书，一条火车上用的形状也像是只袋子的毛毯，在寒冷的夜里可以用它作我的第二层取暖垫垒。至于最主要的食物则是巧克力蛋糕和听装的波伦亚香肠。除了我自己随身携带的东西外，其他所有物品都轻易地塞进了那个羊皮做成的大包里；更幸运的是还塞进了一只空背包（之所以带上它，与其说是旅途中会用得着，还不如说是因为带起来方便）。另外，我还准备了一只冻羊腿，一瓶波内若酒，一只准备装牛奶的空瓶和一个打蛋器，作为应急的东西。像亚当神父一样，我还为自己和驴子准备了数量可观的黑、白面包，只不过在我的计划里食用者颠倒了一下，我吃白面包，驴子则吃黑的。

尽管莫纳斯地人的政治观点各不相同，但他们却有一个共同之处，就是会拿许多荒谬可笑的灾祸和令人惊讶的不同死亡方式来吓唬我，例如寒冷、狼群、强盗，提的最多的便是那些故意在晚上出来以吓人为乐的人。为了引起我的注意，他们每天都要绘声绘色地给我讲一些类似的故事，然而在所有这些预言中，却偏偏遗漏了那最明显的危险。像《天路历程》中的基督徒一样，行李在旅行中让我吃尽了苦头。在介绍不幸遭遇之前，先让我用两句话来讲述一下我的经验教训：假如行李袋的两端捆好，保持两边平衡——而不是叠起来——千万不能叠起来——横跨在驮鞍上，那么旅人便会平安无事。正如我们短暂的人生也有美中不足之处，鞍子当然不会十分合适。它一定会倾斜并要翻转下来。但是路边有的是石头，人们很快便会掌握如何用石头纠正不平衡趋势的技术。

出发的那天我五点刚过就起床，六点钟时便开始往驴背上捆行李。而短短十分钟之后，我的一切希望便都化为泡影。垫子在莫德斯亭的背上连半分钟也待不稳。我将它退还给制作人，两个人互相谩骂了一阵，以致招来一群人沿墙挤在外面的大街上，边看边听，议论纷纷。垫子从一个人手里转移到另一个人手里，也许生动点说应该是我们朝着对方的脑袋上扔过去，总之我们都非常激动并且极不友善，彼此说了一些很放肆的话。

我请人将一个普通的驮鞍——他们叫做巴得，装在莫德斯亭的背上，再次将我的财物放上去。有双层袋子，我的领航员夹克（天太热了，我只穿着背心走路），一大条黑面包，一个开口的篮子，里面装着白面包，羊腿和几个瓶子，所有这些都用绳子精心扎在一起。折腾得昏头昏脑的我则以一种很满意的表情看着这个劳动成果。绑在毛驴的背上这么一大堆奇形怪状的东西，底下又没有任何东西来保持平衡，而驴背上的鞍子也是崭新的而不是已在牲口身上磨合过的，绳子也是崭新的，可以想见路上肯定会越来越松，就算是一个最粗心的旅行者所有这一切原本也应该看出问题的。至于那精心绑就的绳结更是众多同情者们的巧妙杰作。他们看起来干得很起劲，竟然有三个人同时用脚蹬着莫德斯亭的臀部，咬紧牙关使劲地拉绳子。只不过后来我才知道，一个有头脑的人不用花什么气力就能比半打兴奋过度的家伙做事更为牢靠。然而我那时毫无经验，即使发生了不幸的垫子事件，还是没有什么事能破坏我的安全感。从马厩的大门出发，我好像是一头正走向屠宰场的牛，不知大祸即将临头。

### 赶驴的生手

终于摆脱掉这些一开始就出现的麻烦，当我穿过一片空地下山时，莫纳斯地的大钟刚刚敲了九响。还处在视线可及的范围之内时，一种隐秘的羞耻感和害怕失败的可笑心理使我没有干涉莫德斯亭的行动。她抬起四蹄，迈着庄重优雅的步伐，还不时地晃晃耳朵或摇摇尾巴。而在那大包行李的衬托下，她显得更加瘦小，令我心中感到些内疚。我们毫不费力地涉过一条浅滩，毫无疑问它是非常驯良的。走到对岸后，这里的路沿着松树林开始越来越高。这时我的右手拿着一根不太人道的树棍，带着激动的心情颤抖地敲在驴子身上。莫德斯亭只轻快地跨出了大约三步左右，便又恢复到原来的小步舞状态。再打一下还是差不多，第三下也同样如此。我确实可算作一位英国绅士，如此粗暴地对待一位异性实非我心所愿。我只是从头到脚地打量她一番，已彻底死心了。这可怜的牲口膝盖不停地抖动，呼吸急促，很显然她在山上不可能走得更快了。既然上帝不允许我虐待这头无辜的牲口，我想，我也只好耐心顺从她的步调了。

那种实在很难用确切的字眼表达出来的步调，就像步行要比跑步慢一样，它比步行还慢得多。它使我不得不放慢脚步，两步之间的时间之长令人难以置信。五分钟之后我便筋疲力尽，并且腿部的肌肉也像是害了寒热病一样。然而我还必须紧紧跟在她旁边，根据她的步伐来衡量我的前进速度，因为我一旦落后或者领先几码，莫德斯亭便会停步吃起草来。一想到从这里到阿莱会将一直是这个样子，我简直难过极了。在所有能够想到的旅行中，这一次绝对是最冗长乏味的了。我试着安慰自己说今天天气真好；又试着用烟草来振奋我有着某种预感的精神，可是眼前总会显现一条漫无止境的道路，一对形影不离的人与畜，一步一步登山入谷，约每分钟前进一码，就像梦魇中被施了魔法的什么东西一样，永远也到不了目的地。

正在这时，一位身材高大的农民从我们身后走上来，他大约四十岁左右，脸上带着一种讽刺嘲弄的表情，穿着一件当地特制的那种绿色燕尾服。他快步超过我们，然后停下来又叉着手忖度着我们这副可怜的样子。

"你的驴子，"他问道，"很老了吗？"

我告诉他我认为不算老。

于是他又猜测我们已经走了好远的路。

我告诉他，我们刚刚离开莫纳斯地。

"你们就是这样走过来的吗？"他大叫起来，头往后仰，开心地大笑了好一阵。我看着他，几乎要发火了，感觉自己受到了冒犯。他终于不笑了，接着说："你不应该对这些牲口有任何怜惜之心的。"他和很快从树丛上折下一根细枝，大吼一声，便抽打起莫德斯亭的臀部来。这个家伙竖起她的耳朵，突然间大步奔跑起来。有这位农民在我们旁边一起走，她一直没有松懈下来，并且没有丝毫疲惫的迹象。我只能遗憾地说，她原来的气喘与哆嗦只不过是一出闹剧。

在离开之前，我那位从天而降的帮手给我提供了一些很好的，却有点不太人道的建议，并把那根树枝送给了我，声称对莫德斯亭这要比我那根棍子好用多了，最后他还教给我赶驴的地道的吆喝，"普鲁特！"他始终以一种滑稽的、不信任的表情瞅着我，这实在令我很尴尬。他微笑地看我如何赶驴，其实我本来应该嘲笑他的吆喝声或他的绿色燕尾服。然而这时轮不到我笑他了。

对自己新学会的知识，我颇感骄傲，并认为已经掌握得极好了。事实上，莫德斯亭在到中午之前的这段时间内简直创造了奇迹，我不得不气喘吁吁地跟在后面。那天正是安息日，在阳光照耀下山上的田地显得很空旷。当往下走过圣马丁·德·弗吕格尔时，我发现教堂里的人一直挤到门口，还有人正跪在门外的台阶上，教士吟唱的声音从昏暗的门内传了出来，此时此地的我有一种身在家乡的感觉，因为我是个严格遵守安息日制度的人。可以说，就像苏格兰的乡音一样，所有的安息日仪式，都会使我产生一种既喜且忧的复杂感情。只有那些仿佛是从别的星球上匆匆赶来的旅客，才能真正领略到这个禁欲的节日中的安详与美丽，看到这样一个处于休息之中的地域对他的精神有好处。在这广阔的非同寻常的静寂之中，有一种比音乐更美妙的东西，它如同小河的潺潺水声与暖融融的阳光一样，可以使人陷入亲切回忆之中。

下了山，带着这种喜悦的心情我来到一座葱翠的山谷，谷的尽头便是果岱，对面陡峭石壁上的就是美堡，它们之间潺动着如水晶般清澈透明的小溪，形成了一个深潭。人们都可以听到溪水敲击在石头上发出的声音，无论从上方还是下方。它是一条有着古怪的名字的大河的支流，这大河叫罗亚尔河。果岱的四周高山环绕，石头小径使这一地区与法国其他地区相连接，刚好适合毛驴通行。这一带的男男女女便在他们的绿色小天地中喝酒骂人，或在冬天坐在自家门槛上抬头遥望远处白雪覆盖的山峰。处在这个与世隔绝的环境中，人们很容易把他们想象成荷马诗中的赛克洛普人。而事实绝非如此。邮差们带着大袋的信件来到果岱；而这里那些雄心勃勃的年轻人只要走上不到一天的路，便可在勒普伊搭上火车；在这里的饭馆中，你还可以见到张老板的侄子——雷吉斯·塞纳克的版画像，"击剑教授，南北美冠军"，这个荣誉是他于1876年4月10日在纽约的泰曼尼厅获得的，同时还获得了五百美元的奖金。

匆忙吃完了午饭后，我又早早启程。可是，当我们爬上了对面那似乎永无止境的山峦时，"普鲁特"却失去了它的效用。我先是狮子般地大声吼叫着，又转而用雏鸽般甜美的嗓音呼唤，然而她顽固地按照自己的步子前进，莫德斯亭既不受我的威胁也不受诱惑。只在抽打下才会使它加快一点速度，而这个效力却只能持续一秒钟，我必须紧跟在它脚后不停地抽打才行。一旦我停止这种不太人道的工作，它马上又照自己的步子前进，恢复原样了。我想我从未听说过有人曾遇到比我的遭遇更糟糕的事了。我必须在太阳落山前按计划赶到博舍湖，在那里露营过夜。哪怕是为了心中仅存的这点希望，我必须立刻狠下心来继续虐待这头丝毫没有抱怨的牲口。我自己都厌倦了鞭子的抽打声使。有一度当我向她看时，我发现她有些像我所认识的曾向我表示极度的好感一位女士，这使我对自己的残酷也深感恐惧。

我们遇到了一头正在路边任意徜徉的驴子，更糟糕的是，这头驴子又恰巧是位男士。他与莫德斯亭都为这次巧遇兴奋不已，我却不得不将他们拆散，用一种新的猛抽脚底的刑罚棒结了他们刚刚开始的罗曼史。假如在那头驴子的外表下有一颗男子汉的心，他肯定会牙咬脚踢地扑到我身上，很显然他并不配接受莫德斯亭的感情。这只是我的自我安慰罢了。正如涉及到我的毛驴的性别的其他事一样。这个事件也使我很伤心。

山谷的上方没有风，而且太阳火辣辣地照在我肩上，酷热难耐。我还要一刻不停地拿着棍子抽打毛驴，汗水直往眼睛里淌。并且每隔五分钟，包裹、篮子和领航员夹克就会歪歪斜斜地从一边扭到另一边。当我好不容易才让莫德斯亭以每小时两英里的速度前进时，又不得不叫她停下来，又拉又推又顶的，重新把行李弄好。终于在走到尤塞村时，驮鞍连同上面的一切东西都翻倒在毛驴腹下的尘土里，再也没什么能比这个更叫她高兴的了，她仿佛面带嘲笑立刻停下来。立刻有一群人走过来，在我身边围成半圈，其中有一男两女和两个孩子，他们用他们的榜样鼓励着驴子。

我费了好大的力气终于把李收拾好，可等我刚刚放手，它立刻又倾倒到另一侧去了。我真要火冒三丈！然而却没有一个人肯伸手帮忙。那个男人倒是告诉我应该把行李放成另一种形式。我对他说，假如不知道有什么更好的办法能解决我现在的处境，他最好还是闭嘴。旁边那只好脾气的狗似乎微笑着表示同意我的观点。这是最可悲的境况，我不得不让莫德斯亭只驮着行李，自己则背上了其他的东西，包括一根拐杖，一个可装两升水的水壶，一件连口袋里都装得沉甸甸的领航员夹克，两磅黑面包，一只没盖的装满肉和酒瓶的篮子。我觉得自己实在是很伟大了，因为我并没有从这样一个不大光彩的重担面前退缩。天知道我是怎么把这些东西安排妥当的，不过还勉强凑合得过去，于是我便继续赶着莫德斯亭穿过村子。这一路上，出于不可改变的天性，它一直试图钻进每户人家的大门和院子，而我呢，身上有那么多拖累的东西，甚至腾不出一只手来帮帮自己，这种困难窘况真是一言难尽。一位正在视察一座处于修理之中的教堂的教士和六七位其他什么人，看到我的这副困境，都放声大笑起来。记得我曾经见过一个正常人和一个蠢人打交道的场面，当时也曾放声大笑，现在这个回忆却使我充满了懊悔之情。那是在我遇到这场麻烦之前，在过去那些轻松愉快的日子里发生的事。我想，至少上帝知道我以后再也不会笑了。唉，对那些亲身经历的人来说，这些滑稽可笑的事其实又是多么残酷无情呀！

莫德斯亭在刚出村子不远便鬼迷心窍一般，一门心思看中了一条岔路，说什么也不肯离开。我放下身上的东西，打了这可怜的罪人两个耳光（这一点我很不好意思地供认不讳了）。看到她抬起头闭上眼睛，好像已准备好再挨一下的样子，实在是太可怜了。我差一点就哭了出来。我干脆在路边蹲了下来，抽着烟，喝着白兰地，在它们的刺激作用下仔细考虑我当前的处境。这算是一件很为明智的事情。而此时在一边大口咀嚼着黑面包的莫德斯亭，脸上则带着一种伪装的懊悔表情。很显然，我必须向厄运之神贡献祭品。我扔掉了准备装牛奶的空瓶；又扔掉了为自己准备的白面包；而由于不屑于采取平均主义的行为，我保留了莫德斯亭的黑面包；最后我又扔掉了冻羊腿和打蛋器（尽管这件东西是我极为喜爱的）。这样，终于在篮子里给其他东西腾出了地方，我甚至把那件大夹克也放在了顶上。我用绳子的一头将它吊在我的一只胳膊上，尽管绳子勒住了肩膀，夹克也几乎掉在地上，重新出发时我却大大地轻松了口气。

现在终于空出一只手臂来鞭打莫德斯亭了，我无情地惩罚着她。假如我想在天黑之前赶到湖边，她就必须得振奋起来，再加一把劲。这时太阳已经藏进缥缈的雾霭里去了。尽管仍有几缕金色的光芒在东边山上和黝黑的杉树林中隐显，一片寒意与苍茫却仍摆在我们前面的路上。无数条乡间小路在田野上通往四面八方，这里实在是一个迷宫，让人感到不知所从。我可以看见我的目的地就在前方，更确切地说是它上方的山峰，然而我选择的路却总是到头来又偏离了它，只好又悄悄转回到山谷的方向或者是沿着山脉向北而去。渐香的光线，渐褪的颜色和这片光秃秃的、陌生又多石的我穿行的乡村，使我陷入了一种灰心丧气的状态。我可以保证棍子并没有闲着，而我必须至少要使劲地抽两下，莫德斯亭才会走上像样的一步。周围一片静寂，除了我不断地抽打驴子的声音。

突然间包裹又一次掉到地上，在我正在抽打时。而且，所有的绳子都同时散开，像被施了魔法一样。于是路上到处散落着我那些宝贵的财物。我不得不从头开始打包，而且只能再发明出一种更新更好的办法。我确信自己又花去半个钟头的时间。暮色开始真正地降临了，当我们到达一片杂草与石头遍地的荒野时。看上去这条路似乎可以确向任何地方，当我正要陷入绝望的境地时，突然看见两个人影踏过石头朝我走来。他们像流浪者一样一前一后，不过步伐却并不一样。儿子在前面领路，他个子很高却不匀称，神情阴郁，带有苏格兰人的面貌特征；走在后面的是母亲，穿着她假日的最好衣服，帽子上扎着一根漂亮雅致的丝带，上面还罩着一顶新的毡帽。她手提裙边迈着大步，嘴里骂着一些亵渎神明的污秽难听之词。

向那个儿子打了声招呼我开始向他询问方向。他随随便便地指向西方，然后是西北方，一刻也没有放慢他的脚步，嘴里含含糊糊地不知说了几句什么，大跨步地横过我前方的路就走了。那个母亲紧跟着他，甚至连头也没有抬一下。在他们身后我是喊了又喊。而他们对我的叫喊声充耳不闻，继续登上山坡。最后我不得不丢下莫德斯亭，喊着朝他们追去。等我跑近时他们才停了下来，母亲仍旧不停地咒骂着，这时我看出她是个漂亮的、有着慈母般外表也令人尊敬的妇女。儿子又一次用粗鲁的、几乎听不见的声音回答了我，一刻也没忘记准备再次上路。不过这次我干脆抓住了母亲的衣服，她正站在靠我很近的地方。我先请她原谅了我的无礼，并声称如果他们不给我指路，我是不会放他们走的。他们谁都没有生气，反而平静下来，并告诉我，我只需要跟他们走便行。然后那个母亲问我这么晚了到湖边去干什么。我用苏格兰的方式回答了她，反问还要走多远。夹杂着另一句咒骂，她告诉我她还要再走一个半小时的路，说完也没打招呼。他们两个又朝暮暮色越来越深的山坡大步走去。

返回身去找到莫德斯亭，我轻快地赶着她又上路了。我们用了二十分钟爬过了一个陡坡，来到高原的一边。我在既荒凉又悲哀的景色中回顾这一天来的旅行。美曾克峰与圣雨莲峰远处的诸峰映衬着东方的一线寒光，显得益发阴郁分明。群山交错的田野则成了一块广阔的洼地，除了黑暗中时而会显露出像糖块一样的树林，或者像一片白色的、不规则的耕地，以及一片片水域，那便是罗亚尔河、加泽尔河和劳森河在峡谷中流经的河道。

我们很快便爬上了一条大路，人们曾经告诉过我除了湖里的鳟鱼外，周围荒无人烟。我很惊讶地发现前方居然出现了一座颇具规模的村子，而暮色中大路两旁飘着炊烟，孩子们正从田野里将牲口赶回家。两位双腿跨坐在马背上的头戴便帽或毡帽之类的东西的妇女，匆匆忙忙从我身边掠过，她们是刚刚上完教堂或市场从县城赶回来。我向一个孩子探问了一下这里究竟是什么地方，他回答说是博舍·圣尼古拉。而从这里向南到我原定的目的地要走约一英里，这些交错的道路与不甚可靠的农民将我引向了令人起敬的另一边的最高峰。这时我的手臂由于不停地抽打也像牙痛一样不能忍受，我的肩膀被绳子割得生疼，我开始询问旅舍的方向，放弃了原定的湖边宿营计划。

### 我有了一根刺棒

我所住过的最不做作的一个地方是博舍·圣尼古拉的小旅舍，在后来的旅途上还遇到不少类似这样的旅舍。事实上，它也是法国高原地区一个典型的小旅舍。可以设想一下一座两层高的茅屋，马厩和厨房是成套的两间房，门前有一条长凳，于是我和莫德斯亭分别吃饭时可听到彼此的声音。家具也是最简单的泥土地，只有一间除了床之外没有任何其他的卫生设施的为旅客准备的卧室。做饭与吃饭在厨房里同时进行，全家人晚上也睡在那里。假如有人想洗什么东西的话，就得当着大家的面用那张公用的桌子。食物有时极为简单，我的餐饭不止一次只吃生硬的鱼和煎蛋饼；那里的酒也最淡而无味，白兰地的口味也极差；而你吃饭时会跑来一头大肥猪，用鼻子在桌子底下拱泥土，甚至在你的腿上蹭来蹭去，这些都是常有的事。

这些旅店的主人十有八九都是非常友好而且体贴周到的。从你跨进大门之后就已经不再是外人了。尽管在大路上这些农民显得粗鲁并难以接近，但当你与他们同处一室之时，他们便会显现出颇有教养的迹象。例如在博舍，我打开一瓶波若内酒，邀请主人与我共饮，他却一点儿也不肯接受。

"我对这种酒实在外行，你懂我的意思吗？"他说，"我一喝就剩不了多少了。"

在这样的乡村小店里，旅人要自己准备吃饭的刀具，除非他主动开口要，否则主人不负责提供。一只杯子，一条面包和一把铁叉，餐桌就算是准备好了。我的刀子在博舍受到了店主的由衷的赞赏，并且他对弹簧表示了极大的好奇心。

"我无论如何猜不出它的价值，"他说。他用手掂了掂刀子，然后又加上一句："它至少花了你五法郎。"

我告诉他花了二十法郎时，他惊讶得嘴都张大了。

这是位温和、英俊、随和而又友善的老人，并且天真得令人难以置信。尽管认识字，他妻子的行为却不是十分令人愉快，我认为她不可能常读书。但她很有头脑，讲起话来带着一种尖锐的强调语气，俨然是一家之主。

"我丈夫什么也不懂，"她气愤地甩了一下头，说道，"他像头野物。"

女主人并没有任何鄙夷的意思，老先生也点头表示同意。他也并不觉得羞耻，他诚恳地接受了事实，这件事便也就过去了。

对我的这趟旅行，女主人进行了严密、仔细的盘问，不一会儿就弄明白了一切，并描绘了一些我回家后应该写进书里的东西。"类似这样的地方的人们是不是收割庄稼呀，有没有森林呀，或者了解一些风俗习惯，例如说我和我们当家的对你说过的话，自然的美景等等，以及所有一切。"她询问性地看了我一眼。

"正是这样。"我回答说。

"你瞧，"她对丈夫说，"我全搞清楚了。"

他们两个人对我路上的不幸遭遇都表示了极大的兴趣。

"明早上，"丈夫说，"我给你做个比棍子要好使的东西。像那样的牲口都麻木不灵了，俗话说得好，'其笨如驴'嘛。你可以用棍子把她打得半死，可那样一来哪儿都去不成了。"

更要好使的东西！我根本清不出来他要给我做什么。

卧室里摆了两张床，其中一张是我的。我得承认我感到有点尴尬不安，当我看见一个年轻人和他的老婆孩子正准备爬上另一张床时。这是生平第一次经历这样的场面可还要装出置身世外的样子，我祈求上帝这也是最后一次。我一直目不斜视，对这位女士的唯一印象便是她长着一双漂亮的胳膊，但她对于我的在场没有表示出丝毫的不安。事实上，这种境况对我来说比对他们夫妻更为难堪。既然他们这一对镇定自若，那么便该我这单身汉脸红了。为了缓和僵局，我忍不住要将自己的感觉向这位丈夫表达一下，我从酒瓶中倒了一杯白兰地送给他。他告诉我说他是阿莱的铜匠，正准备到圣埃田去找工作，在空余时间里他不得不干点修钟表的活来维持生计。他轻易地便断定我毫无疑问是卖白兰地的。

第二天（九月二十三日，星期一）我第一个起床，忐忑不安地匆忙跑去盥洗，以便给女士（铜匠的老婆）腾出空间。我喝了一碗牛奶，然后便出发去观赏博舍附近的风光。天气极冷，冻得人受不了。天空灰蒙蒙的，刮着大风，感觉像冬天的早晨；雾气笼罩的云朵在低空快速飘过；大风在空旷的空地上呼啸而过；唯一的橘红色是在美曾克山与东部群山的大后方，那里的天空仍然保留着一线黎明的光芒。

现在是早上五点，处于海拔四千英尺的高地，我不得不将双手放在口袋中疾步而行。人们正三三两两地结伙准备下地干活，他们都一块转过头来盯着我这个外人。昨天晚上我曾见到他们收工回来，现在又看着他们下地干活，这就是博舍人在闭塞地所过的与世隔绝的生活。

我赶回旅店吃点早饭时，女主人正在厨房里替女儿梳理头发，于是我称赞那头秀发，以此作为对她的招呼。

"噢，不，"母系回答说，"这头发本来应该更漂亮呢。可是你瞧，它太细了。"

这便是明智的农民们在明知对自己不利的情况下的自我安慰的，通过一种令人难以置信的民主程序，大多数人身上的缺点便可决定什么是美的典型。

"老板在哪里？"我问道。

"我们当家的在楼上，"她回答说，"正给你做刺棒呢。"

上帝保佑这个博会·圣尼古拉的小旅店的店主！上帝保佑那个发明刺棒的人！正是他教会我如何使用刺棒！这么一根小小的木棒，上有一个约八分以上英寸的刺，而他放入我手中时真像是一根象征权力的节杖。从那时起莫德斯亭便成为我的奴隶了。轻轻一刺，它便跑过那颇具诱惑力的马厩大门；再刺一下，它就迈着庄严的步子一口气跑上好几英里。其实这也算不上什么了不起的速度，它最快的一次也不过是在四小时内走了十英里。但是与昨天比起来，这可称得上是翻天覆地的变化了。现在只需慎重且彬彬有礼地一刺，再也不用挥舞着那根丑陋的木棍，再也不用抬起酸疼的胳膊抽打了，再也不用练习挥刀舞剑的功夫了。尽管不时会有一小滴血出现在莫德斯亭灰色的棋形臀部上（虽然这并不是我愿意的），但是我心中的仁慈之感在它昨天那些英勇事迹后已经扫光了。既然这个故意作恶的家伙忽视了我的亲切态度，那她现在就得挨刺了。

天凄凉而阴冷，除了一群骑着马大步行走的妇女和两个从后面赶上来的人之外，一路直到普拉德尔都显得非常孤寂。我几乎都不记得路上有过什么事，只除了在一片空地上，一匹脖子上系着铃铛的漂亮小马驹向我们冲了过来，仿佛一位要创下伟大功勋的神物威风凛凛地打着响鼻。突然之间，他那幼稚的心似乎又改了想法，像他来时一样，又突然转头疾驰而去，铃儿在风中丁当作响。然后过了好长一段时间，我又看到了他挺立的英姿，听到了那清脆的铃声。当我走上大路时，似乎听到电报线上也传来同样动听的乐曲。普拉德尔坐落在山腰上，高于阿里尔河，丰盛的草地环绕四周。人们正在四面八方收割着再生的草，这使得周围一带在这样一个多风的秋日清晨有着某种不合季节的干草味。连绵的土地从阿里尔河对面的岸上仿佛一直升高到天边。在秋天特有的褐色与黄色的山川景色之间，夹杂着一些斑驳的黑色杉树林，又有白色的道路蜿蜒起伏其间。而使人觉得有些伤感，甚至有点害怕的是，笼罩其上的云彩投下了深紫色的形状相同的阴影，这一切夸大了高度与距离，那些如缎带般盘绕的大路也显得更加突出了。这样一幅缺少欢乐的景色，对旅人却有激励作用。我所看到的一切都属于另外一个县——荒凉的盖瓦丹。因为我现在已位于维内管辖的边缘地带，这里到处都是没有开发的山区，而且由于害怕狼群，人们最近把森林都砍伐掉了。

如同盗匪一样，狼群，似乎已经在游人出没的地方消失了。也许你游遍整个欧洲，也不会遇上什么名副其实的惊险。可是，如果有人想冒险的话，在这里还是有可能的。因为这里就是那个让人很难忘记的野兽出没的地方，被称为狼中拿破仑。它有怎样的一生呢？在盖瓦丹与维瓦莱它自由自在地行走了十个月，吞吃了不少妇女儿童以及"以美貌出名的牧羊女"；携带武器的牧马人也被它追逐；人们曾在光天化日之下见到它在交通要道追赶一辆邮车和警卫，而邮车和警卫在它面前也只有逃之夭夭的份。像政治犯一样，它被贴在告示上，悬赏一万法郎买它的头。而当它终于被击毙并送到凡尔赛宫时，看！它只不过是一只普通的狼，甚至个头比一般的还小。"然而我能从南极走到北极"，亚历山大·蒲伯曾这样唱道。那位小小的下士（拿破仑）曾经震撼整个欧洲，而假如所有的狼都像这条一样，那么它们就可以改写人类历史了。爱里·伯赛特先生曾把它写成某部小说的主人公，我也读过这本书，却不想重读了。

匆忙吃过午饭，我谢绝了女主人要我参观普拉德尔女神的要求，"尽管是用木头雕刻的，这位女神却极为灵验。"用四十五分钟的时间，我用刺棒赶着莫德斯亭走下了阿里尔河上通往兰果内的一个陡坡。在这条路两旁的褐色田野上，农民们正在为来年春耕作准备。每五十码左右，就有一条脖子粗壮鲁钝的牛套在轭上耐心地犁着地。我发现有一头突然对我和莫德斯亭产生了兴趣，它是这群性格温和，样子却可怕的土地的仆人之中的一员。它正在犁的那道沟正好与大路形成一个拐角，它的头牢牢地固定在轭下，就像是压在沉重的屋檐下的一个支柱一样，但它一直转动着老实的大眼睛，用一副沉思的表情注视着我们，直到它的主人吆喝着它转过犁头，继续向地的高处走去。大风卷起犁和牛蹄带起的尘土，一时之间天地间仿佛飘过浓烈的烟雾。这是一幅美好、繁忙、富有生气的田园景象。继续走下陡坡，盖瓦丹高原在天空衬托下在我眼前不断升高。

前一天我曾渡过罗亚尔河，现在又要渡过阿里尔河，原来这两条大河的源头是如此接近。在兰果内的桥头，酝酿已久的大雨从天而降，一个大约七、八岁的小女孩用一句神圣的话向我招呼："您是从哪里来的？"她说这句话时带着一种无比高傲的神气，使我不由得笑了起来。这笑声显然伤害了她的感情，她是那种很重视尊重的人。她带着愤怒的沉默表情站在那里，一直看着我跨过大桥进入盖瓦丹县的领域。

# 古尔蒙

勒米德·古尔蒙（1858—1915），法国小说家、诗人，
其最为人称道的却是他的批评文字。

大师谈自然

143

## ※ 海之美

　　若问19世纪最独特的创造是什么，也许该回答说：是大海。

　　这绿和蓝的水，其波浪是微笑或愤怒，这金黄的沙的平原，这灰或黄的峭
壁，这一切百年之前就存在，然而没有人看一眼。在一片令今日的感觉欣喜直至
陶醉的景象面前，昨日的感觉是冰冷的，是厌烦的，甚至是恐惧的。人们远非追
寻海景，而是当作一种危险或丑陋避之惟恐不及。在法国的海岸上，所有旧日的

村庄都距海甚远；在滨海城市里，所有旧日的房屋都背朝大海。甚至水手们和渔夫们，一旦不需要大海，也远远地离开它。至于陆地上的人，他们是怀着恐惧接近大海的。直到1850年，圣·米谢尔山还被认为差不多只能用于关押囚犯：人们只把恐其逃逸的人送去。

从什么时候开始，海景被人当作一种动人的、美丽的东西而喜爱、而感觉？这很难说得准确。对大海的兴趣高涨于第二帝国治下，因为有了铁路：不过，诗人们远在这个时期之前就已咏唱大海了。总之，是拜伦和夏多布里昂创造了欧洲的海滩并把人送去。在圣马洛，格朗贝岛的绝壁上有夏多布里昂的坟墓，确是象征着我们的感觉的这种演变，他理应长眠于此，没有他，法兰西的海岸也许至今还只有渔夫和鸟雀光顾呢。

18世纪，大海还绝对地无人知其为愉悦的源泉。不过，人们已然到处旅行了；人们从巴黎出发所做的旅行已远远超出了到迪埃普或勒哈佛尔的路程；在路易十六治下，人们甚至开始品味乡间和高山了；然而，人们还不知道大海。我不知道是这个时期的哪位作家迁怒于大海的起伏，他说，荒谬绝伦的海潮使船舶不能随意停靠，还沿海岸造成了大片不出产的土地。

人们至多容得地中海，因为它与其是个海，更多的是个湖；人们喜欢它的平静，它呈现给无所担心的目光的那种始终千篇一律的景象。

路易十五时代的巴黎人是这样使用大海的：他们把被疯狗咬伤的人送到勒哈佛尔，从一座悬崖上投进大海。这是医治狂犬病的良方。德·塞维尼夫人说过，她的一位女友就这样被推入大海。无疑，一个健康的人若想自己进入这可怕的水中，洗一个澡，就会被当作疯子，至少也是近乎傻子。这个时期，人只有疯了，才会到海里去。在德·塞维尼夫人的思想里，海的概念是和一种最可怕的疾病联系在一起的。

谁是第一个敢于在海滨度夏、在靠近海浪的地方修建别墅的英国人或法国人？因为一切时髦的事情总有个开始，此种时髦亦然。是一位诗人还是一位学者，一位大贵人还是一位普通的食利者？他如果还够不上立像的话，至少也够得上在路角挂一块牌子。不管他操何种职业，他肯定有一颗独特的灵魂，一种大胆的精神。也许有一天，有人会写他的历史，也许诗人还会咏唱他，就像贺拉斯咏唱第一位航海者一样。

　　人们的确很难理解海之美何以如此长久地不为人知。然而反过来说，也许更难理解的是我们的感觉何以变得如此之快，今日之人何以在往日他们觉得荒诞或讨厌的景物中发现了这样多的快乐。真得承认，人类的感觉是听命于时髦的。它是按照人给它的曲调颤动的。不过，一种曲调如果老了的话，它也并不完全地长眠不醒。感觉实现了一种不可能完全过时的征服；它并吞了一个新的省份，并将永远地占有其大部领土。对海景的兴趣有可能不再大增，甚至还有可能略微下降，但决不会消失。它已进入我们的血肉，像音乐或文学一样，成为我们的美感需求的一部分。无疑，它并非放之四海而皆准。许多人可以不去看海；然而一旦爱上它，将会终生不渝。它是一个永不让人生厌的情妇，一旦听见了她的声音，就身不由己地服从。

　　也许，尽管大海对过去世世代代的人是冷漠的或者敌对的，在某些人今日对它的喜悦之情中仍有一些朦胧的遗传影响。一个失了根的人，——或者一个移植的人——，其家庭一直生活在海边，他也许会比别的人更感到海滩和波浪的吸引。也许，他如果不曾失了根，他会无动于衷地看那一片他虔诚静观的风景的。有些美的景色，当人是其创造者的时候，是不能很好地品味的；必须走出来，站得远一些，才能真正地体会其魅力。

　　故大海使我们愉悦的原因不出下面两端：或者因为这在我们的感觉中是全新的、从未见过的；或者因为这是一种远古的东西，一种在我们内心深处重新发现的返祖性的古老回忆。

　　然而，当大海是不为人知的时候，当大海是孤独寂寞的时候，它仍然应该是美的！现在，它有太多的情人；它是个过于受崇拜的公主，宫里献媚的人太多了。只是很少几个男人，不多几个女人，才使风景生色。大自然跟一群群发呆的人合不来，他们到海边去就像到市场去一样。人是可以沉思默想的。应该沉思默想，就像一个信徒在教堂里，忘了左右而跟天主说话。

　　天主不是什么人都回答的；大海也是。

# 泰戈尔

罗宾德拉讷特·泰戈尔（1861—1941），印度诗圣、作家、社会活动家。
其所作歌曲《向祖国致敬》，1950年被定为印度国歌。
名著有《春歌》、《晨歌》、《园丁集》、《飞鸟集》、《新月集》；
小说《沉船》、《戈拉》、《家庭与世界》。
1913年以其诗歌《吉檀迦利》获诺贝尔文学奖。

## ※ 美

　　夕阳坠入地平线，西天燃烧着鲜红的霞光，一片宁静轻轻落在梵学书院娑罗树的枝梢上，晚风的吹拂也便弛缓起来。一种博大的美悄然充溢我的心头。对我来说，此时此刻，已失落其界限。今日的黄昏延伸着，延伸着，融入无数时代前的邈远的一个黄昏。在印度的历史上，那时确实存在隐士的修道院，每日喷薄而出的旭日，唤醒一座座净修林中的鸟啼和《娑摩吠陀》的颂歌。白日流逝，晚霞鲜艳的恬静的黄昏，召唤终年为祭火提供酥油的牛群，从芳草萋萋的河滨和山麓归返牛棚。印度那淳朴的生活，肃穆修行的时光，在今日静谧的暮天清晰地映现。

我忽然想起，我们的雅利安祖先，一天也不曾忽视一望无际的恒河平原上日出和日落的壮丽景象。他们从未冷漠地送别晨夕和晚祷。每位瑜珈行者和每家的主人，都在心中热烈欢迎迷人的景色。他们把自然之美迎进了祭神的庙宇，以虔诚的目光注望美中涌溢的欢乐。他们抑制着激动，稳定着心绪，将朝霞和暮色溶入他们无限的遐想。我认为，他们在河流的交汇处，在海滩，在山峰上欣赏自然美景的地方，不曾营造自己享受的乐园；在他们开辟的圣地和留下的名胜古迹中，人与神浑然一体。

暮空中萦绕着我内心的祈祷：愿我以纯洁的目光瞻仰这美的伟大形象，不以享乐思想去黯淡和去贬低世界的美，要学会以虔诚使之愈加真切和神圣。换句话说，要弃绝占有它的妄想，心中油然萌发为它献身的决心。

我又觉得，认识到真实是美，美是崇伟，不是件容易的事。我们摒弃许多东西，把厌烦的许多东西推得远远的，对许多矛盾视而不见，在合乎心意的狭小范围内，把美当作时髦的奢侈品。我们妄图让世界艺术女神沦为女婢，羞辱她，失去了她，同时也丧失了我们的福祉。

撇开人的好恶去观察，世界本性并不复杂，很容易窥见其中的美和神灵。将察看局部发现的矛盾和形变，掺入整体之中，就不难看到一种恢弘的和谐。

然而，我们不能像对待自然那样对人。周围的每个人离我们太近，我们以特别挑剔的目光夸大地看待他的小疵。他短时的微不足道的缺点，在我们的感情中往往变成非常严重的过错。贪欲、愤怒、恐惧妨碍我们全面地看人，而让我们在他人的小毛病中摇摆不定。所以我们很容易在寥廓的暮空发现美，而在俗人的世界却不容易发现。

今日黄昏，不费一点力气，我们见到了宇宙的美妙形象。宇宙的拥有者亲手把完整的美捧到我们的眼前。如果我们仔细剖析，进入它的内部，扑面而来的是数不清的奇迹。此刻，无垠的暮空的繁星间飞驰着火焰的风暴，若容我们目睹其一部分，必定目瞪口呆。用显微镜观察我们前面那株姿态优美的斜倚星空的大树，我们能看清许多脉络，许多虬须，树皮的层层褶皱，枝丫的某些部位干枯，腐烂，成了虫豸的巢穴。站在暮空俯瞰人世，映入眼帘的一切，都有不完美和不正常之处。然而，不扬弃一切，广收博纳，卑微的，受挫的，变态的，全部拥抱着，世界坦荡地展示自己的美。整体即美，美不是荆棘包围的窄圈里的东西，造物主能在静寂的夜空毫不费力地向世人昭示。

强大的自然力的游戏惊心动魄，可我们在暮空却看到它是那样宁静，那样绚丽。同样，伟人一生经受的巨大痛苦，在我们眼里也是美好的，高尚的，我们在完满的真实中看到的痛苦，其实不是痛苦，而是欢乐。

我曾说过，认识美需要克制和艰苦的探索，空虚的欲望宣扬的美，是海市蜃楼。

当我们完美地认识真理时，我们才真正地懂得美。完美地认识了真理，人的目光才纯净，心灵才圣洁，才能不受阻挠地看见世界各地蕴藏的欢乐。

（白开元 译）

# ※ 黄昏和黎明

在这里，黄昏已经降临。太阳神噢，你那黎明现在沉落在哪个国度、哪个海滨？

在这里，晚香玉在黑暗中微微颤动，宛如披着面纱的新娘，羞涩地立在新房之门；晨花——金香木，又在哪里绽蕾？

有人被惊醒。黄昏点燃的灯火已经熄灭，夜晚编好的白玫瑰花环也已凋落。

在这里，家家的柴扉紧闭；在那边，户户的窗子敞开。在这里，船舶靠岸，渔民入睡；在那边，顺风扬起了篷帆。

人们离开客店，面向朝阳向东方走去；晨光洒在他们的额上，可他们的渡河之费直到现在还没有偿付；透过路旁的一扇扇窗扉，那一双双黑黑的眼睛，含着怜悯的渴望，正在凝视着他们的后背；一条大路展现在他们的面前，犹如一封朱红的请帖发出邀请："一切都已为你们准备就绪。"随着他们心潮的节奏，胜利之鼓已经擂响。

在这里，所有的人都乘坐着日暮之舟，向灰暗的晚霞微光中渡去。

在客店的院落里，他们铺下破衣烂衫；有人孤独一身，有人带着疲惫的伴侣；黑暗中无法看清，前面的路上将有什么，可是，现在他们正悄悄地谈论着后面走过的路上所发生的事；谈着谈着话语中断，尔后一片寂静；尔后他们从院里抬头仰望，北斗七星正悬在天边。

太阳神噢，在你的左边是这黄昏，在你的右边是那黎明，请你让这两者联合起来吧！就让这阴影和那光明相互拥抱和亲吻吧！就让这黄昏之曲为那黎明之歌祝福吧！

（友忱 译）

## ※ 雪

今天是星期日，一早听见教堂里传来清凛的钟声。起床推开窗户，呵，一切都染白了。楼房倾斜的屋顶敞开胸怀欢迎着漫天飞雪：来吧，用素纱遮盖我！凝结的雪河荡涤了路尘的王国，化为无数支流，向四面八方迤逦流去。

树上没有一片叶子。湿婆仿佛端坐在树梢播布晶莹的祝福。路边的枯草似青春的残痕，尚未遮严，但已慢慢地垂首认输了。鸟儿停止鸣啭，天空阒然无声，纷纷扬扬飘着雪花，可是听不见它的足音。

在异国他乡酣睡时，天庭的重门悄然开启。可是天使未来报告消息，唤醒入睡的人。"宁静"离别天界幽寂的道院，未乘鳞鳞飞车；驭手不曾挥舞闪电之鞭，怒吼抽打发狂的天马。她舒展白翼，轻轻垂落，动作那么轻盈，姿态那么婀娜。不撞击任何人，不与任何人发生冲突。

太阳被挡在雪幕后面。天光一点不刺目。整个世界莹莹地透闪着柔光，罩着恬静、温润，柔光的面具即面容。

清静的冬晨，我迎迓我顶礼的白雪的洁净进入我的灵府。我真诚地祈求：你缓缓遮覆我的一切忧思、想像和工作吧！你跨越了夜阑的无边黑暗，无声地永驻于我的生活吧！呵，在未被污染的皎洁中，唤醒我崭新的黎明，不留任何污点；把天国光华的永恒圣洁倾注我生活的天地！

今晨，我将我的灵魂沉入深广的洁白之中。这种沐浴异常冷凛，异常艰苦。我像婴孩一样赤裸着，下垂着。垂至深处，前后、上下、左右，一片纯洁，我的身心在纯洁中膜拜湿婆。

此刻，我看到，暮年之光多么庄重，多么安详，多么美好！繁丽静静地慢慢地隐遁了。缜密的"一体"的皎洁把万象拽到它的身后。歌声、精灵全被盖住，多彩的游戏在白色中消隐。

然而，这不是死亡的阴影。我知道，常言的死亡是黳黑的。空虚不像光照那样透明，而像朔日之夜那么黯黑。光束隐藏红、橙、黄、绿、蓝、靛、紫七色，并未吞噬它们，而是整个地与有。今日沉寂中潜藏的乐音，将喜悦注满我的心胸。

今日树木卸去盛装，光秃秃的，生命的财富贮存在幽深的心底。袅娜的枝条倾吐了渴慕，此时在心中默诵梵咒，犹如修道的柯丽（毁灭大神的妻子），舍弃花饰，身着素服，默想湿婆威严的仪容，她抑制点燃欲火、培植缱绻的爱恋，让情欲的灰烬飘逝。纵目远望，四野银装素裹，与湿婆团圆的障碍业已排除。北斗星的慈辉在天幕上书写了喜讯：吉日在即，修行的专注开辟了道路，谱写了节日的乐章，看不见的地方盛开的鲜花，可编织佳偶交换的花环。

呵，我的心，进行同样的苦修吧！垂首冥想，容银洁的恬静一层层包裹你，把你坚韧的求索置于沉稳的奥妙之中。请"纯净"之神的使者从人生的起点到终点，清除全部垃圾。尔后，苦修的静幕升起，形状如地平线的欢乐之杯里，充溢新的觉醒，新的生命，新的团圆的庆祝。

# ※ 秋

英国文学中称秋天为中年，他青春的魅力尚未完全衰退，前方死神却对他举起了召唤的手；他未失落他的一切，不过已开始凋谢了。

英国一位现代诗人这样描写秋天："你畏惧冬寒的树木，此时望去像魑魅；唉，你举行聚会的花园冷冷清清，说明潮湿的树叶正断绝尘缘！逝去的和将至的，他们凄凉的婚床由你张罗。你倾吐垂死者的心声，你是为死灭伤感的神明。"

这不是孟加拉的秋天。孟加拉秋天黛色的眼睑从未让落拓的青春的泪水濡湿。他以稚童的面貌出现在我们的身边。他是新生儿，从雨季之腹出生后，躺在大地这位乳母的怀里，露出甜甜的笑意。

他的肌肤细嫩，早晨素馨花的清香似他身上溢散的气味。我们看到的天空、阳光和树木的色彩，是他生命的色彩，非常新鲜。他生命的色彩，不是从彩虹窃得的红、橙、黄、绿、蓝、靛、紫中的某一种，那是温柔之色。我们在草叶和人体上看到这样的色彩。生命的色彩透射不出动物粗硬的表皮，自然以各种亮泽的浓毛掩饰其羞惭。但自然喜爱轻吻脱去衣衫的赤裸的人体。

凡是生长的，都不太坚硬，因而生命是柔软的。生命是不完美之中的完美的蕴藉，一旦这样的蕴藉枯竭，换句话说，当只有外在的形状，没有任何吉兆，死亡便使一切变得粗糙，虽然仍有红、黄、绿等颜色，生命的色彩却没有了。

秋天的色彩是生命的色彩，极其鲜丽，极其柔和。秋阳是熔化的金子，秋天的绿色清新，蓝色莹润。因此秋天摇撼我们的生命，如同雨天摇撼我们的心灵，春天摇撼我们的青春。

我曾经说过，秋天有孩童的天性——想笑就笑，想哭就哭，啼笑中没有幽秘的因果关系。它轻盈地来，轻盈地去，不留下浅浅的足印，如同水波上兄妹般的光影嬉闹，不留痕迹。

孩子的啼笑发自生命而不是发自心灵。生命像快艇，不载杂货。生命飞驰，啼笑的分量极轻。心灵是货船，承载货物——它的啼笑不在航行的过程中散落，如同清溪因流动而闪光，其间没有光影的憩息和居室，但当溪水坠入山谷的深潭，光束就想潜入水底，暗影与水相拥。那儿有"幽寂"冥想的蒲团。

然而任何地方都没有生命的坐椅，生命一刻不停地运动着，秋天的啼笑只在我们的生命之流上熠熠闪烁，那儿我们的长叹之巢不会沉没，卡在水底的石头之间。因而仰望秋阳，心神驰骋，那不是雨季赴情人的约会时怯怯的迈步，而是豪迈的前行。

雨天仰望暗空的眼睛，在秋天注视大地。天堂花园里聚会的彩棚已经拆除，帷幕已经卷捆，聚会转移到了原野上。原野的这一端到另一端，绵延着的葱绿，迷醉着远眺的目光。

秋天这幼儿偎依着大地母亲的胸脯，眷恋地望着母亲的脸。大地母亲的怀里今日充满新生命的光彩。秋天不是一行行大树的季节，而是农田的季节。农田是大地怀里的碧玉，沉浸于洋溢的慈爱之中；当兄长的树木矗立着静静地观看。

这水稻，这甘蔗，相对而言是纤小的，存活的时间不长，它们的艳丽和欢乐必须在数日内浓烈起来。阳光仿佛是路边供桌上的一坛甘露，它们急急忙忙掬饮几口，便踏上旅程。它们不像树木能从水中、从空气中、从土壤中得到定额的养分；它们在世上受到款待，任得不到永久的居留权。秋天是这些纤小的寿命不长的植物欢度短暂节日的季节。它们来时怀里装满礼品，离去时空旷的田野在长空下哀鸣。它们是地球的绿云，突然间凝聚在一起，倾洒丰沛的甘露，不一会儿就离去，不留下索取回报的书信。

我们不禁喟叹：哦，秋天，露珠——你的眼泪，扑簌簌滚落，是你为逝者和来者安置重逢之榻。你吻了在门口等候抬今时的往昔的轿夫，看见你面带微笑，泪水溢出他们的眼眶。

那天演奏了欢迎大地的女儿的乐曲。云彩的"南迪"和"波林吉"（湿婆的侍从）吹响法螺，让柯丽（湿婆的妻子）在大地母亲的怀里居住数日。送别她的乐曲不久也要奏响；在焚尸场居住的疯子（即湿婆）却说，无法将她送回；欢笑的一勾弯月仍是他额上的饰物，是他的发髻中倾泻泪水的恒河。

最终我们看到，在同一个地点，西方和东方的秋天在那初十夜里送别杜尔迦女神的乐曲中隐逝。西方的诗人望着秋天吟道："春天枉然地身着节日的盛装，在你无声的示意下，树叶飒飒飘落，今日，金色的岁月融入泥土！"他接着唱道："早春渴望相会的激情已经平息，五六月间，滚烫的呼吸搅烦的脉动也已停止。被发疯的风暴搅乱的森林歌会上，你的一阵阵飓风，为鬼怪的愤怒之琴系上弦儿，以便为你的死亡奏一曲哀乐。你毁灭的壮丽，你美的痛楚，慢慢地炽烈起来，啊，消隐着的丰饶的形象！"

尽管如此，西方的秋天年年戴着雾的面纱走来，而孟加拉的秋天撩开云的面纱，笑脸面对世界。两者的形象和情感大不相同。在我们的秋季，光临之曲反复吟唱，一遍遍唱的送神曲也有节日的乐调。我们秋天的离愁的寓意是：一次次离去是一次次归返的前奏。所以大地的花苑里欢迎的歌曲永远唱不完，带走的歌曲总又送回来。所有节日之中，最大的节日是失而复得的节日。

但在西方的秋曲中，我们只品味到得而复失的惆怅。西方的诗人悲叹道："你的显现是你的绝迹，作别和启程是你的复唱词，你的生命是死亡的庆典，在你繁荣的完满之中，你仍是幻影，仍是迷梦。"

# ※ 昼夜

红日西沉，地平线上最后一抹金晖渐渐消失在暮霭的黑幔后面。夜姗姗来临了。

白昼以光明，夜以黑暗，轮番地叩击我们的生活，在我们的心弦弹拨什么乐曲？日复一日，在我们中间创造的奇妙韵律富于怎样深厚的意蕴？昼夜有规律的现隐，如同昊天的脉动，我们在其间成长起来。我们的生活领域里难道不曾凝集每日明暗转换的含义？每年雨季，洪水淹没滩地；到了秋季，滩地从水中升起，为播种储存了足够的养料。雨季和秋季的往返，不曾在滩地一层层地撰写历史？

白昼之后夜的降临，夜阑之后白昼的崛起，这美妙的奇迹，愿我们不被习惯束缚，视而不见！落日在西天倏地合上光的经典，飘然而去；夜在太空无数不瞬的星斗面前，月手指无声地翻开新的经典的一页。对我们来说，这绝非区区小事。

这极短时光内的变幻，何等奇谲，何等广远！世界顷刻之间那么轻易地从一种意境跨入另一种意境，中间没有对抗，没有生离死别的巨大打击。前者的终止和后者的开端之间显现多么温雅的宁静，多么安详的绮丽！

日光下，万物的差异清晰地裸露在我们眼前。日光拉开人与人之间的距离，精确地测定我们每个人的界限。白天，各自的工作表明我们各自的特点；勤奋工作的摩擦中，难免产生矛盾。白天，我们个个施展才华，力图战胜自己。对我们来说，各自的工作场所，比其他广阔的领域乃至宇宙还要宏阔；事业的引力比其他任何事情的引力要高尚得多。

不久，身着暗蓝罗衫的夜晚悄然来到人世，她纤手轻柔的摩挲，一霎间模糊了我们外在的差别。于是，我们得以在心中体验彼此间广泛的一致性。夜晚是爱情和团聚的吉时。

在夜晚这个特殊的节日，地球回到母亲幽暗的卧房。地球呱呱坠地的黑暗中，光泉涓涓涌流的黑暗中，世上各种演化静静地积蓄着力量。形态各异的疲惫沉浸在酣眠的琼浆中，酝酿着新生活。从冷寂幽黑的深处腾跃的璀璨的白昼，有如从沧海飞向空中又回归沧海的浪花。黑夜对我们显露的大大多于它所隐藏的。若无黑夜，我们无从获得他世的音讯，日光会把我们囚在牢狱里。

黑夜每日一次开启日光的金碧辉煌的西门，引领我们进入宇宙的内宫，把宇宙母亲的一条蓝裙盖在我们身上。儿女偎依在母亲的胸怀时，什么也看不见，什么也听不见，但实实在在感觉到母亲温暖的身体，这种感觉较注视和聆听更为真切。同样，阒然无声的夜晚能使我们的视觉、听觉安静。我们躺在床上，胸口是那样深切地感受到宇宙母亲。自身的欠缺、能力、职责，不会扩张着形成我们四周的壁垒。强烈的差别感，不会离间我们，使我们处于分隔的状态。宇宙的气息，透过珍贵的静谧扑面而来，床头可以感受宇宙母亲投来的亲切目光。

我们的夜的节日，是隐秘而无处不在的宇宙母亲的寝宫里的节日。我们过节而忘却了劳作，忘却了纷争，忘却了怨恼；像乞儿观瞻着她的慈颜，异口同声地说：需要的时候，我向您乞求解饿的食物、工作的勇气、旅行的川资。此刻，摒弃一切需求，我走进您的寝宫，不是来向您伸手的。我盼望您抚摸我，宽宥我，接受我。在您夜的无边大海里沐浴的世界，服饰闪光，额际洁净，屹立在曙光中的时候，让我与他站在一起，毫无倦意，无恼无烦，由衷地说：祝愿大家吉祥如意。我瞻仰了万物中的生存者，我没有贪欲，只享受他施与的供养。

早晨，他是我们的父亲，把我们送到外面的工作场所，交代任务。晚上，他是我们的母亲，接我们返回内宅，卸却我们的责任。我们的生活在昼夜两种不同的氛围中运动，亮光和幽暗的画笔，把我们生死的神秘的形象勾画得异常生动。

# ※ 永新

黎明每天准时前来提示一个奥秘；它说着万古不变的老话，听起来却是新鲜的。我们冥思默想，勤奋工作，执著地追求。时常觉得这古老的世界已经筋疲力尽，蓬头垢面，一副忧心忡忡的模样。而这时黎明款款而来，静立在东方的地平线上，像一个魔术师，面带笑容，慢慢地揭去盖在世界身上的一块奇大无比的黑布。于是我们看到万物焕然一新，仿佛是造物主首次一瞬间创造的世界。原初和万世的新奇，永远不会完结，这是黎明在我们耳畔常说的话。

然而，今天的日子单单属于今天吗？谁能正确地推算，它是在哪个时代的初叶，撕碎云气之幔，踏上旅程的？在它不瞬目光的注视下，液状的地球渐渐变得坚硬；坚硬的地球上，生命登上历史舞台演戏，一幕幕戏中，新的生命开始了又结束了精彩的表演。这一天把光束投向人类历史上无数被遗忘的世纪，在海边，在沙漠，在林荫里，发现多少伟大文明的诞生、崛起和消亡！这太古的一天，在地球出生的那一刻起，就用洁白的宽大裙衫把地球包好搂在怀里。自古以来，它一直统计太阳系里爆发的吉兆和凶兆。这来自太古的一天，像眉清目秀的少年琴师，笑吟吟地站在我们的面前。它永新的容貌，似呱呱坠地的婴儿。它触摸谁，谁即刻脱胎换骨。它胸前戴的项链，由永恒青春的宝石缀连而成。

它意味着什么？意味着永新是世界内心的财富，是世界不朽的珍宝。陈旧、衰微像影子在它上面走来，离去，甫现即逝，不能将它遮掩。蚀耗是虚幻，腐朽是虚幻，死亡是虚幻，它们像海市蜃楼，在阳光灿烂的天空跳影舞，跳着跳着在天边失踪。只有素不惶惑的永新是活生生的，侵蚀不能缠住它，打击在它身上留不下伤痕。这样的话，黎明每天叙说一遍。

世界上古朴的日子每天早晨获得新生，每天返回原初一趟，否则难免遗失它的基调。黎明一次次为它玲唱永恒的复唱词，绝不让它忘记。岁月如果急匆匆赶路，不在任何地方眨一下眼睛，会被过分的劳碌和粗野的强力胁裹着，一头栽进无底的黑暗，忘记自己；之后在原初的永新中若不能再生，灰尘和垃圾必将堆积如山。杂事的怨恨，烈火般灼人的狂傲，工作的重负，就会遮掩永恒的真理。于是只剩下正午的炎热、追名逐利的肆无忌惮，只剩下争抢、格斗，只剩下没有尽头的路，没有目标的旅程。这嚣张的气焰扩张着，总有一天将地球像气泡似的压破。

这一天的奇妙乐曲的音符尚未全部弹响。但这一天越是前行，工作的矛盾越是尖锐，尔虞我诈和对抗的噪声越是刺耳。渐渐地，人世间的悲痛越发沉重，饥渴的哭嚎越发惊心动魄，竞争的吼叫越发吓人。尽管如此，温柔的黎明每天像天使般降临，修接断裂的琴弦，重弹的基调既朴素又庄重，既舒缓又奔放。其中没有愤怒，没有对立，没有偏颇，没有迷惘。这是千古流传的完整的乐曲，永恒之调的形象完美地显露。

我们每天从黎明的口中听见同样的话；不管喧嚣多么震耳，终归不会久长，恒久的是宁静；它是内在的，既在肇始又在终了。因此，白天的疯狂宣泄之后，拂晓时分，我们看见"宁静"的形象上面，没有一丝冲突的痕迹，没有一块污斑。它永世娴静、安详、纯洁。

整个白天，世界充斥悲酸、贫寒、死亡的骚扰。但每天拂晓，一种仙乐告诉我们：这一切灾难是暂时的，恒定的是湿婆。黎明时分，我们凝神瞻仰他圣洁的慈颜。他身上哪有伤痕，永恒的万物永世不摇颤。湿婆既在肇始、终了，也在我们心中。

海浪汹涌澎湃时，望着惊涛骇浪会一时想不起大海，只在心里慨叹：滔滔海浪，宏伟、壮观！同样，人世的分裂和纷争似乎最最强大，除此之外，似乎难以想象还有别的什么。然而，黎明在宣传欢聚。静心侧耳，我们听见它在说：分裂和纷争是短命的，恒久的是梵天。环顾四周。我们看到无边无际的厮杀。然而，稍后，哪里还看见四分五裂的痕迹！

世界交往的大桥岿然不动。那梵天——惟一的一元真神，静坐着，将数不清的分裂拘锁于一个茫茫宇宙之中。梵天既在肇始、终了，也在我们心中。

世世代代，每天清晨，人们在乍醒的天宇，在身心内外听见热切的呼声：宁静，湿婆，梵天。人们暂停一切工作，安定躁动的情绪，谛听着空中回响的新鲜阳光的福音：宁静，湿婆，梵天。这是千百年来要人们在开始工作时铭记在心的真言。

# ※ 季节

季节的差异不独是色彩的差异，也是职能的差异。不同色彩混杂的现象时有发生。杰斯塔月的棕褐乱发，飘入斯拉万月的云层，飘着飘着变成了黛青色。帕尔衮月的葱绿中，年迈的布萨月企图延长枯黄。然而，在自然法则的王国里，这些反常现象难以持久。

夏季可称为"婆罗门"。他遏制绿色快乐的扩展，踢飞枯叶，点燃祭火，进行寻求抑欲之路的苦修。当他诵毕吠陀经文，凝神屏息，天气异常闷热，枝叶不动；但徐徐呼气时，大地瑟瑟抖颤，水果是他的主要食品。

称雨季为"刹帝利"不算为过。他的开路先锋隆隆地敲击鼓鼙，他头缠阴云的头巾，威武地莅临。他不满足于蝇头微利，征服乾坤是他的壮志。他奋勇厮杀，占领茫茫天宇，成为八方天地的首领。一行行棕榈树下淡蓝的雾岚里，听得见他的战车嘎嘎行驶。他的弯刀不时拔出刀鞘，刺入"方向"的胸膛。他的箭壶里装着取之不竭的神箭。他的脚凳铺着草绿绸缎，头上葱郁密叶的华盖垂着一绺绺金色花的璎珞，身旁立着被擒获的东方女神，含着眼泪，用喷洒过花汁的纨扇为他扇风，手镯上嵌的闪电灼灼闪光。

冬季是吠舍种姓。稻谷熟了，他起早贪黑，收割、打场，忙得不可开交。原野的花篮里盛着绿豆、豌豆、荞麦丰收的喜讯。一群黄牛趴卧在牧场上反刍。场院里竹箩装满粮食。码头上满载的货船即将起航。木轮车在二路上缓慢地行进。家家户户响起舂米的声音，准备欢庆米糕节。

以上谈了三种主要种姓。至于首陀罗种姓，不言而喻是秋季和春季了。前者为冬天后者为夏天提兜拎包。这体现了自然与人类的区别。自然界里，侍奉意味着美，谦恭是光荣的同义词。自然的殿堂里，首陀罗种姓绝不低贱，承担责任者拥有全部饰物。秋天的蔚蓝披巾缀有叶状的金饰。春天芳香的鹅黄纱巾印着姹紫嫣红的繁花。她们穿着多彩的绣鞋在阡陌上漫步，臂钏、耳环、戒指镶嵌着数不胜数的宝石。

至此介绍了五个季节。人们常说一年六季，那纯粹是为了成双配对罢了。他们不知道单数中酿成自然的千姿百态。用2去除365天——头两个数字36，除得尽，最后的小数字5，可不好摆弄。成双成对的太多了，不免令人厌倦。所以不知哪儿跑出一个3来，撼动一大串2，奏响乐调繁复的歌曲。宇宙的圣殿里，单数这魔鬼不让偶数的天国昏睡，产破坏仙伎优哩婆湿足铃的节奏。天宫音乐会上调整紊乱的节奏时，韵律的乐趣之泉喷涌而出。

一年分六季当然也是有道理的。吠舍种姓之人被踢到三种主要种姓的底层，但他们人数众多，构成庞大的社会基层。从这个角度而言，一年最主要的是秋季和冬季，这两季拥有完满的丰熟。农作物成熟的秘密过程，贯穿所有的季节，表现出来则是在秋冬两季。因而人们视野开阔地观察它们，看到年份的少年、青年、老年的三个形象和成就。它在秋季身着新装，炫人眼目；在雾季的遍野显示成熟的刚健之美。冬季，它的果实装满家家户户的箩筐。

人们本可以将秋季、雾季、冬季合并为一个季节，但没有这样做，是因为他们喜欢层次分明地观赏自己的收获。期望的东西是一个，把它反复抚弄是一种享受。一张票面大的纸币携带方便，换成同样价值的厚厚的一沓，可以得到心理上的满足。故而人们分解了收获的季节。

秋季、雾季、冬季里有庄稼的宝库，家庭主妇的寓所由三部分组成。林木的家庭主妇只有内宅、外宅两部分——春季和夏季。帕尔衮月芒果树开花，杰斯塔月芒果成熟。春天闻到香气，夏天品尝果实。

一年当中，只有雨季孤单无伴。他与夏季毫无共同之处；夏季贫困，而他富有。秋季的境遇也与他迥然不同。秋季拍卖了全部财物，河流、田野、码头等全已写在他人名下。债务人大多忘恩负义。

人们从不剖析雨季，是因为无论从哪个角度说，雨季与人的家庭关系并不密切。诚然，全年的水果、作物倚仗他的恩泽，但他并无足够的资财去宣扬自己的奉献。他不像秋季那样在旷野、河埠、果园大肆宣传自己如何慷慨大方。既然不存在直接的施纳关系，人们对雨季便不抱收获的希望了。

雨季是没有需求的季节。实际上，他的一切需求是被音乐、嬉闹、幽暗、光亮、活跃和严肃掩盖了。在印度，雨天意味着休息，是赋闲的时光。

印度每个季节都有一两个节日，想看到哪个季节奇妙地占有的心，就应在音乐里作一番调查，因为音乐泄露内心的隐秘。

严格地说，只有春季和雨季拥有乐曲。在音乐典籍里，可以为每个季节提供乐曲，那是理论上的认识。至于广为流传的，我们知道，春季有帕桑特调和巴哈尔调，雨季有梅格调、穆拉尔调、德斯调等。在歌曲的村庄举行选举，雨季必定大获全胜。

诗魁迦梨陀娑迎接雨季，为雨季戴上他的曼达格朗特韵律的永不枯萎的花环。一些平日忙碌的人揶揄那是无稽之谈。在他们看来，云纱飘拂、雨铃丁当的月份，脱离了一切事情的束缚。它凉阴遮盖的时辰的篮子里，装的尽是闲话的物品。他们的想法并不荒唐。假如人们冲出杂事的圈子，在臆想的天宫赢得席位，畅饮闲聊的美酒，而雨季这山童在棕色发髻上挂着素馨花花串，负责往他们的玉盅里斟酒，那么，让我们欢迎乌黑的雨云，对它致以崇高的敬意！那么，来吧，所有的闲人，所有富于幽默感和想象力的人！雷雨的长鼓已经敲响，来吧，所有热血沸腾的人，远处传来了狂舞的号召！饱含人世千古离愁的泪泉已开始奔流，冲决重重阻碍，来吧，忠贞的情女，家务事的小屋已经上锁，通往集市的路上杳无人迹，在道道闪电的陪伴下上路吧！从花香浮荡的林地，湿风带来了消息：绿阴斑驳的藤架下，坐着世代苏醒的期待。

# ※ 云使

## 一

陪伴着她，却又像独居于贬谪之地。

这是同榻共枕的离愁，近在咫尺，彼此看不清面容。

成亲的吉日，笛子吹出这样的话：

"走近的丽人，离我十分遥远。"

它又预言："我抓住的是守护不住的，我获得的必将丧失。"

此后，笛子为何停止吹奏？

须知，那时的一半情景已被我忘却，只是朦朦胧胧觉得她仍在身边，为何总不觉得她已远去了呢？

我只看到爱情的一半——结合，爱情的另一半——离别，不曾进入我的眼帘，因而望不见远处永不满足的相会，也许是视线为近处关山隔断了的缘故。

伉俪之间隔着冥冥天宇，这里一切都是静穆的，没有人声鼎沸。空寂允许用笛音填补。但觅不到霭霭云天的罅隙，横笛无法吹响。

我俩之间的冥空上覆盖着漫漫风沙，充满每日的劳作、交谈，充满每日的思索、忧郁和咨嗟。

## 二

夜里，月色凄迷，凉风习习。我清醒地独坐床榻，一阵痛楚涌上心头；我想起我失去了身边的人。

如何排遣这离愁，我与她的无穷的离愁？！

昔日傍晚，离开书案想与谈心的女性是谁呢？不错，她是人世间千千万万俗人中的一个，为我熟知，为我理解，但飘逝已久了。

然而，在她身躯的什么地方，可有只属于我的不朽生命？梦想的无边海滩，可以再次找到她吗？

能在闲暇时分，野茉莉溢香的无事可做的暮色苍茫中，再度与她促膝长谈？

## 三

乍到的雨季挥舞浓云的纨纱，伫立在东方地平线上。

我想起优禅尼城的诗人，萌生了向远方情人派遣云使的念头。

腾飞吧，我的歌，飞越我身旁耸峙的孤独！

它必须溯岁月之流而上，返回充盈竹笛苦楚的我们结合的日子——那里交织着宇宙的永久雨季和春天的气息，各式各样的啜泣，露兜树长长的叹息，红木新枝激越的誓词。

把僻静池畔雨天椰子林的簌簌絮语，化为我的心声，送入情人的耳中，她梳妆完毕，纱丽掖在腰间，正忙于家务。

## 四

渺邈无极的青空，今日头贴着林木苍郁的大地的前额，轻声说："我是你的。"

大地不胜惊异："这怎么可能，你那么高远，我这样低微。"

天空急忙解释："我四周环列着云的屏障。"

"你极其富有，拥有亿万星体。"大地依然自卑，"光，向来不是我的财富。"

天空喟叹着："'我已丧失日月星辰，属于我的如今只有你了。'"

大地试探："反吹来，我盈满泪水的心战栗不已，而你岿然不动。"

天空着急道："'你不曾看见我的泪也蕴含悲哀，我的胸脯已变得碧绿，像你的心？'"

说话间，天地的长久分离被清泪之歌弥合了。

五

新雨，携带天地喜结良缘的祝祷，降落在我的别绪之上。情人内心不可言传的思恋，像铿然作响的琴弦跳荡起来；森林边缘般的蓝色纱巾，蒙盖着她的发缝，她乌黑的眼眸遥望着湿漉漉跌宕的云曲，绕缠发髻的帕古尔花条分外夺目。

当竹林的幽暗在蟋蟀的聒噪中瑟瑟发抖，烛苗在湿风中摇曳，熄灭，愿她走出平日寸步不离的仙阁，沿着含露碧草的清香弥漫的林径，跨入我清寂心灵的子夜。

# ※ 净修林

印度文明发源于丛林，而不是在都市，这是一种奇特的现象。印度文明最初惊人地发展的地域，人口不多，林木、河流、湖泊获得足够的机会与人相处。那儿，有人，有空阔，惟独没有人群拥挤。但空阔不曾迟钝印度的心，反而辉煌了它的思想。

为环境逼迫藏身于深山老林中的人，生活习性接近于野人，或猛虎般的凶残，或麋鹿似的温驯。然而印度古代丛林的僻静，非但不曾麻木人们的灵性，反而增加其活力。从森林栖居中流出的文明之河，滋润整个印度，至今汩汩流淌。印度丛林中居住者在修行中赢得的力量，不是在繁杂需求的竞争中苏醒的，也不是由外部冲突锻铸的；从根本上说，它不是外向性的。它通过冥思默想进入世界深处，建立灵魂与景物的联系。印度不是在物质财富上展示文明，印度文明的舵手是隐士，是衣不蔽体的苦修者。

海滨把经商的富裕给予它养育的民族。吮吸沙漠干瘪的乳房、忍饥挨饿的游牧民族，成为所向披靡的征服者。特殊的境遇中，人的力量开辟特殊的道路。

北印度平坦的林地，为印度送来特殊的机遇，鼓励印度的智慧去开掘人世最深的奥秘之光。所有的人，应当承认它从沿海岛屿采撷精华的必要性。日日夜夜，每一个季节，自然的生命的作用，在农作物和林木身上显露。生命的游戏，在繁复奇妙的姿态、音籁、具象中，以常新的面目出现。置身其间，神思注入冥想的人清晰地感受到周遭有一种欢乐的奥秘，脱口说道："一切在源自原初生命的生命中颤动。"他们素不蜗居在用砖石、木头和钢铁建造的坚固的城堡里。在他们的栖息地，他们的生活与寥廓的宇宙息息相关。丛林给予他们凉阴、花果、苇草和点燃祭火的柴薪。他们每日的劳作、需要和闲憩，无不与丛林保持着互相交流的关系。通过这个途径，他们学会了在生活上与幽静的环境打成一片。他们不认为环境是空虚的、沉闷的、隔绝的。他们从自然手中接受的阳光、空气、食物、水等赠品，不是土壤的，不是树木的，也不是茫茫天宇的。他们从切身体验中明了，那些赠品的源头在鲜活的无穷欢乐之中。

由此可以得知，森林是怎样在自己娴静的绿阴和深邃的胸中滋养印度之心的。森林曾以奶娘的身份，照看印度古时候两个漫长的时代——吠陀时代和佛教时代。不只是吠陀隐士，佛陀释迦牟尼也曾在芒果林和竹林里讲经布道，王宫里没有他的立足之地，森林爱怜地把他搂在怀里。

时过境迁，印度的番邦相继建立城镇，与外国开展商品贸易。贪图粮食的农田将浓阴蔽日的密林一步步往远处推去。然而，声名远扬、富裕昌盛、朝气蓬勃的印度，对欠森林的债从不感到惭愧，授予修行的荣誉一直大大超过其他行业。君主将古代森林里的修道士视为先辈，以他们为荣。印度的神话故事中，大凡神圣的、精彩的、令人叹为观止的，皆浸透对古代净修林的追忆；它不希冀读者铭记显赫一时的君王开创的帝国，而在绵绵不绝的变迁中，把森林的整体当作生命的整体载负至今。在人类历史上，这可谓印度的一大特点。

毗格罗玛狄达在位时，优禅尼是京都，迦梨陀娑是宫廷诗人。那时净修林时代已经结束。我们印度人站在汇集的人群中，中国人、匈奴人、嚈哒人、波斯人、希腊人、罗马人，聚集在我们四周。国王一方面扶犁耕作，一方面向来自异域的求知者传授梵语知识，这样动人的场面以后再没有看到。但只要阅读一下在那富足而值得骄傲的时代名垂千古的诗人迦梨陀娑关于净修林的描述，就立刻明白：远远地退出我们视野的净修林，仍矗立在我们的心田上。诗人描绘的净修林的美景，表明他是印度无与伦比的诗圣，谁能像他那样生动地昭示净修林里苦修所蕴含的完整的精神愉悦！

叙事诗《罗怙世系》的唯幕拉开，呈现在我们眼前的是幽美圣洁的场景——苦修者在林地外采够了水果、苇草，返回净修林，无形的祭火仿佛在恭候他们。梅花鹿好像仙人的孩子，吃饱饮足，懒洋洋地躺在门口。隐士的女儿在树四周挖了土洼，灌满水离去，盼望鸟儿毫不胆怯地飞来饮水。日头西斜了，院落里堆满稻谷，梅花鹿惬意地躺着反刍。欢迎客人的一缕缕芳香的青烟袅袅飘荡，净化着走近修道院的凡身肉胎。这幕场景的寓意是人与树木、藤蔓、禽兽完美地和睦相处。

诗人巴那维笃在梵语叙事诗《迦昙摩婆哩》里这样描写净修林：柔藤翠蔓在风中翩翩施礼，芳树一面撒花瓣一面祈祷。场院里晒着金灿灿的稻谷，采集的珍奇果品散发着沁人心脾的香味。小婆罗门朗朗的诵经声在林地回荡。饶舌的鹦鹉在学说听惯了的对来宾的欢迎词，雏鸡享用祭祀用过的食物。水泽边摇摇摆摆走过来几只雏鹅，啄食喷香的稻谷，梅花鹿舔着道童的脚跟。剧本通过净修林传达消除人与动物、植物之间隔离的题旨。印度这种古朴的憧憬跨越数千年，至今令人神往。

《沙恭达罗》中的净修林鄙夷骄奢淫逸、残酷无情的王宫。有情感和无情感之物的亲谊的温馨，是贯穿全剧的基调。

剧中的两座净诊林，一座在地上，一座在天上，使沙恭达罗的悲欢在广阔的背景下趋于圆满。地上的净修林中，芒果花香和新绽的素馨花的清芬团聚的吉日，隐士情窦初开的女儿欣喜不已。她们用饭团饲喂失去母亲的幼鹿，苇根扎伤它的嘴，疼得张不开，她们为它抹植物油，精心照料。这座净修林赋予国王豆扇陀和沙恭达罗的爱情以质朴、坚贞的美质，将其融入世界的合唱。

尊者摩哩折和妻子阿地提在暮云般的北极山苦修。葛藤如网、树林里筑有无数鸟巢的北极山，像危坐在蒲团上的大神湿婆，面对太阳，沉入默想。顽皮的儿童把啜奶的幼狮拽来，一同玩耍。幼狮哀叫着离开母怀的情景，令阿地提一阵心酸。天上的净修林为受辱的沙恭达罗的离愁别恨抹上幽远恬静的色彩。

显然，第一座净修林是人间的，第二座则是仙境的。第一座平平常常，第二座至圣至洁。第一座以第二座为目标，不断净化完善，向第二座转变。其关系颇似湿婆和妻子萨迪。萨迪普通而真实，湿婆却至高无上。经过苦修消除世俗的情欲，萨迪与湿婆结为伉俪。沙恭达罗的生活中，通过苦修完善自身，最终到达高洁的境界。历尽苦难，凡世终于贴近了天堂。

在玛纳斯湖的净修林里，人并未脱离现实单独生存。坚战前往天堂，爱犬还跟在他身后呢。印度古典叙事诗中，人与自然一起登天，脱离自然不会变得高洁。摩哩折的净修林里，人是苦行者，北极山峰也是苦行者；雄狮弃绝凶残的本性，林木主动填补徒弟的空缺。

人并不残缺，人在万象之中是完整的。

印度的这一特点，在修行和复杂的心理活动方面也得到反映。人一般在两种情况下，即独居和合群中，通过自我享受或广泛交际，感受自身的高贵。不言而喻，印度采取的是后一种方式，视人和自然的汇合之处为圣地。

印度的喜马拉雅山以及南、北印度的分界线——温德亚山脉是圣山，以乳汁哺育城镇村落的河流是圣河。恒河与朱木那河的交汇处是神圣的，恒河的入海口也是神圣的。

在自然的怀抱里，人借助阳光看清景物，借助太阳的能量维持体内生命的搏动，用水沐浴，消受食品得以生存；从云雾缭绕的神秘的宫阙重门，走出众多的使者，以乐音、香气、色泽、情味使人的知觉永远清醒。印度在这样的自然环境中，把自己的虔诚播布万方。

印度膜拜、恭迎大千世界，不以享受将它毁损，不以冷漠拒之于劳作的领域之外。印度的圣地宣告：凭借与自然的神圣纽带，印度看到了自己的广袤的真实。

# ※ 新雨

　　年轻时的世界无比广阔，我不曾望见我青春的边缘。我在世上扮演怎样的角色，究竟有何建树？情感和创作中，我性灵的行程有多长？这些都无法预测，人世间密布不可窥测的奥秘。如今，我已抵达才华的极限，世界也缩小了，化为我的办公室、起居室和游廊。世界变得如此熟稔，教我几乎忘却类似的许多办公室、起居室和游廊已从地球上消失，像一个个影子，未留下一丝痕迹。多少人曾经背靠松软的靠垫，把为打赢官司而进行密谋的内室当作世界永恒的中心，他们的姓氏连同骨灰随风飘逝，再也找不回来，地球则依旧围绕太阳运行。

　　但是，雨云每年饱含着旧事、饱含着甜美的新颖来临的时节，我们从不对它产生误解，因为它处于人们的使用范围之外。它不会因我的窘迫而蜷缩。在我受到朋友欺骗，受到仇敌凌辱，视线被障碍物阻断的时候，不仅我的额头又刻上一条皱纹，不仅我心头又烙上痛苦的印记，我遭受的打击也落到我周遭的世界身上，它的水土有我的伤痕，有我的忧悒。刀朝我砍来，我四周的世界不会退缩，利箭射穿我的胸膛，也必然司入它的肢体。世界身上叠印着我的苦乐，因而它是我的。

　　雨云身上没有我的任何痕迹。它是过客，飘然而来，飘然而去，片刻不停。我的衰老没有接触它的机会，它远离我的希望和失望。

　　因此，古代大诗人迦梨陀娑在优禅尼城的波腊沙特山巅瞩望的雨云，我此刻也看得见。人类历史的衍变影响不了它，然而，摩罗陀王国的奥潘梯城、毗迪娑城如今安在！长诗《云使》描写的雨云以常旧而常新的姿态出现；国王毗格罗玛狄达的京城优禅尼比云团坚固得多，但像一个破碎的梦，纵有愿望也无从重建。

　　所以，望见雨云，幸福的人也感慨不已。雨云无求于人类，能把人带出平日熟悉的生活圈子。雨云与我们每日的思考、奋斗、事业毫无干系，因而能赋予我们的心灵以闲暇。心灵于是不接受束缚，被主人诅咒而谪居的药叉的离愁又在胸中腾涌。人际关系酷似主人与奴仆的关系，雨云使人忘怀人世间不可缺少的关系，心灵于是冲出重围，奋力开辟自己的道路。

雨云以幽黑、以霹雳、以变幻的崭新画面，将恢弘混沌的未来的迹象投向熟悉的大地，携来悠远年代古老邦国的浓阴。这时，世界的记事本上罗列的不可能，刹那间让人感到变成了可能。翘首遥望的思妇不再相信事务之绳绑住的夫君不会归家，她懂得人世间严厉的法则，但不过是在理智上而已；天昏地暗的雨天，她心里不觉得法则强大得难以违抗。

我沉思着——在我的视野里，享受压小了永恒阔大的世界。我所知晓的它的大小，相同于我与之接触的范围。我没有承认在我享受之外的它的存在。生活受缚，僵化，同时也桎梏它不可缺少的那部分天地。我在我的中间，我的天地里，看不见任何奥秘，因而性情淡泊；我认为我看透了自己，断定也洞察我的活动天地，恰在此时，柔和的冥暗淹没了东方的地平线，不知何处飘来了千百年前迦梨陀娑描绘的雨云。它不属于我的世界。它把我引向青春不衰的去处，引向万世的离愁别绪、日日团聚的承诺，引向满目永恒美的盖拉莎圣山没有足迹的宫阙。于是我平日认识的世界显得很微小；未曾认识的，变得宏大；未曾获取的，比获取的更加真切。凭借自身的力量，我只赢得了生活极少的一部分；巨大的部分，我尚未触及。

丰满轻盈的新雨，遮盖了我的工作场所和熟悉的世界，让我独自立在一切法则之外不可言喻的情感的境地；攫夺了我在世的年华，置我于无量年寿的广袤之中；催我攀登罗摩山修道院内杳无人迹的秀峰。我不由得记起岑寂的山脉我曾常住的寓所，心驰神往的财神的天宫之间，一个幽远奇妙的世界。那儿层峦叠翠，林泉淙淙，花苑里绿阴婆娑，飘浮着新雨润泽的素馨花的清香。心灵在芳林、村落、山崖、河畔徜徉，领略着新奇的幽美，渴望进入消释千古离恨的所在，如同鸿雁急切地飞往玛纳斯圣湖。

除了《云使》，没有第二部描写新雨的杰作。《云使》用隽永的语言状写雨天的蕴含愁思。自然界一年一度雨云节日的无可言传的诗美，在人的语言里沉淀了下来。

《前云》在我们的想像面前展示广阔的世界。雨季的第一天，我们这些家道殷实的人待在家里，惬意地半闭着双目。迦梨陀娑笔下的雨云骤然降临，引诱我们出屋。远离我们的牛厩、仓廪，漩涡迭出、令人蹙眉的纳尔马达河，罗摩山麓金色花竞相开放的丛林，乡村老翁家门前榕树上鸟雀的啼鸣，遮蔽我们的窄小天地，以奇异的"美"的真实形态鲜明地呈现在我们的眼前。

诗人迦梨陀娑不曾因离人心情急迫而缩短行程。他循着他的思路，逾越雨季浅蓝的云影遮翳的山川城镇，缓缓而行。他不能回绝对他惊喜的眼睛的召唤和迎迓。他以离情的炽烈诱出读者的心，使之在路途的美景中流连忘返。伸向魂牵梦绕的目的地的道路虽然漫长，但两旁迷人的景色不容忽视。

细雨霏霏的日子，我们的心灵欲抛却过腻了的世俗生活。诗人迦梨陀娑在《前云》中唱起被他激活的这种欲望的赞歌，把我们变作行云的良伴，进入新奇的情境。那儿的鲜花未被闻过，未被我们的世俗生活污染；想象未被关押在俗气的城堡里。我的交织着甘苦、困倦的生活也不曾侵扰那雨云般的境界，中年的惰性不曾将它限制在自己的花园里。

《前云》详述陌生的境界。新云所做的另一件事，是在我们四周营造极为幽静的氛围，让人体味苦恋的内涵，鼓励心灵在至美的王国寻觅万物忠贞不渝的情侣。

《前云》中，千姿百态的奇景全力衬托至美。《后云》旦，欢愉回归于"纯真"。人间幸福的旅程是从繁复的势态中间开始的，团圆的结局通过天国的纯真得以体现。

新雨纷纷扬扬的日子，谁不说世事的狭窄地域是谪居之处！受到天帝的诅咒，我们羁留凡世，行云呼唤我们踏上旅程，于是有了《前云》里的歌；行云许诺：旅程的终点是恒久的欢聚，这消息从《后云》里传播出来。

其实，每个诗人的作品的深处，都飘荡着《前云》和《后云》。每一部名篇巨制呼唤我们向往广阔的天地，对我们昭示静谧的去处；首先斫断羁勒，然后让人们拥抱博大；早晨送我们上路，黄昏迎我们归家；以袅袅乐音导引我们上天入地地遨游，末了让我们置身于充满欢乐的和声之中。

诗人如果只有乐音，而无和声；只有热情，而无承诺，他的诗作不可能跻身于名作的行列。最后应该到达某地，怀着这样的希冀，我们离开熟识的环境，与诗人一道出发。他若带领我们走过鲜花怒放的大道，冷不丁把我们撇在幽深的洞口，这是一种背叛。所以，我们阅读诗人作品的时候，往往提出两个问题：一，他的《前云》引我们前往何处？二，他的《后云》送我们抵达哪座宫殿？

莫里斯·梅特林克（1862—1949），比利时作家。

1889年创作出第一卷诗歌《暖房》。

他的剧作有《普莱雅斯和梅丽桑德》，德彪西据此写成歌剧。

梅特林克于1911年获诺贝尔文学奖，1949年逝世于法国尼斯。

大
师
谈
自
然

171

## ※ 野花

我们刚走出城门，她们就站在五彩缤纷、洋溢着欢乐气息的地毯上迎接我们。她们常常因为陶醉于明媚的阳光，在这地毯上翩翩起舞。显然，她们早就在等待我们了。当三月的光芒刚刚出现，又名雪铃花的雪莲花这冰霜的无畏的儿子，就发出了苏醒的信号。于是，大地睡意朦胧的记忆之无形努力所产生的模糊影子，即那些苍白的花儿，纷纷从土里冒出来，只有叫出她们的名字你才能认出她们是花儿：三跖虎耳草或是钻孔草，荠菜，小得几乎看不见的双叶草，发出难闻气味的藜芦或铁筷子，款冬，凶狠阴沉的瑞香，被人恶意地称之为鼠疫草的蜂斗菜——这些病弱而又令人生疑的花儿，乃是生命不确定的浅蓝色和粉红色的征兆与大自然用来清除有害液汁的最初激情，乃是寒冬释放的贫血的女俘，地牢里苟延残喘的患者，依然被埋藏着的光明的胆怯而又幼稚的尝试。

而现在，光明已决定进入空间。大地的婚育思想开始展示和净化。尝试成熟了，深夜似梦非梦的情景像被晨曦驱赶的雾气一样消散了，城边那些遭世人蔑视的野花独自在广阔的天地里庆祝自己的节日。这有什么不好呢？当她们的那些不会结果的高傲姐妹在我们的精心呵护下仍在温室深处瑟瑟发抖时，她们已经在开始酿蜜了。

她们将出现在这儿湿润的草地上，在被雨水冲刷干净的林间小径上，并且毫不声张地装点着大路，而此时，田野上还覆盖着寒冬的积雪哩。没有人栽种她们，也没有人收割她们。她们享受自己的荣耀，却遭到人们的践踏。要知道，就在不久之前，还只有她们能够表现大自然的欢乐。

就在一百年前，她们的那些穿戴得雍容华贵但却十分怕冷的亲戚才从海外的岛屿、从印度和日本来，她们亲生的那些忘恩负义、长得一点儿也不像她们的女儿才抢占了她们的地位；而在这之前，只有她们能够令忧愁的目光变得欢快，只有她们能够照亮茅屋的柴门、城堡的院落并将恋人们的脚步伴送进树林。然而时过境迁，这些朴素的花儿失去了昔日的荣耀。从往昔的幸福中，她们只保存了被人们喜欢时所获得的芳名。而这些名字表明，人们当时是如何重视她们，如何感激她们，如何爱惜她们；人们对她们的种种深情厚谊，她们奉献给人们的一切，都像传世宝珠百年不散的芬芳一样，保存在这些名字之中。

她们被称为皇后、牧女、少女、公主、仙女、精灵。这些名字像爱抚、闪电、轻吻和喁喁情话一样在我们面前飘过。我相信，我们的语言中没有什么称呼比野花的名字更温柔，更充满爱意。可以说，语言精心地给她们穿上了最美丽最合身的衣裳。她们的名字成了五彩缤纷的透明衣料，恰到好处地勾勒出它们所遮掩的形体，散发出相应的色彩、香味和声音。你叫一声紫罗兰和矢车菊吧，这些名字就像花儿本身一样美。罂粟这种红艳艳的花儿的名字，包含着多少光明与欢乐啊，可是科学家们却给它取了一个累赘的学名——Papaverrhoeas。

你看雪白的报春花、长春花、银莲花、风信子、蓝色的布巾花、勿忘我、旋花、鸢尾和风铃草，她们的名字正与她们相称，恐怕连诗人也很难做到这一点。这些名字彻底揭示了她们天真无邪的灵魂。如同它们所表示的花儿会在庄稼和杂草中隐藏、弯腰或者昂首挺胸一样，这些名字也会隐藏、弯腰或者昂首挺胸。这几种花名可谓无人不知，无人不晓。可是其他花儿的名字我们却不知道，尽管它们叫起来同样悦耳，同样能够恰到好处地描绘出我们在每一条大路和林间小道边所见到的那些花儿的形象。

而现在，在月末的这几天，当成熟的麦穗倒在镰刀下时，路旁的斜坡铺上了一层浅紫色的地毯：这是即将萎谢的蓝盆花。有一种温柔而又谦逊的花儿像贵族少女一样苍白、温婉而又美丽，足与蓝宝石媲美，似乎罩着一层雾气，她周围遍地是珍宝。这指的是名叫毛茛或瞎眼睛花的花儿。这两个名字表明了她的双重生活：她既是将闪耀着阳光的露珠洒在青草地上的贞洁处女，同时又是令贪吃的牲畜死亡的狠毒女巫。这儿还开放着千叶蓍与金丝桃这两种小花：她们曾经是有益的花儿，像穿着单调的校服在大路边默默漫步的寄宿学校的学生；还有庸俗无赖的疮痂花及其兄长鹅口疮花，黑糊糊怪吓人的龙葵，以及在地上爬行的扁竹——扁竹的品种很多，全都朴实无华，由于已经预感到秋天的到来，它们已穿上仆役的制服，脸上露出殷勤的笑容。

然而，在三、四、五、六、七这几个月诞生的花儿中，你会牢牢地记住那些欢快的称呼，洋溢着春意的名字，那些由蓝天、朝霞与日月之光构成的词汇。比如报告冰消雪融的雪莲花或雪铃花。比如星星花或繁缕花：它从篱笆里钻出来迎接第一次圣餐，尽管它的叶片还未定形，还很脆弱，有如透明的绿球。比如忧郁的耧斗菜、鼠尾草、旋复花、白芷、黑种草或锥子草、穿着一身乡村神父女仆衣服的黄色紫罗兰、蕨类之王紫萁、地杨梅、藜芦、维纳斯的镜子、蕴涵着阴森之火的大戟、其果实红得像小灯笼一样的灯笼草、天仙子、颠茄以及皇室的下毒女子毛地黄：它们像克娄巴特拉的纱巾一样覆盖着茫茫的荒原和茂密的森林。

除此之外还有慈悲的姐妹洋甘菊：她戴着帽子，捧着装有救世甘露的上釉陶罐，总是笑容满面；茴芹、冷冰冰的薄荷、又名小米草的粉红百里香、大种雏菊、紫色的射击草、蓝色的马鞭草、春黄菊、戈矛状的麻花头、壮汉草、白毛茛和脑袋尖尖的染料木……你在数说它们的名字时，简直就像是在读一部爱情与光明的诗篇。

为了这些野花，人们不惜蔑视最悦耳、最清脆、最嘹亮的歌声，蔑视语言的一切最富于音乐色彩的欢乐。这里所说的似乎是真实的人或永远演不完的仙境剧中的领舞和群舞演员，而这仙境剧比普洛斯比罗居住的岛屿、忒修斯的宫殿和伊登森林更为美丽，更富于想象力，更为神奇。这些没有声音的永远演不完的喜剧的所有演员，这些女神、天使、魔鬼、公主、女巫、处女、艺妓、女王和牧女，她们的名字包含着已被忘却的一代又一代人所赞美的无数彩霞、无数春天的奇妙光辉，如同包含着这一代又一代的人对于她们的千万种深刻或肤浅的感受，尽管这些感受没有留下任何痕迹。

这些花儿好奇而又不可思议。人们曾不确切地称她们为杂草。她们似乎什么用处也没有。有些在偏远的乡村被视为药草，但人们对其效力颇有争议。有些在药剂师和标本采集者的瓶子里等待相信传统医药的患者。可是疑心病甚重的医学并不理睬她们。人们再不举行传统仪式去采集她们，药草学已在老妇人们的记忆中变得模糊，人们无情地向她们宣战。农民害怕她们，铁犁追袭她们；花匠蔑视她们，并且用铁铲、耙子、锄头、夹钳、丁字镐乃至开沟犁等寒光闪闪的武器来对付她们。在大路边，在她们的这一最后的栖身之处，路人践踏她们，马车碾压她们。尽管如此，她们依然活了下来，遍布各地，坚定自信，朝气蓬勃，情绪稳定，当需要回应太阳的挑战时，她们没有任何一株当逃兵。她们并不知道人正在竭尽全力战胜她们；只要他一安静下来，她们就在他的脚边生长。

她们活得勇敢而又固执，她们超越死亡。她们让自己违反天性的漂亮女儿们住进我们的花园，而她们这些可怜的母亲却依然待在上万年前所住的地方。她们没有为自己的花瓣增添一个皱褶，没有改变自己的任何一枚花蕊或是一点色泽，也没有吸收任何一种别的香味。她们保守着某种坚定执著的使命的秘密。她们是无法毁灭的本初之物。大地天生是属于她们的。她们最终代表着地球的某种恒定的思想、坚定的愿望和发自内心深处的微笑。因此有必要对她们进行研究。她们显然能告知我们某些东西。而且，我们不应忘记，野花如同春天和秋天的彩霞，如同日出与日落，如同百鸟的鸣唱，如同女人的美发、明眸与婀娜多姿的步态，最先教我们的祖先懂得：我们的星球上存在着无用但却美好的东西。

# ※ 菊花

　　每年在追悼亡魂的日子之后，在最后的某个美妙的秋日，我都要十分虔诚地去观看机遇向我展示的菊花。无论这美好的机遇在何处向我们展示这种花儿，无论是在路上还是在庭院，其实都并不重要。菊花品种繁多，五彩缤纷，然而其中最美丽、最令人惊叹者，如同最出人意料的时尚一样，总是集中在某个乐园里。而且，如同丝绸、花边、珠宝和发式一样，蓝天与阳光所形成的嘴，也会在时间和空间中高呼口号。这种花儿也像最美丽的女人一样温顺，在所有的国家，在广袤的世界上，它们都服从一个神圣的指令。

　　因此，只要进入任何一个玻璃搭建的博物馆，都会看到它们在十月阳光和谐的照耀下，显示出略带忧伤的富丽。在这儿你可以看到，在这个奇妙而又享有特权的世界里，乃至在所有花卉的奇妙而又享有特权的世界中，随着旧岁的流逝，产生了宏伟的思想、特具的美色和有意识的努力。于是出现了一个问题：这种新的思想真是阳光、大地、秋天或人类赋予的真正深刻而又必然的思想吗？

　　昨天，我为这一年一度充满柔情的盛大植物仪式赞叹不已。十二月和一月的积雪，如同宁静、梦幻、沉默与忘却的广阔地带，将这一最后的仪式同从刚刚苏醒就显得精神的寻找阳光的二月开始的迷人节日分隔开来。这些在雾气朦胧的月份准备去觐见君王的高贵花儿，这些其动作与舞姿似乎被咒语凝固的沉思的秋日花仙子，戴着透明的大圆顶帽出现在我面前。凡是熟识而又热爱它们的人，一眼就能高兴地看到，它们正在积极地有意识地继续发展，努力接近某一不为人知的理想。

　　我们且来回顾它们平凡的出身吧。你看那些已经萎谢的毛莨，那些褐色或浅红色的可怜花儿，如今依然在我们乡间的小花园中，在枯叶飘散的林荫道上现出愁苦的笑容。它们哪能同这些雪白花瓣卷曲的巨大花朵，同这些用红色花蜜做成的圆盘和圆球，同这些闪耀着古银器光泽的奇卉，同这些象牙和紫水晶琢成的图形，同这些狂热的奇妙花瓣相比呢？这些花瓣似乎想彻底探索冬天交给入睡的森林保藏的秋天的形态与色彩的秘密。你想象一下它们的种种极其美妙、极不寻常的品种，尽情赞叹并作出你的评价吧。

比如，我们面前的这种令人惊奇的星状菊花：这些星星有的扁平，有的突出，有的透明，有的厚实，有的柔软，有的连成银河；有的结为冬天的星座，与天上的星座相呼应。有的像等待露珠钻石的高傲的羽饰，有的像用绝世的美发编织成的令最大胆的幻想逊色的奇妙诗篇：这些美发散乱纷披，好似朦胧的月光，黄金的灌木，火焰的旋风，少女欢快的卷发；好似追逐水中仙女的酒神节狂女、处于昏睡状态的塞壬、娴静的处女和尽情游戏的儿童的卷发，犹如天使、母亲、牧神和情人平静而又兴奋的抚摸一样的卷发。而一些无名的妖魔也交替出现在我们面前：刺猬、蜘蛛、鱼、凤梨、绒球、蝴蝶结、鳞甲、烟雾、气息、正往下跌落的冰灯、油与奶汇成的溪流，灯火辉煌的城市，翅膀，碎片，羽毛，血肉，山冈，头发，篝火和火箭，光芒，由硫黄与烈火形成的大雨……

现在，当形式被俘获之后，就该来谈论如何战胜秋天似乎不愿赋予其代表性花儿的种种被禁的颜色和微妙的调子了。实际上，秋天已慷慨地将黄昏与黑夜的所有宝藏、将成熟葡萄所有微妙的色调给了它。秋天还将林中雨水的所有暗红色的作品、平原上雾气和花园里霜雪的所有银灰色的作品交给它支配。更重要的是，秋天允许它挖掘枯枝败叶和暗淡树林中的宝藏。秋天完全同意它用金币、铜制的徽章与闪光片、银丝、珍奇的羽毛、碾碎的龙涎香、经过热处理的黄玉与石榴石、被遗忘的珍珠以及茶晶来打扮自己。这些宝藏虽说色泽并不那么鲜亮，毕竟闪耀着宝石的光辉——是北风随意将它们扔进山谷和林间小道的地底下。

秋天要求菊花始终忠于它原来的主人，为它出生的那些暗淡、疲乏的月份穿上用金丝银线绣花的制服。秋天不允许自己的花儿背叛这些月份，不准它们穿春天和花神艳丽夺目的华美衣裳。即使它偶尔同意菊花的衣裳带粉红色，那也必须是从少女冰冷的芳唇和苍白的前额取来的，这少女正悲伤地在墓前祷告。它严格禁止菊花带有任何夏天的色彩，过于火热的青春、过于旺盛的生命力、过于健康的体魄和过于欢快的生活的色彩。无论如何不会同意菊花带有火热朱砂的红晕和娇艳迷人的鲜红色。至于清晨天空的深蓝色、海洋湖泊的靛青色、长春花与玻璃苣的浅蓝色，它更是以死刑或胁，绝不允许。

然而，由于大自然的某种疏忽，我们发现，百花世界严格禁止而惟独有毒大戟的伞状花序、花瓣和花萼特具最罕见的颜色——碧绿色。奴隶般地为植物提供营养的叶片所特有的这种颜色突然穿过了戒备森严的围墙。的确，它之所以能钻进去是因为误入歧途，是作为叛徒、间谍和可怜的越境者。它违反誓言背叛了黄色，胆战心惊地将黄色扔进在月光下颤抖的蓝色世界中。它依然模糊而又透明，犹如映在水中的虹影。它只是在花瓣边上闪耀光辉。它心慌意乱，准备逃跑；它脆弱而又容易受骗，但却充满信心。他钻进去，活了下来，并且宣布自己的存在。它日复一日地站稳脚跟，谋求发展。或许，通过它在这世界的垒堡上打穿的缺口，直到现在仍被隔离的棱镜的种种欢乐与辉煌将闯进一个全新的领域，为我们的眼睛准备新的节庆。在花的世界上，这将是一个新的值得纪念的伟大胜利。

不过，我们并不认为，对这种不结果花儿千奇百怪的形状和它的众多色调怀有如此浓厚的兴趣，乃是一种盲目的孩子气；我们也不会像拉布吕耶尔当年攻击郁金香和李花爱好者那样，去攻击那些努力让菊花变得更美或更怪的人。请记住这天才的一页吧！

"爱花人在市郊买了一个花园，日出而往，日暮而归。他停下脚步，呆呆地站在一株名叫'隐士'的郁金香前。他睁大眼睛，不住地搓手，俯身凝视它。他从未见它像现在这么美，心里乐开了花。然而他还是离开了它去看'东方'。他又从'东方'走向'鳏夫'，接着又走向'金旗'和'玛瑙'，最后又回到'隐士'身边。他在那儿像生了根一样，站累了就坐，连饭都忘记去吃了。这株郁金香的确带有各种各样的色调。它头上似乎缀着花边，像抹了一层油，而整株花犹如由各个部件组合而成。它有美丽的托盘，还有一个漂亮的酒杯。他目不转睛地观赏它，怎么也看不够。他最不欣赏的，是其中源于上帝和大自然的东西。他一步也不离开自己的郁金香鳞茎：即使有人出一千埃居，他也舍不得出售它；可是若是郁金香不再时髦，而被其它花卉——即使是石竹——所代替，他就会将它送人，分文不取。这个心地善良、通达事理、受过良好教育、有着坚定宗教信仰的人回家时又累又饿，可他这一天过得非常高兴：他观看了自己的郁金香。"

"你若是对他谈庄稼长得好、粮食大丰收、葡萄采得多，可他只对水果感兴趣，因此你不必再费唇舌，他根本不会听你说。你若是对他讲无花果、香瓜，说今年梨树枝被沉重的果实压断，桃子结得又多又大，他也充耳不闻，因为他只对自己的李子感兴趣，因而不会搭理你。你甚至不能对他谈论你的李子，因为他只喜欢一个品种，其他品种只会引起他的嘲笑与讥讽。他会将你领到他的李树前，摘下一个李子，将它掰开，拿一半给你，另一半留给自己。'多美的果肉！'他对你说。'您尝尝看，真是妙不可言！您在任何地方都找不到这样的李子。'他说这些话时，鼻孔张得大大的，无法用假装的谦逊掩视内心的高兴与得意。啊，这个人，真正神圣的人，不满足于惊奇的人，若干个世纪之后还会被人们谈论的人，趁他健在之时，让我好好看一看他的面孔和长相，让我记住他的特征和神气，记住凡人中唯一拥有这种李树的人吧。"

这又怎么啦？拉布吕耶尔的说法并不对。不过，你还是会由于感谢他而原谅他的不公正，因为当时的作家中，惟独他以这种方式向我们展示了我们未曾见过的十七世纪的花园。他所写的爱花人自然有某种局限性。然而，毫无疑问，我们迷人的花圃，我们的蔬菜，品类繁多、丰富而又鲜美的蔬菜，我们精美的水果，都有赖于他笔下这种有某种局限的爱花人和有几分狂热的园艺家。

比如，你看看那些菊花，看看那些在人工插起的长竿子与和蔼、大度栅篱隔成的小花园中成熟的奇迹吧。我们认识它们的时间还不足百年，正是由许许多多探索者无数微不足道的努力，我们才拥有它们，而这些探索者都或多或少显得狭隘而又可笑。人类正是以这种方式获得自己的全部财富。大自然中没有什么东西是孩子气的；我们在对树叶、小草、蝴蝶翅膀、鸟巢和贝壳特别感兴趣时，似乎仅仅是对某种渺小事物的狂热，然而这渺小的东西往往包含着伟大的真理。

对花儿的面貌进行改造，这件事本身自然可以说是微不足道。可是你只要稍微思考一下，这问题就会获得重大的分量。这岂非意味着要限制或超越某种深刻乃至重要的东西，尽管不是大自然千百年来的法则？这岂非意味着要超越我们过于顺从地接受的界限，意味着要将我们短暂的意志掺和进永恒力量的意志？这岂非意味着要提出关于某种特殊的、几乎超自然的威力的思想？尽管理智禁止我们陷入争名逐利的幻想，然而它难道会不允许我们怀有这样的希望吗？随着时代的发展，我们将能够跨越其他某些法则；这些法则不那么永恒，但却更接近我们自己的生活，对我们更重要。因为一切都互相关联、手拉着手，一切都服从于无形的共同定律，一切都具有同样的需要，一切都与可惊可怖的生命之谜的同一个灵魂和同一个本质有关。与花儿有关的最平凡的胜利，随着时间的推移，或许也会向我们揭示无穷的秘密⋯⋯

　　正因为如此，我才喜欢菊花；正因为如此，我才怀着兄弟般的好奇心，观察它的变化。在室内植物中，它最温顺、最随和；甚至可以说，在自古以来我们所见到的花儿中，它最热情，最会关心人。它所奉献的花蕴涵着人的思想与意志，可谓人性化之花。因此，如果说植物世界应当随着时代的发展而向我们揭示我们所期待的谜底，那么，我们或许就能通过这种墓地之花获知生活的第一个秘密；如同在另一个生命王国中，我们能通过狗、通过作为我们家园的这种几乎有思考能力的守卫者，来揭示动物生活的秘密⋯⋯

# ※ 不时髦的花

　　今天早上我去看了自己的花。它们的周围围了一圈白色的栅栏，以防范那些牧放在草地上的温顺的黄牛。随后我认真思考了一切在森林、草地、花棚和温室里开放的花。我想，在这个蜜蜂光顾的奇妙世界，我们欠的情实在太多了。

　　我们是否明白，人类若是不知道花儿，会是什么样子？如果没有花儿，如果我们的眼睛看不到它们，如同看不到我们周围同样神奇的大千世界，那又会怎么样？如果真出现这样的情况，我们的性格、我们的道德、我们感受美和幸福的能力，难道会像现在这样吗？的确，我们或许能够在大自然中找到豪华、富裕和美的其他证据，找到具有无穷魅力的其他迷人游戏，比如太阳与星星，月光、蓝天与大海，朝霞与夕照，高山与深谷，森林与河流，上流社会与乡村，以及离我们最近的鸟儿、宝石与女人。所有这一切构成了我们星球的装饰。可是，除了最后这三种或许属于大自然的同一笑容的"东西"之外，若是没有花儿给我们带来的舒心的影响，我们的眼睛所接受的教育就会变得异常严格、苛刻乃至悲惨。

试想一下，若是我们的星球有一分钟不知道它们，我们心中巨大而又最为迷人的那一部分或许就会毁灭，至少是不会被发现。整个世界或许就会永远在我们变得残忍而又空虚的心灵深处，在我们缺少美丽形象的想象中沉睡。在天地之间的某些领域，色彩与调子的无限宇宙或许就不会向我们充分展现。世界悠然自得地不断发明新的欢乐，似乎处于自我陶醉之中——它的这种奇妙的和谐或许就不会为我们感知，因为是最初的花儿安放棱镜，形成我们目光中最精确的部分。而谁又会为我们打开神奇的香味花园呢？单是几种草、几滴芳香的树脂、几个果子、彩霞的呼吸、黑夜与海洋的气味就会告诉我们，在视觉和听觉所不及的地方存在着一个隐蔽的乐园，我们在那儿所呼吸到的空气会变成不可名状的幸福。

你再设想一下人类幸福的声音可能失去的东西吧。若是千百年来花儿没有用它们的美滋养我们所说的语言和最美好的人生时刻所试图固定的思想，我们心灵最幸福的顶峰之一就会哑然失声。因为爱情的整部词典和所有的表达方式都浸透了花的气息，吸取了花的笑容。当我们恋爱时，我们所见过和闻过其芳香的花儿都会跑到我们跟前来，向我们的感情意识注入它所知道的美妙感受；缺少这种感受，幸福就会像大海或天空的边际那么难以确定。从我们的童年乃至更早的时候开始，花儿就在我们心中，在我们祖先心中积聚无尽的宝藏；这宝藏离我们的欢乐最近，每当我们感到生活最幸福之时，就到其中去取宝。它们在我们的感情世界中创造和积累爱情乐于呼吸的良好气氛。

因此，我特别喜欢那些最普通、最粗野、最古老、最不时髦的花儿，那些伴随着漫长的人类历史和一系列令人慰藉的善行的花儿，那些千百年来一直陪伴我们并成为我们的大家庭成员的花儿——因为它们把自己的美和乐观精神的种子送进了我们祖先的心中。

可是，它们现在隐身于何处呢？它们远比如今称之为珍罕花卉的花儿更为少见。它们的存在变得隐秘而又脆弱。我们似乎已面临失去它们的危险；或许，有些花儿在丧失希望之后，已开始消失，它们的种子正在废墟中死去，再也看不见花园里的露珠；有些花儿或许只能到古书中，到彩色细密画中阳光灿烂的草地上，或者到凋敝的原生品种花圃中去寻找。

从秘鲁、南非、中国和日本到我们这儿来的高傲的陌生花儿，将它们从花圃和精致的花篮中驱逐出来。它们不共戴天的敌人主要是两种。首先是繁殖力旺盛的大花秋海棠。这种花儿在我们的花园里乱跑，犹如长着无数冠子的无数大红公鸡。它们非常漂亮，但是使人讨厌，且有几分矫揉造作。无论是在宁静还是专注的时刻，无论是在阳光还是月光下，无论是在令人昏昏欲睡的正午还是庄严肃穆的深夜，它们都在自我吹嘘，用刺耳的声音歌颂自己单调而又缺少香气的胜利。其次是杂交天竺葵。这种花虽说比大花秋海棠谦逊一些，但是同样不知疲倦，同样出奇地勇敢，似乎在极力地讨人喜欢，但却不那么慷慨。

这两种花儿得到其他更关阴沉的外来花卉和植物的帮助，后者的叶片五彩缤纷，构成种种耀眼的镶嵌画图，破坏了我们大部分草地的优美线条。这两种花在它们的帮助下，将此地土生土长并长期用自己的笑容令大地生辉的姐妹们赶走，使它们再没有权利在城堡镀金的栅栏边用热情而又天真的问候迎接客人。它们再不能在台阶前聊天，在大理石花盆里讲悄悄话，在池塘边唱歌，在花圃中用乡下的方言笑谈。其中有几种被赶到篱笆尽头，被赶到很少有人光顾的美妙的角落，它们是药草或者会发出香味的草，比如洋苏草、龙蒿、土茴香和百里香。它们像被辞退的老女仆一样继续被人养着，但这不仅仅是出于怜悯、习惯或是传统。另一些花儿在板棚和马厩旁边，在厨房门口和地窖旁找到栖身的地方。它们像招人厌的乞丐一样聚集在这儿，让亮丽的叶子遮住自己鲜艳的衣裳，尽量屏住芬芳的气息，以免引起别人的注意。

即使在这样的地方，气得满脸通红的秋海棠也会追过来排挤这一群弱小而又无害的花儿。它们逃往农场，逃到墓地，逃进神父、老处女和乡下修道院的花园。直到现在仍然可以找到它们，找到这些笑眯眯的花儿，但是只有在被忘却的古老乡村，在倒塌多年的小屋旁，在远离铁路和园艺家豪华温室的地方。在那些看不见上气不接下气地追赶它们的迫害者的地方，它们的生活平静、安宁而又富足，无忧无虑，就像在自己家里一样。它们在那儿迎接春天和秋天的到来，观赏雨滴和阳光，蝴蝶和蜜蜂，观赏月光照耀下的宁静夜景。它们观赏这一切时，如同在当年的公共马车时代一样。那时，它们是从房屋周围的石墙上，从白色栅栏的铁条间，或者从笼鸟鸣叫的窗台上，从不会移动的大路旁。大路上了无人迹，但却充溢着永恒的生命力。

啊，这些古老而又勇敢的花儿！紫罗兰，桂竹香，毛茛。虽说它们在色彩和香味上与野花有一点点区别，但也同野花一样有着迷人的名字。它们每一种都有三四种称呼，如同柔嫩的小手掌和表达人们感激之情的奖章。紫罗兰啊，你们在断壁残垣间歌唱，给忧伤的石块铺上一层欢乐之光。花园里种植的白色报春花或耳状报春花、东方风信子、早开的番红花与灰灰草、王冠花、芳香紫罗兰、铃兰、勿忘我、雏菊、报春花、富于诗意的水仙、三色堇、海耳朵、团扇荠以及银莲花啊，正是通过你们，二、三、四这几个月将太阳最初的信息和最初的隐秘之吻变成了人们理解的笑容！你们脆弱、怕冷，但却像幸福的思绪一样蔑视禁忌。你们使草地变得年轻，你们像倒进蓝宝石杯里的水一样清亮，又像朝霞用来滋润焦渴土地的甘霖；你们像即将醒来的婴儿的美梦一样短暂，你们似乎还显得野蛮和原始，可是由于显示出过于早熟的辉煌、过于夺目的荣耀和过于理想的和谐，从而令你们这些献身于人类的花儿累得筋疲力尽。

而现在，夏天花枝招展的女儿们正在我们面前高声呼叫，杂乱无章地跳起欢乐的圆圈舞，从朝霞升起，忘情地跳到正午时分。她们当中有披着白纱巾的年轻姑娘，系着紫色带子的老处女，前来度假的女学生，第一次领圣餐的女孩，面色苍白的修女，衣衫褴褛的街头流浪女，还有长舌妇与假正经。你看金盏菊将自己的光芒射进绿色的苗床；你看那雪白的洋甘菊正在同她不知疲倦的兄弟黄金花在一起——不过，你可别将这黄金花误认为是秋天才开放的日本菊花；你看这些一年一个生命周期的太阳花、向日葵和红太阳花——这红太阳花像举杯为跪在面前的民众洒圣水的神父一样威严，又似乎在极力模仿它所崇拜的太阳；你看罂粟试图将它的杯子装满阳光，可这杯子却被晨风吹坏了；身穿农民衬衫的粗鲁的矢车菊头上长角，认为自己比蓝天还要漂亮，向三色旋花投去蔑视的眼光；而后者反唇相讥，说它的花蓝得太过分了；你看那身穿薄纱连衣裙的二月舌唇兰，就像从多尔特莱赫特或莱顿来的小女仆一样，天真而又俏皮，头上戴一顶篮子状的花冠；你看那木樨草，它正躲在自己的实验室里，无声无息地加工香水，使我们能够早些闻到乐园边上的芬芳气息；你看那一点儿也不谦逊的芍药，它忘情地吸收阳光，由于激动和即将出现脑溢血而满脸通红；你看那鲜红的亚麻，它火红的大胡子在林荫道的卫队中显得特别精神；你看那又名十一点钟骑士的马齿苋，它使自己的亲戚滨藜发运兴旺，并像苔藓一样在地上爬行，努力用紫红、淡黄或浅红色的调子掩蔽高枝下的赤裸土地；你看那胖嘟嘟的大丽花，傻里傻气，用肥皂、沙拉乃至蜡来雕琢自己的绒球，好去装点乡村的节庆；你看那老爷爷福禄考，它站在浓密的绿叶中开怀大笑，显示出无比善良的神色；你看盛开的锦葵这位品行端庄的名门闺秀，哪怕是一丝轻风也会使她感到，它的花瓣上会因羞涩而现出淡淡的红晕；你看那些旱金莲，它们有的在画水彩画，有的则像鸟笼中抓住横杆的长尾巴鹦鹉；你看那蜀葵，它还有粉红锦葵、雅各的手杖、胆小鬼等别名，它从自己众多名字的高度开放出像少女的胸脯一样柔嫩的花儿；你看那几乎透明的凤仙花和龙头花，这两种花都非常羞涩腼腆，胆怯地将花朵缠绕在花枝上。

而在古老家族居住的僻静角落中，叶子长长的婆婆纳、红花委陵菜、印度玫瑰、马耳他十字花、又名血红蓝盆花的疮痂花、像报丧的焰火一样直往天上冲的毛地黄、欧洲耧斗菜、又名科隆比娜的风铃草、又名天堂玫瑰的麦仙翁——它胆战心惊地将自己瘦小脖子的小圆脑袋抬向天空；还有隐身草——它在诡秘地铸造苍白而又薄小的教皇国银币。毫无疑问，花仙子和小矮人们在月光下拿去买奇迹的就是这种银币。最后是被称作野鸡眼睛和野石竹的缬草，伟大的孔代在流亡中曾经种植过它。

在它们身边、头顶和周围，在墙壁和栅栏上，在棚架和树枝间，如同淘气的猴群和欢快的鸟儿一样，许多爬行植物在尽情嬉戏。它们做体操，玩游戏，打跟斗，走平衡木，往下跳，往上飞，俯视深渊，攀上树梢去与苍天接吻。你看那西班牙豆和麝香豌豆，它们引以为自豪的是，自己不再被认为是蔬菜了。你看腼腆的旋花和金银花，后者的香气是露珠的灵魂。你看铁线莲和紫藤。金字塔风铃草在雪白的窗帘间、拉紧的绳子上创造奇迹，抛洒花束，用上千朵美丽的花儿编织花带；这些花儿如烟如雾，你若是第一次看见，绝不会相信自己的眼睛，甚至会不由自主地想用指头去摸一下这浅蓝色的奇迹；它像朝雾一样清新，泉水一样纯净，梦幻一样飘忽不定。

而在密林深处有一株巨大的百合，花园的老主母。在所有这些来自郊区、山谷、林野、沼泽和草原的平民百姓之中，在种种不知来自何方的移民中，只有百合才是真正的公主，它六片花瓣组成的银杯这贵族身份的标志源于诸神时代；古老的百合所高举的古老而又威严的权杖，在自己周围形成了一圈圣洁、宁静而又璀璨的光环。

　　我看到的这些花儿如同那许许多多被我忘却的花儿一样，它们集中在一位智慧老人的花园里，他是教我爱蜜蜂的那一位。这些花儿长在花圃里，装在花篮中，以半圆形、四边形、对角形和菱形等几何图形，出现在我们面前。在黄杨树、红砖墙、琉璃瓦和石板的映衬下，它们像是宝瓶里珍藏的玉液琼浆，就像我们在荷兰古代诗人雅各·卡茨作品发黄的插图中和善良的桑德尔神甫的版画中所看到的那样。在17世纪中叶，桑德尔在其《佛兰德图说》一书中用文字和图画描绘了佛兰德的所有宫殿；为了表达感激之情，他有意让城堡的烟囱喷出烟柱，因为他在这些城堡里受到过盛情的款待，享受过美味佳肴。书中的花儿总是排成队列，有的按种类，有的按形态和色调，有的则是随心所欲地聚集在一起，不过，总是显现出互相敌对乃至仇杀的色彩，似乎是想以此证明，大自然里没有不和谐的东西，而一切生物都在创造自己所特有的和谐。

　　一栋漆成粉红色的房子像贝壳一样闪亮，它的二十扇圆窗都挂着干干净净的薄纱窗帘。这房子看到花儿如何在晨曦中醒来，抖掉身上滴溜溜直往下滚的钻石般的露珠；而到傍晚，它们又如何消隐在从星空降下的蓝色的暮霭中。显然，房子在尽情享受这每天都充满柔情的乐园，神气地稳坐在两条闪闪发光的运河之间；而运河所流经的望不到边的草地上，到处是安静的牛群。此时，路边壮丽的风车倾斜着身子，像传道士一样，用自己的轮子向乡间的行人表达热情的问候。

　　在我们地球上，还有比闲暇时照料花儿更舒心的事情吗？看着我心境平和的朋友住宅周围那一片赏心悦目的花儿，真叫人羡慕不已。世界创造这些花儿，是为了从中获得美丽的色彩、蜂蜜和芳芬。我的朋友将它们变成了观赏的对象，把夏天的种种分散的、转瞬即逝乃至难以捕捉的美，把空气的全部激情，把夜的香气，把光的深情，把时刻的欢乐，把朝霞的秘密，把蔚蓝天空的私语与思考集聚到自家门口。他不仅用热情的参与欣赏它们，而且还想——这或许是一个错误，因为这是一个深奥的、难以参透的秘密——研究花，通过它们来捕捉大自然的某种规律和隐秘的思想，捕捉宇宙的某种秘密意志，或许，只有在那些激动的时刻，即当宇宙努力使其他物体喜欢自己、竭力诱惑其他生命并且创造美的时候。

我说的是古老的花。我说得并不对。你若是去研究它们的历史，探索它们的起源，你就会惊奇地发现，它们当中的大多数，甚至包括最普通、最寻常者在内，都是新生者、获释者、被驱逐者、好出风头者、远方来客乃至外国人。任何植物学课本都会向我们介绍它们的来历。比如郁金香（你想必还记得拉布吕耶尔提到的"隐士"、"玛瑙"和"金旗"）是17世纪从君士坦丁堡到我们这儿来的。毛脚鸡、月光草、马耳他十字花、凤仙、倒挂金钟、又名丝绒石竹的印度玫瑰、又名天神石竹的冠艺水仙、双色乌头、鸡冠花、蜀葵和金字塔风铃草，也几乎是同时从印度、墨西哥、波斯、叙利亚和意大利到我们这儿来的。三色堇1613年在我们这儿出现，金篓子——1710年，红亚麻——1819年，蓝盆花——1629年，蔓状虎耳草——1711年，尖叶婆婆纳——1731年，鲜艳的福禄考来的时间略早于它们。中国石竹大约在1713年，进入我们的花园。五彩石竹是不久前才诞生的。大花马齿苋直到1828年才出现，而洋苏草则出现于1822年。极普通极常见的泽兰只有两百来年的历史，蜡菊亦即干花的历史更短。百日菊百年前才出现。西班牙豆源于南美洲，香豌豆则是西西里岛来的移民，都只有两百来年的历史。最偏僻的乡村才有的木本洋甘菊系从1699年开始栽培。令我们的花工惊呆的美丽的蓝花半边莲，是开普兰蒂亚在革命时期赠给我们的。中国紫苑在我们这儿登记的时间是1731年。一年一个生命周期的福禄考或德鲁蒙德福禄考如今随处可见，它是1835年从得克萨斯州到我们这儿来的。大花熏衣草长得像天真幼稚的乡下姑娘一样，似乎毫无疑问是土生土长的花儿，实际上在我们北国的花园里生活的时间才有250年；而矮牵牛顶多才有25年。木樨草和天芥菜更是叫人难以相信：它们还不满两百岁；大丽花是1802年才诞生，而唐菖蒲与大岩桐更是昨天才出现。

我们祖辈的花园里都有些什么花儿呢？它们品种非常少，花朵小，色调也朴素，很难同路边、草地和林畔野生者区分开来。无论我们古代手抄本精美插图上的花卉画得多么精心，多么善于巧饰，你还是会注意到它们可怜而又单调。同样，我们博物馆中直到文艺复兴结束之前用来装饰最豪华的宫殿和人间天堂的那些绘画作品，往往也只画有五六种老是重复的花儿。到16世纪之前，花园里几乎

大师智慧书系

空空如也；后来连凡尔赛，鼎鼎有名的凡尔赛，也无法向我们展示如今连最穷困的乡村都能向我们展示的花草。当时只有紫罗兰、铃兰、金盏花、罂粟及其同属的虞美人、几种番红花、鸢尾、秋水仙、毛地黄、缬草、锦葵、矢车菊、野石竹、勿忘我、玫瑰以及蔷薇和亭亭玉立、银光闪亮的百合——这一切都是我们被冰雪和北风惊扰美梦的森林的田野的本来的装饰品，只有它们对我们的祖先微笑。不过，它们那时还未意识到自己的贫穷。人也还没有学会观赏自己周围的风光和欣赏大自然的生活。随后，文艺复兴时代来到了，这是伟大旅行、伟大发现和太阳胜利的时代。世界上的一切花儿，一切幸福的努力的果实，一切深层次的内在美的表现，我们星球的一切令人振奋的思想和意志追求，都在我们这儿出现了。阳光为我们送来的这些东西，人类本来期待上天赐予，而实际上它们就产生于我们的大地。人决定走出教堂，走出地下室，走出砖修或石砌的城墙，走出他至今在其中浑浑噩噩苟且偷生的坚固城堡，走进蜜蜂飞舞、万紫千红、香气馥郁的花园。他像儿童一样从睡梦中醒来，睁开惊奇的眼睛。森林、平原、大海、高山乃至鸟儿和花儿都欢迎他醒来，花儿更以大家的名义、用他已经懂得的更富于人性的语言对他讲话。

现在，再没有我们所不知道的花儿了。我们已经找到了大自然赠予伟大的爱情之梦和对美的渴望的几乎所有的形式，而对于美的渴望一直令大自然的心激动不已。我们几乎可以说已经在享受大自然的种种最富于情感的发明，种种最动人的发明。我们出乎意料地参加了无形力量神秘的节庆，这力量也令我们精神振奋。我们的篮子里又多了几种花这一事实，乍看起来微不足道。它们仅仅是在用无力的微笑点缀通往死亡的道路。然而确定无疑的是，这是我们的前人未曾见过的新的微笑，而这一新发现的幸福将慷慨地遍布四方，到达每一个贫困人家的门口。善良而朴实的花儿在穷人家狭窄的菜园里，如同在城堡的豪华草地上一样，感到自己无比幸福，容光焕发；它们用最高级的美来环绕简陋的茅屋，因为地球上迄今还未生长出比花儿更美的东西。花儿们在继续征服大地。它们已经宣告，令人身心健康的欢乐是平等的；它们还预见到，总有一天，人们最终将获得同样长时间的闲暇。的确，或许这并不重要，但仅仅是或许而已，如同我们看待我们的每一次小小的胜利。用新思想来丰富我们的头脑或用新感情来丰富我们的心灵，显然也不重要，然而，这却会慢慢地将我们引向我们所期待的目的。

无论如何，我们都已面临一个新的现实。这现实便是：我们正生活在一个花儿变得比往昔更美也更多的世界上；或许，还可以再补充一句：人们的思想已变得更加公正，更加渴望真理。我们所获得的最微小的欢乐和我们所产生的最微小的忧愁都应当载入人类的史册。不应蔑视这样的肯定性证据：我们最终将掌握种种不可名状的力量；我们最终将开始制定若干控制各种生物命运的法规；我们将适应我们星球的生存条件；我们将美化我们的家园，逐渐扩大幸福与生活之美的天地。

# ※ 花的香气

在对花的智慧谈了这么多之后，自然得对花的灵魂亦即香气说几句。遗憾的是，对于这个问题，如同对于人类的灵魂——人类智慧所在的另一个领域的香味一样，我们一开始就会碰到许多难以理解的东西。对于花儿在我们周围的空中散布的无形的奇妙氛围，我们几乎一无所知，认为花香主要是用来诱惑昆虫的看法，实在值得怀疑。首先，许多香气馥郁的花儿并不需要异花授粉，它们对蝴蝶和蜜蜂的来访持无谓的态度，甚至感到不舒服。其次，对昆虫最有吸引力的是花粉和花蜜，香味往往是多余的东西。此外，我们还看到，昆虫讨厌玫瑰、石竹等香气袭人的花儿；而对于槭树和榛子等几乎毫无香味的花儿，却是围得水泄不通。

我们承认自己还不明白花儿为什么需要香气，如同不明白我们是以什么方式接受气味一样。在我们的各种感觉之中，嗅觉实际上是阐释得最少的一种。毫无疑问，视觉、听觉、触觉和味觉是我们的动物生活所必需的。只有长期的文明才能教会我们无私地运用形式、色彩和声音。而我们的嗅觉也尽了重要的服务责任。它负责保护我们呼吸的空气，履行卫生工作者和化学家的职责，认真地检查我们的食品的质量，因为任何不良气味都表明存在着可疑而危险的隐患。除了这一实用性使命之外，嗅觉还履行着一种似乎完全无益的使命。对于我们的肉体生活来说，香气一点儿用处也没有。它若是过于强烈和持久，甚至还会产生危害。

尽管如此，我们还是掌握了欣赏它们的能力，能够激动万分地接受它们，如同发现美味的水果和饮料。香气的这种无益性值得我们关注。它很可能蕴涵着某种美丽的秘密。这是大自然唯一一次让我们免费享受欢乐与满足之时，不受必然性陷阱的迷惑。嗅觉是大自然在感觉领域赐予我们的唯一奢侈品。

不仅如此，它与我们的肉体还似乎格格不入，同我们的机体也缺乏密切的关系。这一器官是在发展还是在衰退？这一能力是已走向死亡还是刚刚苏醒？一切都使我们认为，这一感觉正在同我们的文明一起发展。古时候，人们喜欢的是最强烈、最浓重，亦即所谓最厚重的香气，如麝香、安息香和没药等的香气。在希腊、拉丁诗歌和犹太文学中很少提到花的香气。即使是在我们今天，难道你能看到，农民在休息之时会想到将紫罗兰拿到鼻子边来嗅吗？而城里人发现花时，他岂不马上就要这么做吗？

这就是说，有理由认为，我们嗅觉的产生晚于其他感觉；它或许是唯一不像生物学家们沉重地表述的那样处于"退化途中"的感觉。正因为如此，我们才依恋它、考究它和培植它。若是嗅觉能像视觉一样完美，如同狗的鼻子与眼睛一样敏锐，谁能预言，嗅觉将会给我们带来多少难以想象的东西呢？

这是一个尚未被研究的完整世界。这种神奇的感觉乍看起来似乎与我们的机体格格不入，但若深入观察，就会发现它已深深地渗入我们心中。难道我们首先不是在空气中生活的动物？难道对于我们来说，空气不是绝对需要、一刻也不能缺少的元素吗？而嗅觉不是能够感受空气某些部分的唯一感觉吗？香气是给予我们生命的空气的珍宝，它美化空气也不是没有原因。若是这难以理解的奢侈品符合某种深刻而又重要的东西，而这东西如同我们上面论及的那样不是已经消亡，而是尚未到来，这或许不会令人感到惊奇。这种唯一面向未来的感觉，完全可能最鲜明地显现出幸福而又符合人们心愿的物质形体与状态，为我们准备许多意外的礼物。

而目前它属于最强烈、最敏锐的感受。在幻想的帮助之下，它已逐渐猜测到那些显然环绕着环境与世界的浓重而又和谐的蒸气的含义。如果我们已经起步去感觉雨水与黄昏的香气，我们为什么不继续向前去区分和鉴别冰雪、朝露、晨曦与闪烁星光的气味呢？空间的一切都拥有自己的香气，甚至包括月光、流水、浮云与蓝天的微笑在内。

机会，说得更确切一些，自由的选择，使我最近到几乎所有的欧洲香水出产地和加工地去了一趟。实际上，众所周知，在从戛纳到尼斯之间的这片阳光明媚的土地上，生机盎然的天然鲜花遍布的最后丘陵与山谷支持着反对德国粗俗的化学香水的英勇斗争，后者也被视为天然香水，如同画作舞台布景的森林和山谷被视为大自然中真正的森林和山谷一样。

这儿农民的工作按照特殊的专业养花历法来安排。按这一历法，五月和七月在位的是两位迷人的女王：玫瑰与茉莉。这两位女王，一位沐浴着朝霞，另一位的衣衫上缀着白亮的繁星，从元月到十二月，她们身边相继簇拥着无数匆匆开放的紫罗兰，忙忙碌碌的长寿花，带着赞叹表情的天真的水仙，丰茂的含羞草与木樨草，香味浓烈的石竹，神气的老鹳草，任性而又贞洁的橙花，熏衣草，鹰刀豆，过于健壮的晚香玉与山扁豆，以及满树开满金毛虫一样的金黄花朵的金合欢属植物。

起初，看到那位显得有几分傻气的壮实的农夫，不免感到奇怪：严酷的生活使他在其他任何时候都无法露出生动的笑容，但他却特别看重花儿，精心地照料这大地娇嫩的装饰品，履行蜜蜂或是公主的职责，被紫罗兰或是长寿花折腾得弯腰驼背。不过，最令我惊奇的印象却是得自几个傍晚或是早晨，在玫瑰或茉莉开放的季节。大地的氛围似乎突然变了样，让位于某种无比幸福的星球的氛围，那儿的花香与我们这儿不同，不会消逝，不难确定，也不是偶尔出现，而是成了经常、普遍、稳定而又高雅的生活规范。

在谈及格拉斯及其周边地区时，人们曾不止一次地描绘——至少我觉得是这样——这一几乎可称之为仙境的景象。这座勤劳的城市，就像一个沐浴着阳光的蜂房，坐落在山坡上，所有的市民都参与这一工作。人们描绘过整车整车的玫瑰如何倾倒在热气腾腾的工厂的门口，而大厅里的分拣女工似乎在花瓣组成的波浪中游泳；运来的紫罗兰、晚香玉和山扁豆虽然没有这么多，但却更为宝贵，农民们把它们装在大花篮里，顶在头上，充满诗情画意。

有人还描绘过，如何根据每种花的特色获取花心迷人奥秘的种种方法，并将这些秘密装进水晶花瓶里。众所周知，有些花，比如玫瑰，性情随和温顺，比较容易献出自己的香气。人们将它们成捆地放进我们的火车头那么大的锅中进行蒸馏。由此而获得的香油，比珍珠液还贵重，它一滴一滴地慢慢进入鹅毛笔一样细的玻璃管，随后在奇形怪状的蒸馏甑底部艰难地流出琥珀状的泪水。

不过，大多数花儿都不那么情愿让自己的香水被俘。这里且不说为了迫使它们最终交出珍宝而对它们施加的种种酷刑，因为它们固执地将这些珍宝深藏在花心之中。只消提一下长寿花、木樨草、晚香玉和茉莉等花所经受并因之而不再继续保持沉默的折磨，即可对刽子手的阴谋诡计和罹难者的顽强有一个大致的了解。顺便说一下，茉莉的香气是唯一无法模仿和不能用其他气味人工合成的气味。

人们先在玻璃板上涂上一层两指厚的油脂，然后在上面铺满鲜花。油脂要装出多么虚伪的笑容，做出哪些奸诈的许诺，才能诱使鲜花做出无法收回的倾诉呢？无论如何，这些过于轻信的可怜花儿很快就丧失了一切。每天早上人们去采摘它们，随意乱扔，又在险恶的卧榻上新铺一层心地单纯的花儿。它们很快就献出自己的秘密，一批又一批地承受同样的命运。仅仅三个月之间，贪婪而又阴险的油脂就吞噬了九十代花，吸足了芬芳的秘密与倾诉之后，它才不再继续接纳新的牺牲者。惟独紫罗兰能够抵御冷血油脂的诱惑，因而又遭受火的酷刑。人们将装有猪油和紫罗兰的容器放进开水中。经受这野蛮的处理之后，装点春天小路的端庄而又温柔的花儿，逐渐失去了保守自己秘密的力量。它让步了，献出了自己。而它那阴险的刽子手，要吃掉四倍于自身重量的花瓣，才会感到饱足，于是在紫罗兰于橄榄树荫下开放的这整个季节，对这种花儿的折磨一天也不停歇。

可是戏还没有演完。还得迫使这贪婪的油脂，无论是冷是热，将它们吞下去的宝贝吐出来，而这些黏黏糊糊的丑类则竭尽全力，想把宝贝留住。要使它们就范，不能不费些工夫。油脂有着致命的低级嗜好。请它们喝点酒精，它们就会把吞进肚里的东西吐出来。现在，秘密落进了酒精手中。秘密一经成为它的私有财产，它马上就想独占，而酒精又被制服、蒸发和浓缩。就这样，在经历许许多多的惊险遭遇之后，这纯净的、永远也用不完的、几乎不会腐烂的、货真价实的液体珍珠，最终被装进香水瓶中。

我不拟叙说提取香水的化学方法，如使用石油醚和二硫化碳等。格拉斯兴旺的化妆品贸易信守传统，避免采用这种几乎是不讲廉耻的人工方法；这种方法产生的香气十分刺鼻，并使花儿的心感到委屈。

# 列那尔

朱尔·列那尔（1864—1910），法国作家。
主要作品有《胡萝卜须》、《海螳螂》等。

## ※ 一个树木的家庭

我是在穿过了一片被阳光烤炙的平原之后遇见他们的。

他们不喜欢声音，没有住到路边。他们居住在未开垦的田野，靠着一泓只有鸟儿才知道的清泉。

从远处望去，树林似乎是不能进入的。但当我靠近，树干和树干渐渐松开。他们谨慎地欢迎我。我可以休息、乘凉，但我猜测，他们正监视着我，并不放心。

他们生活在家庭里，年纪最大的住在中间，而那些小家伙，有些才刚刚长出第一批叶子，则差不多遍地皆是，从不分离。

他们的死亡是缓慢的，他们让死去的树也站立着，直至朽落而变成尘埃。

他们用长长的枝条相互抚摸，像盲人凭此确信他们全都在那里，如果风气喘吁吁要将他们连根拔起，他们的手臂就愤怒挥动。但是，在他们之间，却没有任何争吵。他们只是和睦地低语。

我感到这才应是我真正的家。我很快会忘掉另一个家的。这些树木会逐渐逐渐接纳我，而为了配受这个光荣，我学习应该懂得的事情：

我已经懂得监视流云。

我也已懂得待在原地一动不动。

而且，我几乎学会了沉默。

（苏应元 译）

罗根·皮耳索耳·史密斯（1865—1946），英国作家。
主要作品有《亨利·沃顿爵士传记》《读莎士比亚》
《弥尔顿和他的现代评论家》《难忘的年代》等。

# ※ 玫瑰树

　　这老太太总为她园里那棵大玫瑰树感到得意，欢喜对人讲它是怎样从一条插枝长成，好些年前她才结婚的时候从意大利带回来的。她同她的丈夫从罗马坐四轮马车旅行回去（当时还没有火车），在西恩那南部一段坏路上他们停了下来，不得不在路旁的小店里过夜。小店设备当然简陋，她一夜没有睡好觉，很早就起床，披上衣服，站在窗前，凉风拂面，眺望着黎明。过了这些年，她还能记得明月高照的青山，一个山巅上远远的市镇怎样渐渐发白、发白，直到月亮消逝，山轻轻着上了晨曦的淡红，突然市镇像为一种光辉照亮，阳光投到一个个窗户上，又反射回来，直到最后整个小小的城像一群星星在天空闪烁着。

那天早晨，知道他们的车子还没有修好，他们坐了一辆当地的车去到那座山城，听说那里他们可以找到好一点的住处；他们在那里停留了两三天。那是一个意大利小城，有一个高高的教堂，一个浮华的市场，几条窄街和小小邸宅，稠密而完美，坐落在一个山端，在一道墙围着的简直不比英国菜园大的区域里。但是它却充满了生气和喧闹，昼夜响着脚步与话声。

他们住的那小旅馆的餐堂是那个小城里的显贵聚会的场所，县长、律师、医生，还有几个另外的人；在这些人当中，他们注意到一个漂亮温和而健谈的老人，有着发亮的黑眼睛和雪白的头发——高、挺直，仍有青年人的身姿，虽然侍者骄傲地告诉他们说，伯爵很老了——事实上明年他就要满八十了。他是他家庭最后的一个人，侍者又说——他们从前是了不起的富翁——但他没有后嗣；这侍者得意地谈到，好像那是当地引以为荣的故事，伯爵曾在爱情上不幸，从来没有结过婚。

可这年老的先生好像够快活的，显然对陌生的客人们产生了兴趣，想跟他们认识。这立刻就由那和善的侍者做到了。才稍谈了一会儿后，那老人便请他们去看他那就在城墙外的别墅和花园。第二天下午，在开始日落的时候，他们从门口和窗户瞥见蓝影初初罩上褐色的山，他们便去拜望他。地方并不大，一个小的新式的水泥粉刷的别墅，附带一个天然的石子花园，里面有一个装着呆滞的金鱼的石盆，有一个靠在墙上的狩猎女神及其猎犬的像。但是使它尤其生色的是一棵攀缘房屋的大玫瑰树，几乎掩住窗户，窗中充满它甜蜜的芳香。是的，那是一棵壮丽的玫瑰树，伯爵骄傲地说，在他们赞美它的时候，他要讲那与树有关的小姐。当他们坐在那里，喝着他招待他们的酒，他以一种老年的恬淡谈到他自己的恋爱，好像他认为当然他们已经听到过。

"这小姐住在那座小山过去的山谷那边。我当时还是一个青年，因为那是许多年以前。我常骑马去看她，路很远，而我骑马快，因为年轻人，无疑地夫人知道，是性急的。但是那小姐没有好心眼，她害我等，呵，一等就几个钟点；有一天我等得太久了，我便很生气，当我在她约好来见我的花园里走上走下的时候，我折断了她一棵玫瑰树，从树上折断了一枝；当我明白我干了的事，我把它藏在上衣里——这样——；当我回到家时，我便把它栽好，夫人看见它是怎样长着。假如夫人喜欢它，我一定给她一条插枝栽在她花园里；我听说英国人有美丽的葱翠的花园，不像我们的被太阳晒着。"

第二天，当他们的修好的车来接他们，而且他们正要从旅馆离开的时候，伯爵的老仆人送来了包得上好的玫瑰插枝与他主人的"一路平安"的祝词和愿望。城里的人都聚拢来看他们动身，孩子们在他们车后追着，一直追到城门外边。他们听到后面有一阵脚步的急奔，但不久他们便远远在下面向山谷而去；这充满了闹声与生气的小城高高地在他们上面立于山巅。

她把玫瑰栽在家里了，它异样地生长而旺盛；每年六月，繁茂的枝叶发出一种芳香和绯红的热烈的光彩，好像它的根和纤维里仍燃烧着那位意大利情人的愤怒和受挫的热望。老伯爵一定死了好多年了；她已忘记了他的名字，甚至也忘记了那山城的名字。在第一次看见它在黎明时分像一群星星在天空闪烁之后，她曾在那里停留过。

（方 敬 译）

# 高尔斯华绥

约翰·高尔斯华绥（1867—1933），英国著名作家。
著有《福尔赛世家》等作品。1932年获诺贝尔文学奖。

## ※ 远处的青山

　　不仅仅是在这刚刚过去的三月里（但已恍同隔世），在一个充满痛苦的日子——德国发动它最后一次总攻后的那个星期天，我还登上过这座青山吗？正是那个阳光和煦的美好天气，南坡上的野茴香浓郁扑鼻，远处的海面一片金黄。我俯身草上，暖着面颊，一边匡为那新的恐怖而寻找安慰，这进攻发生在连续四年的战祸之后，益发显得酷烈出奇。

大师智慧书系

"但愿这一切快些结束吧！"我自言自语道，"那时我就又能到这里来，到一切我熟悉的可爱的地方来，而不致这么伤神揪心，不致随着我的表针的每下滴答，就又有一批生灵惨遭涂炭。啊，但愿我又能——难道这事便永无完结了吗？"

现在总算有了完结，于是我又一次登上了这座青山，头顶上沐浴着十二月的阳光，远处的海面一片金黄。这时心头不再感到痉挛，身上也不再有毒氛侵袭。和平了！仍然有些难以相信。不过再不用过度紧张地去谛听那永无休止的隆隆炮火，或去观看那倒毙的人们，张裂的伤口与死亡。和平了，真的和平了！战争持续了这么长久，我们不少人似乎已经忘记了1914年8月战争全面爆发之初的那种盛怒与惊愕之感。但是我却没有，而且永远不会。

在我们一些人中——我以为实际在相当多的人中，只不过他们表达不出罢了——这场战争主要会给他们留下了这种感觉："但愿我能找到这样一个国家，那里人们所关心的不再是我们一向所关心的那些，而是美，是自然，是彼此仁爱相待。但愿我能找到那座远处的青山！"关于忒俄克里托斯的诗篇，关于圣弗兰西斯的高风，在当今的各个国家里，正如东风里草上的露珠那样，早已渺不可见。即或过去我们的想法不同，现在我们的幻想也已破灭。不过和平终归已经到来，那些新近被屠杀掉的人们的幽魂总不致再随着我们的呼吸而充塞在我们的胸臆。

和平之感在我们思想上正一天天变得愈益真实和愈益与幸福相连。此刻我已能在这座青山之上为自己还能活在这样一个美好的世界而赞美造物。我能在这温暖阳光的覆盖之下安然睡去，而不会醒后又是过去的那种怏怏欲绝。我甚至能心情欢快地去做梦，不致醒后好梦打破，而且即使作了噩梦，睁开眼睛后也就一切消失。我可以抬头仰望那碧蓝的晴空而不会突然瞥见那里拖曳着一长串狰狞可怖的幻象，或者人对人所干出的种种伤天害理的惨景。我终于能够一动不动地凝视着晴空，那么澄澈而蔚蓝，而不会时刻受着悲愁的拘牵，或者俯视那光艳的远海，而不至担心波面上再会浮起屠杀的血污。

天空中各种禽鸟的飞翔，海鸥、白嘴鸭以及那往来徘徊于白垩坑边的棕色小东西对我都是欣慰，它们是那样自由自在，不受拘束。一只画眉正鸣啭在黑莓丛中，那里叶间还晨露未干。轻如蝉翼的新月依然隐浮在天际；远方不时传来熟悉的声籁；而阳光正暖着我的脸颊。

这一切都是多么愉快。这里见不到凶猛可怕的苍鹰飞扑而下，把那快乐的小鸟攫去。这里不再有歉仄不安的良心把我从这逸乐之中唤走。到处都是无限欢欣，完美无瑕。这时张目四望，不管你看看眼前的蜗牛甲壳，雕镂刻画得那般精致，恍如童话里小精灵头上的细角，而且角端作蔷薇色；还是俯瞰从此处至海上的一带平芜，它浮游于午后阳光的微笑之下，几乎活了起来，这里没有树篱，一片空旷，但有许多炯炯有神的树木，还有那银白的海鸥，翱翔在色如蘑菇的耕地或青葱翠绿的田野之间；不管你凝视的是这株小小的粉红雏菊，而且慨叹它的生不适时，还是注目那棕红灰褐的满谷林木，上面乳白色的流云低低悬垂，暗影浮动——一切都是那么美好，这是只有大自然在一个风和日丽的天气，而且那观赏大自然的人的心情也分外悠闲的时候，才能见得到的。

在这座青山之上，我对战争与和平的区别也认识得比往常更加透彻。在我们的一般生活当中，一切几乎没有发生多大改变——我们并没有领得更多的奶油或更多的汽油，战争的外衣与装备还笼罩着我们，报纸杂志上还充溢着敌意仇恨；但是在精神情绪上我们确已感到了巨大差别，那久病之后逐渐死去还是逐渐恢复的巨大差别。

据说，此次战争爆发之初，曾有一位艺术家闭门不出，把自己关在家中和花园里面，不订报纸，不会宾客，耳不闻杀伐之声，目不睹战争之形，每日唯以作画赏花自娱——只不知他这样继续了多久。难道他这样的做法便是聪明，还是他所感受到的痛苦比那些不知躲避的人更加厉害？难道一个人连自己头顶上的苍穹也能躲得开吗？连自己同类的普遍灾难也能无动于衷吗？

整个世界的逐渐恢复——生命这株伟大花朵的慢慢重放——在人的感觉与印象上的确是再美不过的事了。我把手掌狠狠地压在草叶上面，然后把手拿开，再看那草叶慢慢直了过来，脱去它的损伤。我们自己的情形也正是如此，而且永远如此。战争的创伤已深深侵入我们的身心，正如严霜侵入土地那样。在为了杀人流血这桩事情而在战斗、护理、宣传、文字、工事，以及计数不清的各个方面而竭尽努力的人们当中，很少人是出于对战争的真正热忱才去做的。

但是，说来奇怪，这四年来写得最优美的一篇诗歌，亦即朱利安·克伦菲尔的《投入战斗！》竟是纵情讴歌战争之作！但是如果我们能把自那第一声战斗号角之后一切男女对战争所发出的深切诅咒全部聚集起来，那些哀歌之多恐怕连笼罩地面的高空也盛装不下。

然而那美与仁爱所在的"青山"离我们还很遥远。什么时候它会更近一些？人们甚至在我所偃卧的这座青山也打过仗。根据在这里白垩与草地上的工事的痕迹，这里还曾宿过士兵。白昼与夜晚的美好，云雀的欢歌，香花与芳草，健美的欢畅，空气的澄鲜，星辰的庄严，阳光的和煦，还有那清歌与曼舞，淳朴的友情，这一切都是人们渴求不厌的。但是我们却偏偏要去追逐那浊流一般的命运。所以战争能永远终止吗？……

这是四年零四个月以来我再没有领略过的快乐，现在我躺在草上，听任思想自由飞翔，那安详如海面上轻轻袭来的和风，那幸福如这座青山上的晴光。

（高健 译）

# 高尔基

马克西姆·高尔基（1368—1936），前苏联作家，前苏联社会主义现实主义文学奠基人。

1892年发表第一篇小说《马尔卡·楚德拉》，

1899年长篇小说《福玛·高尔杰耶夫》闻名全国。

1901年发表《海燕》，表现了革命的风暴即将到来。

主要著作还有：剧本《底层》、《仇敌》，自传体三部曲《童年》、《在人间》、《我的大学》。

## ※ 查理·曼

　　这头熊是孩子们首先发现的：一天傍晚，孩子们正在树林附近玩球，熊忽然在树林的边缘出现了。它昂着头，嗅着，轻轻地咆哮着。孩子们吓得急忙跑回村子里去。但是大人们不信他们说的话，因为这才八月初，还不是熊在村子附近的时候。

　　过了几天，熊又出现了。恰巧是在邮递员费斯捷尔给村里送信的时候，它突然从树林子里蹦了出来。费斯捷尔的马受了惊，狂奔起来，把邮递员摔在地上，跌坏了一条腿。这回可是真的了，但因为它没有给村里造成什么直接的损害：信件都捡起来了，一封也没丢失，所以熊又被人遗忘了……

只是在熊把克鲁克斯家的母牛咬死的时候，老克鲁克斯，红头发的杰克才去找查理·曼。

杰克来到他家时，曼正坐在台阶上修理捕狐器。

"您好，查理·曼！"杰克说，坐在猎人旁边的台阶上。

曼稍稍眯缝起眼睛，想了一下，回答说：

"您好！"

"熊的事，您听说了吗？"克鲁克斯开门见山地问。

查理·曼像所有的严肃的人那样，不经考虑是从不回答问题的。他默默地用锉刀把捕兽器上的铁锈轧轧地刮了一会儿，然后抬起头来反问道："杰克·克鲁克斯，您想知道我听说过熊的事没有？"

"是的。"克鲁克斯回答说。

查理·曼把锉刀放在一旁，用手指按住捕兽器的弹簧，吹了吹，就从一只肮脏的小瓶里倒油。

"他不常刮脸！"克鲁克斯想道，注视着查理瘦骨嶙峋的面颊上灰色的硬毛。

"唔，我听到一些。"曼点着头回答说。

他的灰色的眼睛在眼眶里温和地转动了一下，他缓慢地又说了一句："人们谈论很多，随时都可听到一些……"

"那么，您是怎样想的呢，查理·曼？"红头发的杰克问。这个小伙子不愿白费时间，他走路也总是走捷径的。

曼在捕兽器的弹簧上灌完了油，又吹了一下，就把它放在膝盖上，开始平静地通过黄色的原野望着远处的树林。终于，他板着脸答话了。

"八月里，我不考虑熊的事。"

"我相信，在这一点上，您有充分的根据！"克鲁克斯说，"但是，我觉得，假如您做一件无损于您的事，把它打伤，怎么样？您也知道，我不是猎人，也没有空去打狗熊……除了您，谁也不能把它打死……这大家都知道。"

查理·曼站了起来，挺直了顾长、干瘦、紧绷着的富有弹性的肌肉的身体。他那被太阳晒黑了的头颈向左右转动着，他把手伸进衣袋里，然后惊奇地，简短地问道："现在？八月里？"

"是的，是的！"克鲁克斯兴奋地说，"您瞧，它开始伤害牲口了……"

查理·曼低下头，然后扬起眉毛，显然很惊异地看着杰克的脸，提醒说："可是我并没有牲口呀！"

克鲁克斯明白了，他这样是不能说服查理去把熊打死的。于是，他决定引起猎人的想象。

"对，查理·曼，您是没有牲口的！"他说，尽力使自己的声音娓娓动听。他继续说："不过，您有男孩和女孩，问题就在这里。对于熊，羔羊也好，小孩也好，反正一样，不是这样吗？它是没有选择的，这头野兽……您看，如果您，查理，为孩子们着想的话……"

"对不起！"查理说，把手从衣袋里抽出来，摸摸脸。

曼紧闭着双唇，耸了耸肩，轻视地扫了杰克一眼，庄重地问道："杰克·克鲁克斯，您，为什么认为熊会首先把我的孩子吃掉？"

这一提问的道理简单明了，红头发的杰克被惊住了。面对着猎人的机智，他惊讶得张大着嘴，好一会儿说不出话来。他甚至站了起来，摇了摇脑袋，像一头被牛蒡草刺痛了鼻孔的公牛那样。然后他叫道：

"啊，您很聪明，密斯特曼！如果我说谎，让雷把我劈了吧！说真的，为什么首先是您的孩子呢，嗯？我可没这样想呀！"

"您没有这样想，亲爱的克鲁克斯！"猎人同意地说。

红头发的杰克来找曼的时候，他还以为事情会一帆风顺地解决的。他把熊的事告诉曼，曼就会抓起枪，到树林里去把熊打死。他是个职业猎人，做这件事对他是有好处的。不料，查理·曼对这项看来极为简单的任务却有自己的看法。杰克感觉自己仿佛迷失了路，不知道应该转到哪儿，才能重新走上笔直的捷径。

"对……对，"他沉思地说，"您是对的，曼！说您的孩子先要被吃掉，完全没有根据……"

曼肯定地点了点头。他们俩沉默了很久，各自想着自己的事，同时向着同一个方向，眺望远处的树林。

克鲁克斯忽然觉得自己有了一个好主意，他两眼同时眨了眨，开始缓慢而婉转地说："可是，查理，一般说来，当孩子们在外面玩耍和不生病的时候，他们都很天真可爱，对吗？您的，我的和约翰斯顿的孩子，他们会有遇上野兽的危险…他们到处跑……又这样多！"

曼同意地点点头，说："是啊，孩子总是比熊多……"

"您想说些什么呢？"沉默了一会儿，克鲁克斯问。

查理·曼把红红的脸转向克鲁克斯，眼睛一动也不动，重复说："我是说，一年四季里，孩子总是比熊多……"

红头发的杰克低下头，想理解这些话的隐晦的含义，过了一会儿，他问："这就是说，查理，您不认为消除熊害对自己有利吗？"

查理·曼，这位全区著名的猎人，把一只铁般硬的大手搭在杰克肩上，虽然没有敌意，却带着责备的声音说："这不好，克鲁克斯，您认为我是个白痴！我觉得，您不应当对我这样。"

"我一点也不想侮辱您，查理·曼！"克鲁克斯恳切地说。

曼的一双灰色眼睛盯着红头发的杰克窘困的脸，他这样结束了谈话："但是，亲爱的，如果您不是个糊涂虫，就是您把我当成了傻瓜，叫我在八月里，熊皮还一钱不值的时候，去把熊打死……再见吧，杰克·克鲁克斯！"

于是，查理·曼走进屋里，让红头发的杰克独自在琢磨自己多么糊涂……

而熊把在树林里采集野果的约翰斯顿老太婆的骨头咬断以后，从区里消失了。

在猎取褐狐那件出了名的事件中充分地显示查理·曼惊人的机智。关于这次狩猎，所有的州报上都报道过，其中一家甚至派了记者采访曼。

只有详细叙述人的智慧和狐狸的狡猾之间的斗争，才能了解查理·曼这个人物。

　　事情是这样的：一天，查理·曼在树林里漫步，发现了狐狸的足迹，根据这些足迹，他马上断定，这是一只褐狐。他不愿损坏褐狐珍贵的毛皮，决心用捕兽器来捉它。

　　首先，必须使狐狸不再到它经常去饮水、捉鸟的地方，在那里——曼知道这点——它会掉在另一个也在监视着它的猎人的捕兽器里。

　　查理·曼好几天没出树林，他在仔细研究狐狸的路线。他对狐狸路线已了如指掌以后，就把一株幼松从地里刨了出来，栽在狐狸走过的路上。他种得这样巧妙，除了狐狸，谁也不能发觉。这株忽然长在路上的树，昨天，狐狸还自由自在地从它旁边经过，今天，却成为一种危险的预兆而使狐狸大为吃惊了。对狐狸来说，这是很明显的：不是大自然使树木长起来的，而是另一种什么力量——即使在美国，大自然也不能立即创造出什么来的。

　　狐狸改变了去小河的路线，这正是查理·曼所希望的。他继续追踪狐狸，像它的影子，像死亡跟着一个被判罪的人那样。高大，机敏，瘦削的他，日日夜夜迈开轻快的大步，在树林里走着，灰色的眼睛不离地面，留心每一根草的茎，注意每一枝又被折断的树枝和每一个足迹。除了狐狸，他把其他野兽、家、老婆、孩子全给忘了。他消瘦了，衣服也破了，就这样半饥半饱、阴沉沉地走着，紧张得几乎生病了。

　　两个星期以后，他知道了狐狸过河的地方。他抱起一块石头，把它放在小河的水里，过了五天，放入第二块，同时用一层薄薄的青苔把第一块石头盖住。又过了五天，他把第三块石头放在水里，用青苔把第二块石头盖上，同时在第一块石头上加添一层青苔……

　　他仿效着大自然缓慢的变化，不露痕迹地把石头一块一块地放入小河的水里。他放了五块，终于，为狐狸筑成了一座过河的桥。狐狸发现了桥，它当然不喜欢在水里弄湿自己的爪子，于是就利用查理·曼的桥了。

　　当他在石头的青苔上发现了狐狸的足迹，就取出第一块石头，换上铺有青苔的捕兽器。

翌晨，来到小河旁，他高兴地看到，这只华丽的狐狸已关在捕兽器里了，它的爪子被砸断了，碎骨的剧痛使它不住地龇牙咧嘴。

查理·曼把手直挺挺地伸入衣袋里，高大、瘦削的他站在河岸上，布满灰白的硬毛的红脸上浮现出平静的微笑。狐狸痛得眼前发黑，火星直冒，它在捕兽笼里冲撞着，骨头咯吱作响，一缕殷红的血流在河水里闪闪发光，狐狸嗥叫了很久，一声尖叫后，就屏息不动了……

查理·曼走向前去，用手灵巧地折断了狐狸的颈脊骨……

他顽强地劳动了七个星期，才完成这件工作。

然而不久，老查理·曼把自己是一个聪明人的声誉给毁了。

……事情是这样的：一只黑鹰在村子里出现了，偷起鸡来了。人们看见它不止一次，向它射击了不止一回，但全无效果，凶猛的鹰总是安然无恙地飞走了。它在空中怡然自得地展开宽阔的翅膀，好像在蔑视人们的敌意。

查理·曼可走了运，他的目光敏锐，枪法准确！一天，他看见鹰用爪子攫住一只大母鸡，正吃力地往村子上空提。曼开了一枪，鹰全身颤抖了一下，落到地上。

查理拾起鹰。原来，散弹只把它震昏，不曾伤了它。鹰半闭着眼，望着猎人的脸，眉毛哆嗦着，爪子微微地颤动着。

这是一只大鹰，又大又重。它半闭着的眼睛无所畏惧地望着查理，有时全身抖动一下。查理·曼的手感觉到鹰的体温和那颗凶猛的心在跳动。

孩子和妇女们跑拢来，咒骂这只该死的鹰，用拳头恐吓它，都想打它一下，为鸡报仇。

红头发杰克的妻子提议："把这个强盗交给孩子们，查理·曼！他们会马上收拾它。"

"它会把他们的眼睛抓出来的！"另一妇女惴惴不安地说。

克莱尔，一位信教的老婆子，用祈祷的嘶哑的嗓音说："您在瞎说什么呀，亲爱的克鲁克斯！孩子们会把这只可怕的鸟放走的……它又会来抓我们的鸡……要认真对待它，立即打死它……"

因为大家都很尊敬克莱尔，所以，一致同意必须干掉……

曼松开了鹰的颈，静默地望着自己周围的喧哗声——他不是用他的灰色的眼睛望着人们的脸，他的眼光透过人群，所以说他是望着喧哗声。然后，他从地上拾起鹰，夹在胳肢窝里，带回家去。

起先，孩子们叫嚷着，跟在他后面跑，问他打算怎样处理这只鹰，但他和往常一样，只顾低着头走路，他那毫无表情的脸，铁石般的沉默，使孩子们失望了……

对于孩子，曼是个有趣的人，但是他们并不喜欢他，他们宁可彼此间谈论他，却很少也不愿和他攀谈。

曼回到家的时候，鹰清醒了。它全身猛烈地动着，试图挣脱老猎人的手。可是，曼又用铁一样的手指卡住鹰的颈，他卡得这样紧，使鹰的滚圆的眼珠可怕地向上翻，充满了血。查理·曼的脸挨近鹰的头，简短地对它说："打死你，朋友……"

鹰弓起颈，用嘴啄了查理·曼的手掌，猎人由于骤然的疼痛，哆嗦了一下，他咬紧牙，把鹰举到头上，然后用力摔到地上。

猛禽侧身倒在地上，但它立即翻过身来，将翅膀伸展到自己面前。

它那浑圆和火红的眼睛凝视着猎人颀长的身体和赤红的脸，眼睛闪闪发光，准备反扑。鹰昂着头，绷着颈，颈上紊乱的羽毛可怕地耸了起来，每一根以至全身的羽毛都在颤动着……

曼看了看手上被撕破的肉，一大股浓血从手上流了出来。于是，他用另一只壮健有力的手从肩上取下枪，把它放在靠近面颊的地方……

鹰把爪子张得更大了，头稍稍抬起，伸在地上的翅膀颤动着，眼里冒着火，看着，等待着……

查理·曼慢慢地抬起了头，灰色的眼睛望着天空，在这晴朗的日子里，天空是多么深邃和辽阔啊！他把枪放到脚边……

他一面平静地端详着鹰，一面在想……

然后，他把枪放在地上，在一旁取过笼子，走到准备作最后搏斗的鹰的跟前，把它罩在笼子下，就不慌不忙地走回房里。

他的妻子和孩子都不在家，每到夏天，她们就到祖父和湖那边去了。村里都知道她们也是不怎么喜欢查理的……

十分钟以后，他又出来了，用一块毛巾随便把手包扎起来，毛巾已被血浸湿了，另一只手上拿着一条细长结实的小绳。

他把笼子从鹰身上拿开，蹲在它面前，阴沉地说："别再斗啦！……"

这只被摔到地上，然后被笼子罩得眼睛已发黑的鹰，一直以一种准备战斗的姿势躺着，可是，它的头此刻正无力地垂到地面，只有一只略黄的圆眼看着查理的脸……

而且蔑视他。

查理·曼把绳子抛在鹰的脚上，把它捆得紧紧的。鹰高叫了一声，仿佛血涌上了喉间……可是它过分软弱无力和受辱，已经不能战斗了。

曼把绳的另一端系在树上，然后看了鹰一眼，沉默地向它点了点头，就从地上捡起枪，回到房间里。

鹰的黄色的圆眼转过来，目送着他离去……

随后，它微微举起翅膀，但又无力地垂下了……

鹰扇动了一只翅膀，全身一个急剧的动作，侧身倒下……又站了起来……

它垂下双翼，支撑在地上，头低垂，像查理·曼行路时那样，它跳了一下……二下……侧身倒下了。

鹰一声厉叫，声音是低哑的。它用翅膀支撑着身体，又站在地上。它精疲力竭地站着，垂下那凶猛的头，浑圆的眼睛看着脚上的绳子，这绳子宛如一条细长的灰色蛇，从它脚下缠绕到树旁——它那被打断的羽毛轻微地颤动起来了。

查理·曼站在窗前，他那双灰色的眼睛注视着鹰……

三天以后，鹰复原了。它吃力地拖着被打坏的翅膀和长绳，在院子里跳来跳去。它跳着，同时用一双黄色的眼睛环顾四周，这目光犀利、冷酷而又凶狠……

每天，查理·曼扔给它几块生肉，可是，当着猎人的面，鹰总不去触动这些肉。如果肉块扔在它的嘴旁，它就扇动一只健康的翅膀，跳到一边去，瞧也不瞧它一眼……过后，这些肉就慢慢地消失了……

戏弄查理·曼的鹰，是村里的孩子们很大的快乐。每天，一大帮孩子兴高采烈地来到查理·曼家，对着鹰拍手叫喊，向这只阴沉沉的鸟扔石头，总想打中它那只不知为什么招惹他们生气的黄色的警惕的眼睛。

如果石块落在鹰的近旁，它动都不动，只斜着瞧它一眼；如果石块打在它身上，它就一拧身，躲过一边，但是，它总是沉默着……

每当孩子们看见查理·曼时，他总是坐在他的旧小屋的台阶上，默默地注视着孩子们和鹰嬉戏。他一言不发，使孩子们兴致索然，他们都觉得他那呆板冷淡的目光落在自己身上。每人觉得他在这里是多余的人……阴沉、凶猛的大鹰，避开了石子的打击，在屋前的草地上跳来跳去；在台阶上，坐着一个瘦长的人，手撑着脸，瞧着鹰，瞧着孩子们，一直在注视着他们戏弄鹰，他们尽力设法用石子准确地击中它凶狠的眼睛。

查理·曼默不作声……但是，当他悻悻然、慢腾腾地对孩子们说出几句同样不痛不痒，甚至有些粗暴的话时，更使人感到不好受。

"你们，孩子们，如果愿意的话，扔两只小鸡给这只鹰才好呢，我看，鹰会觉得小鸡要比石头和棍子好受些……"

另一次，小约翰斯顿巧妙地砸疼了鹰的爪，查理·曼站了起来，板着脸，对孩子们说道："我认为，你们今天把它玩弄够了……你们最好回家去吧，小孩儿……"

"那么，您什么时候打死这个恶鬼呢，曼？"孩子们问他。

"打死它并不费事……"他回答。

这些很枯燥无味的话，冷淡了孩子们热烈的敌意，他们从内心里非常憎恨这只飞鹰。奇怪的是，曼把鹰拴住以后，他几乎不再出门了。

有时，孩子们怀着愤怒，向鹰扑去，鹰就很快地向后退，伸直锋爪，张开利喙，准备战斗：羽毛根根竖立，浑身颤动，疯狂凶狠……

在这种剑拔弩张的时候，查理·曼就站起来，挺直身，仿佛准备立即把孩子们的注意力从鹰那里引开。孩子们看着查理·曼，查理·曼看着孩子们……

在那双灰色的眼睛下面，他们感到冷酷而可怕。

于是，孩子们就离开了这只讨厌的苍鹰和这个古怪的人……

在这种场面之后，有一天，孩子们走了，查理·曼还留在台阶上。他像往常那样，手托着脸，凝神看着跳得精疲力竭的鹰。鹰紧紧地靠着树身，近旁是一堆乱绳，它的头垂向地面，好像长年累月的生活负担或者许多痛苦的包袱压在它身上一样。

夜幕降临了，查理·曼一直在看着鹰。然后，他站了起来，慢慢地走到树面前。鹰猛然颤动了一下，警惕起来，它的羽毛凶狠地竖立着……

"这……是那么回事，朋友！"查理·曼摇着头，低声含糊地说。

他向鹰走去，使它后退，好把弄乱的绳子解开。起初，鹰抗拒着，扑打着翅膀，但是，当它明白每绕树一圈，就使绳子变长，使它远离这个人以后，就开始飞快地在地面上跳跃起来，愈跳愈快……突然，它猛地一振翅膀，腾空而起，高叫了一声……

绳子把它拉了回来，它几乎又歪斜地张着翅膀，摔到地上。当它落在草地上时，它那只浑圆的黄眼盯住了站在近旁的查理·曼的脸。

查理·曼端详了它一番，骤然转身，不慌不忙地走回家去。

不一会，他从家里走了出来，拿了一枝枪。他同样不慌不忙地走到鹰面前，把枪托在肩上……

鹰伫立不动，把绳子拉得紧紧的，滚圆的眼睛在暗中闪闪发光，望着查理·曼那副和往常一样呆板的脸，它的头稍稍向右偏。查理·曼忽然微笑了一下，放下枪，说："这是胡闹，朋友……别这样，我知道……"

他摇摇头，鹰也仿佛微微一动……

曼把枪放在地上，从衣袋里摸出一把刀子，然后很小心地拿起绳子，拉到身边来。鹰全身振了一下，张开翅膀，准备仰身倒地，进行自卫……

"别胡闹……"查理·曼低声说，"胡闹够了，咱们胡闹够了……"

他把鹰越牵越近，小心翼翼地收拢绳子——鹰目不转睛地看着他，退让着，伸出利喙，慢慢张开，准备啄出他的灰眼睛。

可是，查理·曼用一个敏捷的动作割断了紧挨着鹰脚上的绳子，并立即跳开了。鹰被他这种举动吓着了，便向太空飞去了。它快乐地大叫了一声，但是好像还不相信自己的自由，又降落到地面上了⋯⋯

查理·曼不看它一眼，拿起枪，进屋去了⋯⋯

他听见在他后面，空中发出一阵巨大的振动翅膀的响声，一下，二下，三下⋯⋯过后，屋外传来这只庞大硕重的飞禽的轻快的飞行声⋯⋯

查理·曼埋下头，不看周围，走进了屋子⋯⋯

⋯⋯翌晨，孩子们又来了，可是鹰已经不在了，查理·曼穿着猎服，正在勤快地擦枪。

"独眼的魔鬼在哪儿？"孩子们叫嚷道。

可是，这已和查理·曼无关了，他沉默着。

"您的鸟在哪儿，密斯特曼？"孩子们围着查理·曼问。

他抬起红红的脸，望着天空，慢慢地回答说："鸟飞走了⋯⋯应该让它飞走。"

"您把它放了？"孩子们惊奇而失望地叫了起来，"现在大家都有小鸡，好让它再来偷吗？⋯⋯哟——哟，瞧您，密斯特曼！"

"我对它说了，"查理·曼古怪地掀动嘴唇，"我对它说，下次可别再碰上我啦⋯⋯至于它应当怎样对待家禽⋯⋯我好像忘了告诉它？唔，是的，忘了⋯⋯"

⋯⋯从那时起，全区的人背地里都把著名的猎人查理·曼叫做老傻瓜了⋯⋯

（孟昌 译）

# ❋ 晨

　　世界上最好的事情是看白天是怎样诞生的！太阳的第一道光线刚一闪现在天空，黑夜的阴影就悄悄地往山谷和石缝中躲藏，藏在茂密的树叶里，藏在满是露水的花边一样的野草里，而山峰则爱抚地微笑着，好像在对柔弱的黑夜的暗影说："别怕，这是太阳！"

　　海浪高高地昂起漂亮的白头，向太阳礼拜，就像宫廷的美女向国王朝拜一样，一边朝拜，一边歌唱："向您致敬，世界的君主！"

　　仁慈的太阳笑着：这些海浪快活地转了一整夜，现在它们头发蓬乱，绿色的衣裳揉皱了，丝绒的拖地长裙在脚下绊来绊去。

　　"你们好！"太阳一边从海上升起一边说，"美人们，你们好！不过——够了，安静点儿吧！如果你们不停地跳得那么高，孩子们就不能游泳了！应该让世人都感到很好，对吧？"

　　绿色的蜥蜴从石缝中爬出来，眨着惺忪的睡眼互相说道："今天要热啊！"

　　在炎热的天气里，苍蝇懒得飞，蜥蜴容易捉到它们吃，而吃肥大的苍蝇该多么惬意呀！蜥蜴是不要命的馋鬼。

　　沾满沉甸甸露珠的花朵摇摇摆摆，好像在引逗人似的说："先生，请描写一下我们早晨戴着露珠的美貌吧！请用语言给花儿们画一幅小小的肖像吧！试试看，这很容易，因为我们是非常普通……"

　　这些狡猾的小家伙！它们明明知道人不能用语言描绘出它们那招人喜欢的美貌来——它们在笑呢！

　　我尊敬地摘下帽子，对它们说："你们太可爱了！谢谢你们给我的光荣，不过我今天没有时间。以后，也许……"

　　它们骄傲地笑了，把脸朝向太阳，太阳的光辉在露珠上闪烁着，花瓣和叶子像钻石似的闪着光芒。

金色的蜜蜂和胡蜂已在花儿上边盘旋，它们一边盘旋，一边贪婪地采集着馥郁的花粉，而在温暖的空气中则充满着它们浑厚的歌声：赞美太阳——使生活变得快乐！赞美劳动——使大地变得美丽！

红胸脯的知更鸟醒了，它用纤细的两腿站着，摇摇摆摆，也在唱自己轻柔而快乐的歌——鸟儿比人更懂得生活在世上是多么幸福！知更鸟总是首先出来迎接朝阳；在遥远而寒冷的俄罗斯，知更鸟被叫做"朝霞鸟"，因为这种鸟胸脯上的羽毛是朝霞色的。在灌木丛中，活泼的黄雀跳跃着，它们的颜色灰黄相间，像街上的孩子——也那么淘气，那么不停地喊叫着。

追捕昆虫的燕子和雨燕一掠而过，如黑色的箭支，发出愉快和幸福的声音——长一对轻快的翅膀多么好啊！

笠松的枝叶摇晃着，它们宛如一些大酒杯，注满了阳光，就像注满了金色的醇酒一样。

以劳动为生的人们醒来了，他们终生美化世界，为世界创造财富，但却从生到死一直受穷受苦。

是什么原因呢？

这个问题，你长大了以后就会明白，当然，如果你想明白的话；而现在呢，你要学会热爱太阳，热爱一切快乐和力量的源泉，要快活，要善良，就像对万物一视同仁的善良的太阳一样。

人们醒了，他们向田野走去，向自己的劳动场所走去。太阳看着他们，微笑着：它最了解人们在大地上做了多少好事，它曾看到过从前的大地是一片荒凉，而如今则满是人们——人们祖祖辈辈创造的伟大劳动成果，除了那些严肃的、孩子们现在还不理解的事物以外，他们还创造了各种玩具和世上一切令人高兴的东西，如电影院。

啊，我们的先人劳动得多么出色！他们在我们周围所创造的一切伟大劳动成果是多么值得爱惜和尊重啊！孩子们，不妨想一想：人在大地上劳动的童话是世界上最有趣的童话呀！……

大师智慧书系

　　田埂上的玫瑰正在泛红，各处的花儿都在微笑，其中有许多正在凋谢，但它们仍然望着蓝天，望着金色的太阳，它们丝绒似的花瓣簌簌作响，散发出一种甜蜜的馨香，而在蔚蓝色的温暖的洋溢着芬芳的空气里，则轻轻地荡漾着柔情爱抚的歌声：

　　美终究是美，

　　即使是在它凋谢的时候；

　　我们的爱始终是爱，

　　即使是在我们要死的时候……

　　白天降临了！

　　你们好啊，孩子们，愿你们的一生里有无数个美好的白天！

　　我写的这个东西枯燥吗？

　　真是毫无办法：人一过了四十岁，就变得有些枯燥了。

（齐广春　译）

保尔·克洛岱尔（1868—1955），法国诗人，剧作家。
曾在中国生活，代表作有剧作《缎子鞋》等。

## ※ 十月

我看见这些树木依然是一片碧绿，但也枉然。

无论是阴沉的浓雾隐没的时日，还是晴空万里悠长的宁静，都令人逐渐淡忘，现在距离必将来临的冬至总是不太远了。阳光，以及这个地区的富饶，都没有使我失望。这里有一种难以言传的过分寂静之感，一种似乎是永远不会苏醒的安息。蟋蟀才开始鸣叫就停止了；在这丰赡圆满的秋光中还聒噪什么呢，那只会叫人厌烦，不要那样，在这片庄严安谧的金色原野上，也许只该赤着脚悄悄地进入其间吧。此时，我身后映照在这无边无际的庄稼上的金乌已不再放射出同样的光芒了，我顺着这条撒满了草秸的路走去，一会儿绕过一方沼泽，一会儿又看到一个村庄，我避开太阳，转过脸去朝已经升上天空的月亮张望，因为是白天，所以那月亮显得又大又苍白。

我从肃穆的油橄榄林里走出来，突然一片灼灼生辉的平地展现在我面前，直到山麓，给我传来消息。啊，收获的季节的最后果实！白日将尽，这是一年里不复返回的日月的最大收获啊！一切均已终结。

冬天寂寞的双手将不会野蛮地剥去大地上的覆盖物。没刮一丝风，没有一点锋利的冰霜，没有一处被淹没的河塘。这里真比五月时还要温和，即使当无餍的六月在正午的占有中紧紧附着于生命之源的时候，苍穹总还是带着无法言喻的爱心对着大地欢笑。现在，仿佛一颗心因为你的不断劝说而让步了，谷粒脱出顶穗，果实离开枝头，土地渐渐抛弃了所有坚持的央求者，死亡松开了过于盈溢的手掌。她现在听见的这个词儿比她结婚那天的言词更加神圣，更加温馨，更加丰富：一切均已终结。鸟儿已经熟睡，树木都在冉冉升起的暮霭中入眠，贴近地面的太阳把它的光辉均匀地洒遍大地，白日已尽，年岁已耗尽。一切均已终结。这个终结正是对上天提问的充满爱的回答。

（徐知免 译）

## ❖ 十一月

夕阳西下，映照着平静的劳作的一天。男人、妇女和孩子们还在干活，乱蓬蓬的头发上沾满了灰尘和稻茎，脸上、腿上尽是泥土。这边在割稻；那边在搬着、抱着已经捆好的稻束，这同样的景象一望无际，就好像复印在一幅画屏上似的；到处都摆出了四四方方的大木槽斗，人们面对面，拿起一把把稻穗在槽斗内壁上摔打脱粒；铁犁已经开始在翻耕地里的泥土了。这里飘溢着一片谷粒的气味，庄稼的芳香。在农作繁忙的这块平原尽头，有条大河流淌着；远方，那田野中一抹彩虹，田野给落日斜晖染得通红，更使得这幅宁静的画面平添佳趣。有个男子从我身边走过，手里抓着一只火红火红的母鸡，另一只手扶在扁担上，扁担前面挂着一把偌大的锡壶，后面是一扎绿生生的葱蒜之类的东西，一大块肉和一摞准备烧给亡灵的银色纸锭镍儿，下面草把子上还挂着一条鱼。这人青布衣裳，紫色短裤，在刚收割过的金黄色稻茬儿上显得十分耀眼。

——但愿没有人嘲笑这些懒惰的手！

飓风和奔腾的大海的力量也无法撼动这块沉重的巨石。但是，树木都被漂走，树叶也被风刮尽了。我呢，身子就更轻了，我的脚在地面上站立不稳，当阳光悄悄隐没的时候，我亦随之而去。沿着一些村落的阴暗的路，穿过松树和坟茔，走在茫茫的田野上，我追随这落日啊。无论是欢悦的平原，还是这青峰的蕴藉，还是在这片朱红的稻梗上映现出来的可爱碧色，都不能满足我追求光明的瞩望。远处，在这山峦环绕的方形洼地里，空气和水中正燃烧着一团神秘的火：我看见一片如此亮丽金色，光芒四射，这使我感觉整个大自然仿佛成了一堆死沉沉的东西，一片黑夜。令人向往的酒酲啊！经过哪条神秘的路径，又在何处，我才能加入你的涓涓之流呢？

傍晚，夕阳把我留在一棵高大的油橄榄树旁边，油橄榄树所养活的那个人家正在摘果子。树上靠着一张梯子，我听见叶丛中有人絮语。在此际熹微的光线中，我看见这份暗绿上蓦地绽出无数金色的果实，灼灼发光，我走近，只见这黄昏的碧绿图案上每根细杆儿都精致地显露出来，我端详着这些小小的朱红橙子，呼吸着这阵苦涩而浓郁的香气。啊，神奇的收获，你是为了呈献给唯一的，唯一的一个的啊，这正是为我们心中说不出的喜悦所结出的果实。

我还没有到达松树林子，夜已降临，冰冷的月色映照着我。这使我感到，太阳凝望着我与我们凝望月亮不大相同；她的脸庞儿朝着别处，就像火光照亮了海底，正因为她，黑暗的地方才能看得清楚。在这远古的陵墓深处，在这废圮的神殿的草丛中间，在素裳披拂的绮丽贵妇或睿智的老人身边，我是不是就不会遇上一群狐狸呢？他们早就向我提出了诗句和谜语（要我猜）；他们邀请我喝酒，于是我忘记了路。这些主人想给我来一点娱乐；他们一个搭着一个的身子爬上去站着——我识途的脚趾终于走上通往我寓所的狭隘的白色小径。但是我看见在那涧谷深处人们已经点燃了一片火光。

（徐知免 译）

# 德富芦花

德富芦花（1868—1927），日本作家。

代表作有《不如归》、《自然与人生》等。

## ※ 自然与人生

### 此刻的富士的黎明

（明治三十一年一月记）

请有心人看一看此刻的富士的黎明。

午前六时过后，就站在逗子的海滨眺望吧。眼前是水雾浩荡的相模滩。滩的尽头，沿水平线可以看到微暗的蓝色。若在北端望不见相同蓝色的富士，那你也许不知道它正潜隐于足柄、箱根、伊豆等群山的一抹蓝色之中呢。

海，山，仍在沉睡。

唯有一抹蔷薇色的光，低低浮在富士峰巅，左右横斜着。忍着寒冷，再站着看一会儿吧。你会看到这蔷薇色的光，一秒一秒，沿着富士之巅向下爬动。一丈，五尺，三尺，一尺，而至于一寸。

富士这才从熟睡中醒来。

它现在醒了。看吧，山峰东面的一角，变成蔷薇色了。

看吧，请不要眨一下眼睛。富士山巅的红霞，眼看将富士黎明前的暗影驱赶下来了。一分——两分——肩头——胸前。看吧，那伫立于天边的珊瑚般的富士，那桃红溢香的雪肤，整座山变得玲珑剔透了。

富士于薄红中醒来。请将眼睛下移。红霞早已罩在最北面的大山顶上了。接着，很快波及足柄山，又转移到箱根山。看吧，黎明正脚步匆匆追赶着黑夜。红追而蓝奔，伊豆的连山早已一派桃红。

当黎明红色的脚步越过伊豆山脉南端的天城山的时候，请把你的眼睛转回富士山下吧。你会看到紫色的红之岛一带，忽而有两三点金帆，闪闪烁烁。

海已经醒了。

你若伫立良久仍然毫无倦意，那就再看看江之岛对面的腰越岬赫然苏醒的情景吧。接着再看看小坪岬。还可以再站一会儿，当面前映着你颀长的身影的时候，你会看到相模滩水气渐收，海光一碧，波明如镜。此时，抬头仰望，群山褪了红妆，天由鹅黄变成淡蓝。白雪富士，高倚晴空。

啊，请有心人看一看此刻的富士的黎明。


## 大海日出

撼枕的涛声将我从梦中惊醒，随即起身打开房门。此时正是明治二十九年十一月四日清晨，我正在铫子的水明楼之上，楼下就是太平洋。

凌晨四时过后，海上仍然一片昏黑。只有澎湃的涛声。遥望东方，沿水平线露出一带鱼肚白。再上面是湛蓝的天空，挂着一弯金弓般的月亮，光洁清雅，仿佛在镇守东瀛。左首伸出黑黝黝的犬吠岬。岬角尖端灯塔上的旋转灯，在陆海之间不停地划出一轮轮白色的光环。

一会儿，晓风凛冽，掠过青黑色的大海。夜幕从东方次第揭开。微明的晨光，踏着青白的波涛由远而近。海浪拍击着黑色的矶岸，越来越清晰可辨。举目仰望，那晓月不知何时由一弯金弓化为一弯银弓。蒙蒙东天也次第染上了清澄的黄色。银白的浪花和黝黑的波谷在浩渺的大海上明灭。夜梦犹在海上徘徊，而东边的天空已睁开眼睫。太平洋的黑夜就要消逝了。

这时，曙光如鲜花绽放，如水波四散。天空，海面，一派光明，海水渐渐泛白，东方天际越发呈现出黄色。晓月、灯塔自然地黯淡下来，最后再也寻不着了。此时，一队候鸟宛如太阳的使者掠过大海。万顷波涛尽皆企望着东方，发出一种期待的喧闹——无形之声充满四方。

五分钟过去了——十分钟过去了。眼看着东方迸射出金光。忽然，海边浮出了一点猩红，多么迅速，使人无暇想到这是日出。屏息注视，霎时，海神高擎手臂。只见红点出水，渐次化作金线，金梳，金蹄。随后，旋即一摇，摆脱了水面。红日出海，霞光万斛，朝阳喷彩，千里熔金。大洋之上，长蛇飞动，直奔眼底。面前的矶岸顿时卷起两丈多高的金色雪浪。

### 相模滩落日

秋冬之风完全亭息，傍晚的天空万里无云。伫立遥远伊豆山上的落日，使人难以想到，世上竟还有这么多平和的景象。

落日由衔山到全然沉入地表，需要三分钟。

**太阳刚刚西斜时，富士、相豆的一带连山，轻烟迷蒙。太阳即所谓白日，银光灿灿，令人目眩。群山也眯细了眼睛。**

太阳越发西斜了。富士和相豆的群山次第变成紫色。

太阳更加西斜了。富士和相豆的群山紫色的肌肤上染了一层金烟。

此时，站在海滨远望，落日流过海面，直达我的足下。海上的船只尽皆放射出金光。逗子滨海一带的山峦、沙滩、人家、松林、行人，还有翻转的竹篓、散落的草屑，无不现出火红的颜色。

大师谈自然

在风平浪静的黄昏观看落日，大有守侍圣哲临终之感。庄严至极，平和之至。纵然一个凡夫俗子，也会感到已将身子包裹于灵光之中，肉体消融，只留下灵魂端然伫立于永恒的海滨之上。

有物，幽然浸乎心中，言"喜"则过之，言"哀"则未及。

落日渐沉，接近伊豆山巅。相豆山忽而变成孔雀蓝，唯有富士山头于绛紫中依然闪着金光。

伊豆山已经衔住落日。太阳落一分，浮在海面上的霞光就后退八里。夕阳从容不迫地一寸又一寸，一分又一分，顾盼着行将离别的世界，悠悠然沉落下去。

终于剩下最后一分了。它猛然一沉，变成一弯秀眉，眉又变成线，线又变成点——倏忽化作乌有。

举目仰视，世界没有了太阳。光明消逝，海山苍茫，万物忧戚。

太阳沉没了。忽然，余光上射，万箭齐发。遥望西天，一片金黄。伟人故去皆如是矣。

日落之后，富士蒙上一层青色。不一会儿，西天的金色化作朱红，继而转为灰白，最后变得青碧一色。相模滩上空，明星荧荧。它们是太阳的遗孽，看起来仿佛在昭示着明天的日出。

## 山百合

（明治三十三年六月十日记）

后山山腹长满了葱茏茂密的萱草。中间点缀着一两棵山百合。白花初放，犹如暗夜的明星。转眼之间，开满山麓，含笑迎风。而今，这花比午夜的星星还多。

登山访花，花儿藏在深深的茅草丛里，不易发现。

归来站在自家庭院里眺望，百花含笑，要比茅草秀美得多。

朝露满山，花也沉沉欲睡了。

黄昏的风轻轻吹拂，满山茅草漾起了青波。花在波里漂浮，宛若摇曳在水里的藻花。

太阳落了，山间昏暗起来，只剩下点点白花，显得有些惨淡。

住在东京的时候，曾经就百合做过如下的记载：

"早晨听到门外传来卖花翁的声音，出去一看，只见他担着夏菊、吾妻菊等黄紫相间的花儿，中间杂着两三枝百合。随即全部买下，插入瓷瓶，置于我的书桌之右。清香满室。有时于蟹行鸟迹之中倦怠了，移目对此君，神思转而飞向青山深处。"

夏季的花中，我最爱牵牛和百合。百合之中尤其爱白百合和山百合。编制百花谱的许六翁，一口咬定百合为俗物。然而，浓妆艳抹的红百合，又怎能与清幽绝伦的白百合相比呢？不要把我当作似是而非的风流人物吧。身处于人如云事如雨的帝都的中央，处于忙里更忙、急中更急的境遇的中央，心境时常记挂着春芜秋野之外的事物。对于一个不事农桑的人来说，买花钱就是我的活命钱。

我自从买下这瓶百合花，白天作为案旁密友，夜里拿到中庭，任凭星月照耀，夜露洗涤。早晨起来打开挡雨窗，首先映入眼帘的即是此君。一夜之间，减少了几个蓓蕾，增添了几朵鲜花。我从井里打来新水浇灌。水喷洒着花叶，带着粒粒露珠，随后放置于回廊之上。绿叶淋水，青翠欲滴，新花初放，不含纤尘。

日复一日，今天蓓蕾，明朝鲜花。今日残花，为昨天所开。热热闹闹开上一阵随即衰落，花座渐次向梢头转移。看吧，六千年世界的变迁，从这枝百合花的盛衰上也可表现出来。

对花沉思，想起了游房州的那个时候。夏还是浅浅的。我没有人相伴，时常一个人孤独地登上海边的山岭。镜之浦平滑如明镜，浮着一两点小船。矶山的绿色同海色相映照。四处阒无人声，只有阳光充溢天地。矶山渐次投入海面的部分，略显突兀，露出了岩石的肌肤。坐在这座山岩之上，白日亦可入梦。这时，一阵香风悄然而过，回头一看，一枝百合正立于我的背后。

对花沉思，想起了游相州山的那个时候。这地方即使一杯黄土也包含着历史。在倚山茅屋旁边，陡峭的石壁之上，幽深的古老洞穴里，古代英雄长眠的地方，细谷川流经之地，杉树荫下，小竹园中……随处都能看到白色的花朵。有时遇到背草的儿童，草篮上也插着两三枝。有时走在蛙声如鼓的田间小路上，猛然抬头，看见前面有饭粒般的青山。遍山萱草丛生，犹如山岳女神的头发，其间到处点缀着无数山百合，简直像自己亲手簪上去的。无风时，天鹅绒般的绿毯上织满了白色的花纹。一阵风吹来，满山茅草绿波摇荡，那无数白花宛若水面上漂动着的浮萍。

对花沉思，想起那次夏山早行的时候。山间早晨雾气冷，单衣更感肌肤寒。路越走越窄。山上松桂繁茂，山下细竹丛生。披草而行，满山露水尽沾裳。微风过后，送来一阵幽香。定睛细看，一枝山百合夹杂在细竹丛中开放。趟着齐膝的露水将它攀折。花朵如一只白玉杯，杯中夜露顿时倾注下来，打湿了我的衣裳。亲手折花，清香盈袖。

对花沉思，想起那高洁的仙女的面影。清香熏德，永葆洁白之色。生在荒草离离的浮世，而不杂于浮世。她虽然悲天悯人，泪滴凝露，面对忧愁，但时常仰望天日，双目充满希望的微笑。它生在无人知晓的山中，独自荣枯，无以为憾。在山则花开于山，移园则香熏于园。盛开时不矜夸，衰谢时不悔恨。清雅过世，归于永恒的春天。这天使的清秀的面影，不正是白百合的精神所在吗?

案头一瓶百合。我每对之，则感到神游于清绝幽胜之境。每有邪思杂念，看到此花则面红耳赤。啊，百合啊，两千年前，你开在犹太人的土地上。你在人的眼里，是永远传递真理信息的象征。百合啊，你开在一个陌生国家的园圃里。百合啊，愿你将清香一半分赠给我吧。

（陈德文 译）

# 纪德

主要作品有《人间的食粮》、《伪币制造者》等。一九四七年获诺贝尔文学奖。

大
师
谈
自
然

225

## ※ 沙漠

啊！多少次黎明即起，面向霞光万道、比光轮还明灿的东方——多少次走到绿洲的边缘，那里的最后几棵棕榈枯萎了，再也战胜不了沙漠——多少次啊，我把自己的欲望伸向你，沐浴在阳光中的酷热的大漠，正如俯向这无比强烈的耀眼的光源……何等激动的瞻仰、何等强烈的爱恋，才能战胜这沙漠的灼热呢？

不毛之地；冷酷无情之地；热烈赤诚之地；先知神往之地——啊！苦难的沙

漠、辉煌的沙漠，我曾狂热地爱过你。

在那时时出现海市蜃楼的北非盐湖上，我看见犹如水面一样的白茫茫盐层——我知道，湖面上映照着碧空——盐湖湛蓝得好似大海——但是为什么——会有一簇簇灯心草，稍远处还会矗立着正在崩坍的页岩峭壁——为什么会有漂浮的船只和远处宫殿的幻象？——所有这些变了形的景物，悬浮在这片臆想的深水之上。（盐湖岸边的气味令人作呕；岸边是可怕的泥灰岩，吸饱了盐分，暑气熏蒸。）

我曾见在朝阳的斜照中，阿马尔卡杜山变成玫瑰色，好像是一种燃烧的物质。

我曾见天边狂风怒吼，飞沙走石，令绿洲气喘吁吁，像一只遭受暴风雨袭击而惊慌失措的航船；绿洲被狂风掀翻。而在小村庄的街道上，瘦骨嶙峋的男人赤身露体，蜷缩着身子，忍受着炙热焦渴的折磨。

我曾见荒凉的旅途上，骆驼的白骨蔽野；那些骆驼因过度疲顿，再难赶路，被商人遗弃了；随即尸体腐烂，缀满苍蝇，散发出恶臭。

我也曾见过这种黄昏：除了鸣虫的尖叫，再也听不到任何歌声。

——我还想谈谈沙漠：

生长细茎针茅的荒漠，游蛇遍地：绿色的原野随风起伏。

乱石的荒漠，不毛之地。页岩熠熠闪光；小虫飞来舞去；灯心草干枯了。在烈日的曝晒下，一切景物都发出劈劈啪啪的声音。

黏土的荒漠，这里只要有涓滴之水，万物就会充满生机。只要一场雨后，万物就会葱绿。虽然土地过于干旱，难得露出一丝笑容，但这里的青草似乎比别处更嫩更香。由于害怕未待结实就被烈日晒枯，青草都急急忙忙地开花，授粉播香，它们的爱情是急促短暂的。太阳又出来了，大地龟裂、风化，水从各个裂缝里逃遁。大地坼裂得面目全非；大雨滂沱，激流涌进沟里，冲刷着大地；但大地无力挽留住水，依然干涸而绝望。

黄沙漫漫的荒漠——宛似海浪的流沙；不断移动的沙丘，在远处像金字塔一样指引着商队。登上一座沙丘，便可望见天边另一座沙丘的顶端。

刮起狂风时，商队停下，赶骆驼的人便在骆驼的身边躲避。

黄沙漫漫的荒漠——生命灭绝，唯有风与热的搏动。阴天下雨，沙漠犹如天鹅绒一般柔软，夕照中，则像燃烧的火焰；而到清晨，又似化为灰烬。沙丘间是白色的谷壑，我们骑马穿迂，每个足迹都立即被尘沙所覆盖。由于疲顿不堪，每到一座沙丘，我们总感到难以跨越了。

黄沙漫漫的荒漠啊，我早就应当狂热地爱你！但愿你最小的尘粒在它微小的空间，也能映现宇宙的整体！微尘啊，你忆起何种生活，从何种爱情中分离出来？微尘也想得到人的赞颂。

我的灵魂，你曾在黄沙上看到什么？

白骨——空的贝壳……

一天早上，我们来到一座高高的沙丘脚下避荫。我们坐下；那里还算阴凉，悄然长着灯心草。

至于黑夜，茫茫黑夜，我能谈些什么呢？

这是一次缓慢的航行。

海浪输却沙丘三分蓝，

胜似天空一片光。

——我熟悉这样的夜晚，似乎觉得一颗颗明星格外璀璨。


（冯寿农　张弛　译）

# 蒲宁

伊万·阿历克谢耶维奇·蒲宁（1870—1953），俄国作家。
主要作品有中篇小说《乡村》、《苏霍多尔》，短篇小说《兄弟》等。
1933年获诺贝尔文学奖。

## ※ 静

　　我们是在夜里到达日内瓦的，正下着雨。拂晓前，雨停了。雨后初霁，空气变得分外清新。我们推开阳台门，秋晨的凉意扑面而来，使人陶然欲醉。由湖上升起的乳白色的雾霭，弥漫在大街小巷上。旭日虽然还是朦朦胧胧的，却已经朝气勃勃地在雾中放着光。湿润的晨风轻轻地拂弄着盘绕在阳台柱子上的野葡萄血红的叶子。我们盥漱过后，匆匆穿好衣服，走出旅社，由于昨晚沉沉地睡了一觉，精神抖擞，准备去作尽情的畅游，而且怀着一种年轻人的预感，认为今天必有什么美好的事在等待着我们。

"上帝又赐予了我们一个美丽的早晨，"我的旅伴对我说，"你发现没有，我们每到一地，第二天总是风和日丽。千万别抽烟，只吃牛奶和蔬菜。以空气为生，随日出而起，这会使我们神清气爽！不消多久，不但医生，连诗人都会这么说的……别抽烟，千万别抽烟，我们就可体验到那种久已生疏了的感觉，感觉到洁净，感觉到青春的活力。"

可是日内瓦湖在哪里？有片刻工夫，我们茫然地停下来。远处的一切，都被轻纱一般亮晃晃的雾覆盖着。只有街梢那边的马路已沐浴在霞光下，好似黄金铸成的。于是我们快步朝着被我们误认为是浮光耀金的马路走去。

初阳已透过雾霭，照暖了阒无一人的堤岸，眼前的一切无不光莹四射，然而山谷、日内瓦湖和远处的萨瓦山脉依然在吐出料峭的寒气。我们走到湖堤上，不由得惊喜交加地站住了脚，每当人们突然看到无涯无际的海洋、湖泊，或者从高山之巅俯视山谷时，都会情不自禁地产生这种又惊又喜的感觉。萨瓦山消融在亮晃晃的晨岚之中，在阳光下难以辨清，只有定睛望去，方能看到山脊好似一条细细的金线，迤逦于半空之中，这时你才会感觉到那边绵亘着重峦叠嶂。近处，在宽广的山谷内，在凉飕飕的、润湿而又清新的雾气中，横着蔚蓝、清澈、深邃的日内瓦湖。湖还在沉睡，簇拥在港口的斜帆小艇也还在沉睡。它们就像张开了灰色羽翼的巨鸟，但是在清晨的寂静中还无力拍翅高飞。两三只海鸥紧贴着湖水悠闲地翱翔着，冷不丁其中的一只，忽地从我们身旁掠过，朝街上飞去。我们立即转过身去望着它，只见它猛地又转过身子飞了回来，想必是被它所不习惯的街景吓坏了……朝暾初上之际有海鸥飞进城来，住在这个城市里的居民该有多幸福呀？

我们急欲进入群山的怀抱，泛舟湖上，航向远处的什么地方……然而雾还没有散，我们只得信步往市区走去，在酒店里买了酒和干酪，欣赏着纤尘不染的亲切的街道和静悄悄的金黄色的花园中美丽如画的杨树和法国梧桐。在花园上方，天空已被廓清，晶莹得好似绿松石一般。

"你知道吗，"我的旅伴对我说，"我每到一地总是不敢相信我真的到了这个地方，因为这些地方，我过去只能看着地图，幻想前去一游，并且时时提醒自己，这只不过是幻想而已。意大利就在这些崇山峻岭的后边，离我们非常之近，你感觉到了吗？在这奇妙的秋天，你感觉到南国的存在吗？瞧，那边是萨瓦省，就是我们童年时代阅读过的催人落泪的故事中所描写的牵着猴子的萨瓦孩子们的故乡！"

　　码头旁，游艇和船夫都在阳光下打着瞌睡。在蓝盈盈的清澈的湖水中，可以看到湖底的沙砾、木桩和船骸。这完全像是个夏日的早晨，只有主宰着透明的空气的那种静谧，告诉人们现在已是晚秋。雾已经消散得无影无踪，顺着山谷，极目朝湖面望去，可以看得异乎寻常地远，我们迫不及待地脱掉上衣，卷起袖子，拿起了桨。码头落在船后了，离我们越来越远，离我们越来越远的还有在阳光下光华熠熠的市区、湖滨和公园……前面波光粼粼，耀得我们眼睛都花了，船侧的湖水越来越深，越来越沉，也越来越透明。把桨插入水中，感觉水的弹性，望着从桨下飞溅出来的水珠，真是一大乐事。我回过头去，看到了我旅伴升起红晕的脸庞，看到了无拘无束地、宁静地荡漾在坡度缓坦的群山中间浩瀚的碧波，看到了漫山遍野正在转黄的树林和葡萄园，以及掩映其间的一幢幢别墅。有一刻间，我们停住了桨，周遭顿时静了下来，静得那么深邃。我们闭上眼睛，久久地谛听着，什么声音也没有，只有船划破水面时，湖水流过船侧发出的一成不变的汩汩声。甚至单凭这汩汩的水声也可猜出湖水多么洁净，多么清澈。

　　"划吗？"我问。

　　"慢着，你听！"

　　我把桨提出水面。连汩汩的水声也渐渐消失。从桨上滴下一颗水珠，然后又是一颗……太阳照得我们的脸越来越热……就在这时，一阵悠扬的钟声，从很远很远的地方飘至我们耳际，这是深山中某处的一口孤钟。它离我们那么远，有时我们只能隐隐约约听到它的声音。

　　"你还记得科隆大教堂的钟声吗？"我的旅伴压低声音问我，"那天我比你醒得早，天还刚刚拂晓，我俱站在洞开的窗旁，久久地谛听着独自在古老的城市上空回荡的清脆的钟声。你还记得科隆大教堂的管风琴和那种中世纪的壮丽吗？还有莱茵省那些古老的城市，古老的图画，还有巴黎……然而那一切都无法和这里相比，这里更美……"

由深山中隐隐传至我们耳际的钟声温柔而又纯净，闭目坐在船上，侧耳倾听着这钟声，享受着太阳照在我们脸上的暖意和从水上升起的轻柔的凉意，是何等的甜蜜、舒适。有一艘闪闪发亮的白轮船在离我们约摸两俄里远的地方驶过，明轮拍击着湖水，发出疏远、喑哑、生气的嘟囔声，在湖面上激起一道道平展的、像玻璃一般透明的涌浪，缓缓地朝我们奔来，终于柔情脉脉地晃动了我们的小船。

"瞧，我们已置身在崇山的怀抱之中，"当轮船渐渐变小，终于隐没在远处以后，我的旅伴对我说，"生活已留在那边，留在这些崇山峻岭之外了，我们已进入寂静的幸福之邦，这寂静之邦何以名之，我们的语言中找不到恰当的字眼。"

他一边慢慢地划着桨，一边讲着、听着。日内瓦湖越来越辽阔地包围着我们。钟声忽远忽近，似有若无。

"在深山中的什么地方有一座小小的钟楼，"我想到，"独自在用它回肠荡气的钟声赞颂着礼拜天早晨的安谧和寂静，召唤人们踏着俯瞰蓝色的日内瓦湖的山道，到它那儿去……"

极目四望，山上大大小小的树林都抹上了绚丽而又柔和的秋色，一幢幢环翠涵秀的美丽别墅正在清静地度过这阳光明媚的秋日……我舀了一杯水，把茶杯洗净，然后把水泼往空中。水往天上飞去，迸溅出一道道光芒。

"你记得《曼弗雷德》吗？"我的同伴说，"曼弗雷德站在伯尔尼兹阿尔卑斯山脉中的瀑布前，时值正午，他念着咒语，用双手捧起一掬清水，泼向半空。于是在瀑布的彩虹中立刻出现了童贞圣母山……写得多美呀！此刻我就在想，人也可以崇拜水，建立拜水教，就像建立拜火教一样……自然界的神力真是不可思议！人活在世上，呼吸着空气，看到天空、水、太阳，这是多么巨大的幸福！可我们仍然感到不幸福！为什么？是因为我们的生命短暂，因为我们孤独，还是因为我们的生活谬误百出？就拿这日内瓦湖来说吧，当年雪莱来过这儿，拜伦来过这儿……后来，莫泊桑也来过。他孑然一身，可他的心却渴望整个世界都幸福。当年所有的理想主义者，所有的恋人，所有的年轻人，所有来这里寻求幸福的人都已弃世而去，永远消逝了，我和你有朝一日，同样也将弃世而去……你想喝点儿酒吗？"

我把玻璃杯递过去，他给我斟满酒，然后带有一抹忧郁的微笑，加补说："我觉得，有朝一日我将融入这片亘古长存的寂静中，我们都站在它的门口，我们的幸福就在那扇门里边。你是否记得易卜生的那句话'玛亚，你听见这寂静吗？'？我也要问你：你有没有听见这群山的寂静呢？"

我们久久地遥望着重重叠叠的山峦和笼罩着山峦的洁净、柔和的碧空，空中充溢着秋季的无望的忧悒。我们想象着我们远远地进入了深山的腹地，人类的足迹还从未踏到过那里……太阳照射着四周都被山岭锁住的深谷，有只兀鹰翱翔在山岭与蓝天之间的广阔的空中……山里只有我们两人，我们越来越远地向深山中走去，就像那些为了寻找火绒草而死于深山老林中的人一样……

我们不慌不忙地划着桨，谛听着正在消失的钟声，谈论着我们去萨瓦省的旅行，商量我们在哪些地方可以逗留多少时间，可我们的心却不由自主地离开话题，时时刻刻地向往着幸福。我们以前所从未见到过的自然景色的美，以及艺术的美和宗教的美，不论是哪里的，都激起我们朝气蓬勃的渴求，渴求我们的生活也能升华到这种美的高度，用出自内心的欢乐来充实这种美，并同人们一起分享我们的欢乐。我们在旅途中，无论到哪里，凡是我们所注视的女性无不渴求着爱情，那是一种高尚的、罗曼蒂克的、极其敏感的爱情，而这种爱情几乎使那些在我们眼前一晃而过的完美的女性形象神化了……然而这种幸福会不会是空中楼阁呢？否则为什么随着我们一步步去追求它，它却一步步地往郁郁苍苍的树林和山岭中退去，离我们越来越远？

那位和我在旅途中一起体验了那么多欢乐和痛苦的旅伴，是我一生中所爱的有限几个人中的一个，我的这篇短文就是奉献给他的。同时我还借这篇短文向我们俩所有志同道合的萍飘天涯的朋友致敬。

（戴骢 译）